中短篇小说选第一辑

主编：郑润良
符浩勇

嬗变

杜光辉◎著

黄河出版传媒集团
宁夏人民出版社

图书在版编目（CIP）数据

嬗变 / 杜光辉著．—银川：宁夏人民出版社，2017.11
（中短篇小说选 / 郑润良，符浩勇主编．第一辑）
ISBN 978-7-227-06780-1

Ⅰ．①嬗… Ⅱ．①杜… Ⅲ．①中篇小说—小说集—中国—当代②短篇小说—小说集—中国—当代
Ⅳ．①I247.7

中国版本图书馆 CIP 数据核字（2017）第 290278 号

中短篇小说选（第一辑） 郑润良 符浩勇 主编
嬗 变 杜光辉 著

责任编辑 陈 浪
责任校对 王 艳
封面设计 格 林
责任印制 肖 艳

黄河出版传媒集团 宁夏人民出版社 出版发行

出 版 人 王杨宝
地 址 宁夏银川市北京东路 139 号出版大厦（750001）
网 址 http://www.nxpph.com http://www.yrpubm.com
网上书店 http://shop126547358.taobao.com http://www.hh-book.com
电子信箱 nxrmcbs@126.com renminshe@yrpubm.com
邮购电话 0951-5019391 5052104
经 销 全国新华书店
印刷装订 泰安市恒彩印务有限公司
印刷委托书号 （宁）0007203

开 本 690 mm × 960 mm 1/16
印 张 18
字 数 207 千字
版 次 2018 年 1 月第 1 版
印 次 2018 年 1 月第 1 次印刷
书 号 ISBN 978-7-227-06780-1
定 价 42.00 元

目录

陈皮理气

章之含病了半年多，才坐到一家医院的中医诊室，看着桌上标志牌上写的“陈皮”，猜测该医生是中医世家，要不爹妈不会给起个中药为名。由此他就关注标志牌后边的医生。此人头发黑白相参，骨骼清奇，目光炯炯，酷像小说中的得道高僧。

半年前，章之含等几个教授和系领导发生矛盾，把身体气垮了。病得实在支持不住了，才听朋友介绍这家医院有个神得不得了的医生，精通阴阳五行，上观天文，下察地理，谙知社会演变，看五官观手相，卜课推测人生；甚至有人说此医生具有特异功能，能看穿人的五脏六腑。章之含不相信陈皮中医真有那么大能耐，要是真有，早让国家弄去给领导治病去了，哪能轮到给一般老师把脉？这年头什么事情都炒作，炒作出来的事情岂敢相信，除非脑子里养了罗非鱼。章之含把自己的想法说了，朋友马上反驳，人家陈皮医生可不是超女快男英雄劳模靠炒作出名，人家是靠病人的嘴传说出名，就是你们捣鼓中文的人说的：有口皆碑。

章之含是冲着“有口皆碑”这个词进了陈皮的诊室的。

陈皮把面前的病人处理完毕，就盯上了章之含。章之含走到病人刚刚离开的凳子跟前，坐下，双手置放膝盖，很规矩的学生模样。

陈皮把布垫朝章之含跟前推进，说：“把手腕放上来。”

章之含把手腕搭在布垫上。一只保养很好的手就搭在上面，三个指头压在寸关尺上，手指还一下一下弹压，轻重得当，张弛有序。章之含觉得要是压在琴键上，说不定会弹奏出令人心醉的旋律。

“把舌头伸出来。”章之含把舌头伸出来，还怕人家看不清楚，把嘴张到最大程度，尽力把舌头朝出伸，舌头下边的那根筋都感到疼痛。

陈皮把他的舌头看了，对他点了下头，他才把舌头缩回嘴里，物归原处。

陈皮的三个指头换到章之含的另一只手腕上，还是那样轻重得当、张弛有序地弹压。

“你今年五十一岁！”说话的同时就在章之含的病历上写下：51 岁。

章之含一惊，人们一般都可以观察出人的年龄，像陈皮这些老中医能准确地观察出人的年龄，也不稀奇。但口气这么肯定，说得这么准确，却不是凡人能做到的。

“你是大学教师！”口气同样肯定。

章之含更惊奇，他竟然能看出自己的职业，甚至说出具体的职业分支，就是诸葛亮、刘伯温再世也不过如此，就对他肃然有了敬意。

“你肝上有病。肝主情志，情志伤肝。你的情志受到挫伤，长期积郁在心，肝气郁结不畅。此病起始于六个月前……”

章之含敬佩得连连点头。

“六个月前，你的情志遭受挫伤。初是暴怒，难以宣泄，积郁在心，形成肝胆湿热，肝气郁结，入睡艰难。后又遭受打击，病情再次加重，整夜难以入寝；烦躁，易怒，敏感，不想做事，趋向懒惰；表现口干口苦，晨起尤为严重，大便干结，小便发赤，头昏目眩，眼睛干涩，耳中常有蝉鸣之音，伴有沉闷之声，听力下降，时常出现幻听。中医认为肝为子命，肾为母命，母伤子，子损母，母子相依相克，肝子亏损伤及肾母。肾为先天之根本，所以你全身都感不适，体疲易倦，肋胁疼痛，腰背困疼，膝盖双腿发软，性欲丧失，晨勃不起，自信心减弱，时有绝望心理……”陈皮微闭双眼，神气平静。

陈皮把病情说过才睁开双眼，摁在手腕上的指头松开了，问：“我说的可对？”

“对，很对，没有一点不对的地方！”章之含也一直看着他的表情，突然想起看过的中医书上认为，中医诊病须经四个流程：望、闻、问、切，问是最重要的诊病手段。而陈皮根本没有问自己病情，仅凭望、闻、切就认定自己的病，还说得那么准确！有了这个疑问，就有了和陈皮探讨的欲望，试探着问：“陈医生，我看过几本中医书籍，书上都认为中医诊病依靠的是望、闻、问、切。你给我看病，没有问一句病情，就把病情全说出来，岂不有失偏颇？”

“书上写的没错，那是对初入中医行道的要求。我做的也没有错，宏观到天地人，微观到精气神，宇宙运行、万物变化、天道伦理、世道发展，对人体都有影响，我行医多年自然熟悉这些情况。病人入室，观其脸色情志，闻其体味，听其呼吸，再辅以切脉，基本就把病情判断。当今医者，心思大都不能用在医术上，术自然不精，即使把望闻问切全部履行，也难以找到病源。就像一个鸡蛋放在那里，术精者搭眼一看就说鸡蛋是臭的；术不精者非要把鸡蛋打开闻了，才认为鸡蛋是臭的；更有术拙者，把鸡蛋闻了还不能判断，亲自尝上一口才认为是臭的；更有愚笨者，直到把鸡蛋尝完，才认为鸡蛋没有一点好的……”

章之含觉得能说出这些智慧的人，绝不是夸夸其谈之辈。

陈皮又说：“你在六个月前情志受到打击，这是发病的表层原因。更深层次的原因，不是短时间可以克服的，随着病情得到治疗之后，你会慢慢觉悟。”

章之含有失眠的毛病。失眠是世界上最难以忍受的痛苦，睡不着心里烦躁，精神和肉体像有无数毛毛虫在爬，脑子里充满控制不住的幻想，飞速旋转，多少年前的陈芝麻烂谷子都像烂泥塘的臭气朝出冒。章之含的老婆也是教师，因为他的失眠，弄得她也睡不好觉，夜里睡不好觉白天就没有精神上课，竟把几个很一般的字念错，惹得学生哄堂大笑。为了上课，章之含老婆不得不到另一间房子去睡。章之含睡不着脾气就不好，就在老婆身上发泄。老婆开始克制以求和平，后来就有了自卫反击。孩子在国外家里就剩两人，天天都像美国和伊拉克，战火不断。章之含就问陈皮：“我这病该怎么治？”

“你的病是情志所致，也只能情志所治。”

章之含问怎样用情志治疗。

你这个学期不上课了？陈皮没有正面回答。

不上课。章之含答。

不上课了，你干什么？

无所事事，胡乱翻些闲书，聊补无聊空虚。

你每天到我这里，帮我写病历抄药方来。没有病人的时候，聊聊古今中外，人间百事，也不失为一种情致。你在我这里工作，我的挂号费收入的百分之四十归你，中午晚上我们共餐，费用由我负责。你中午可以不回家，在病房里午睡。

章之含琢磨了一会儿，自己不上课了，在家无事可做，还生闷气，不如到陈皮这里，看他给病人诊病，知晓医生对疾病的治疗，也是一种乐趣。他疑惑的是陈皮为什么要找他写病历抄处方？随便找个中医学院毕业的学生都能干下来，根本不需要花这么大的价钱雇个中文教授来干呀，就试探地问："什么时候来？"

"现在就可以。你现在就算上班，中午我们到饭馆吃饭。"

章之含给老婆拨了电话，说自己要在医院做事了。老婆见他有事情做，不再发动战争，自然满口答应。

陈皮让护士搬来椅子摆在他诊桌对面，说："我看病的时候，你把我和病人的对话记录下来就行了。"

学校有学校的小金库，学院有学院的小金库，系有系的小金库。没有小金库日子很难过下去，上级规定的报销项目和标准都是死的，那是高压线，谁也不敢乱报销。可哪个单位没有不能报销的开支？比如外地的同行到这里举行旅游性质的考察交流，总得招待人家撮一顿。海岛能招待人家什么，只有海鲜，要是来上四五十个人，没有四五千就填不饱人家的肚子；学校举行体育比赛，下边要组织代表队参加，群众把力气出了，总得慰劳一下，一次也得千把块钱。开学的时候总得聚聚，学期结束的时候也要聚聚。教师节得发红包，一百块钱扣掉税只剩下八十块。一年只有一个教师节，发八十块钱也太小气了，最少也得二百块。一人二百，一个系五六十老师，一万多就出去了。这都是冠冕堂皇的支出，保密的支出更多，逢年过节给上级领导表示一下，一个红包没有五千块就送不出去，三万两万也是小意思，不送不行，当官的越朝上升位置越少，竞争越激烈，不送就永远被压在权力之塔的最下层，把脊梁杆子累断都不能晋升。拿大家的钱给领导送，好处是自己的，除非傻子不送。和领导交往需要平台，平台就是吃喝，你不买单总不能让领导买单，除非你连目前的职务都不想干了。到了寒假，老师们辛苦了一年，粉笔末把嗓子都染成了咽喉炎，就指望上头发点奖金过个富裕年。这个时候，老师们都跨学院跨系大串联，询问对方发了多少奖金。要是自己的奖金少了，就埋怨领导无能发不来钱，甚至怀疑领导给上头送得太多，侵犯了自己的利益。于是就形成一个规矩，发奖金都是暗箱操作，还规定不能互相打听，不要像间谍样偷盗情报，影响安定团结。

章之含从来不关注奖金问题。他是教授，职称最高；有关部门搞民意测验，让学生给老师画钩，学生给他在“优秀”一栏里画的钩最多；再就是科研，他每年都能在国家级的核心刊物上发表论文。大学的主要工作就是教学和科研，他在这两样占了优势，职称又最高，他的奖金不高谁的奖金高？就像家里团聚，老太爷不坐上首谁敢坐上首？

这天，系秘书塞给他一个信封，顺便给他一张表格，他按过去的经验在表格上签了名字，签字的时候瞥了一眼上边的数字：三千元，就把信封塞到挎包里。刚走出办公室，另一教授向他招手，那个教授小偷似的把他拉到一个空教室，声音很低地问，给你发了多少？他把信封从挎包里取出来，说就是这个信封，你看看是多少。他把信封里的百元大票取出来点了一遍，就是两千六百多点。人家给他说，你和我一样是三千多，扣掉税两千六百多。随后就问你知道别人发多少？章之含说系里规定不能乱打听，是组织纪律。这个教授又给他说，唐副教授给我说了别人的奖金，我们觉得这次奖金发的太离谱了，才告诉你的。

章之含没有说话，也没有离开。

系领导一万五，副职一万二，办公室主任九千多，秘书七千多，辅导员八千多，我们这些教授属于一般老师，全部都是三千多。那个教授给他说。

不会吧，章之含不相信地说。

开始我也不相信，唐副教授把奖金发放的名单给我复印了一份，我才相信了。那个教授从口袋里取出复印件给了章之含，说你把这名单拿上，我们还有，上边都有每个人的签名，绝对不是捏造的。章之含把名单看了，果然和他说的一样，恰恰是他们几个职称最高的奖金最低。一个半年前还是他的学生，上个学期才留校当辅导员的教师，仅仅工作了四个月，都拿了八千多元，接近于他的三倍。

章之含回到家里，把挎包朝茶几上一扔，就蹴到沙发里生闷气。

当天晚上，七八个教授副教授聚在一块讨论此事。最先得到奖金名单的唐副教授，气得嘴角直冒白沫，愤怒至极地说，这不是钱多钱少的问题，这是对我们这些老师价值的评价问题。我们不在乎那几千块钱，但事情做得太不合理，凭什么我们连辅导员、秘书的奖金的一少半都没有？

章之含气得说不出话来。他多年来一直认为自己的奖金应该在系里处于前几名的位置。当然也不能要求比领导高，社会潮流发展到这个地步了，利益肯定要朝领导层靠拢；但不至于低到这个程度！他还一直认为人家高看自己，实际上人家把他看得连秘书、辅导员的一半都不如。真是皇帝穿了新衣，光着身子让人家看了这么多年！剧烈上当受骗的愤怒使他眼睛冒火，头昏耳鸣，手足颤抖。

章教授，你的教学和科研在咱们学校都是最优秀的，你应该出面说话。唐副教授给章之含说。

大家说怎么办？章之含问大家。

我们集体去找学校。系里这样做实际上是贬低我们的价值，现在是市场经济，个人的价值就是要通过经济手段体现出来。如果学校不管，我们就把这事情捅到社会上，向新闻媒体反映，起码引起社会舆论的关注。我觉得系里不会不顾我们的意见一意孤行。这是小金库行为，私设小金库违反财务纪律，上级查起来他们也麻烦！唐副教授说。

章之含琢磨了一会儿说，我们最好不要把事情闹大，闹大了对谁都不好。要是上头发现了小金库，把发的钱追回去，所有的老师都会骂我们。更不能把事情闹到社会上，这样会引起学校领导对我们的不满。最好是我们几个一块去找系领导反映我们的诉求，按组织渠道向上反映。

七八个四十五岁以上的教授副教授们，坐在系总支书记的办公室。书记听完他们的诉求，连着说好、好、好，我代表系总支给你们表态，这次奖金发放的方案是错误的，办公室主任没有经过我们擅自制订的，我们要对他进行严厉的批评。此次奖金分配方案作废，重新制订新的奖金分配方案。我们希望大家不要把这事情扩大影响，要是上边把奖金追回去，对所有的老师都不好……

大家很满意书记的表态，说了一些对组织感谢的话就各回各家。

陈皮上班没有严格时间规定，到了中午十二点，要是还有病人，一定要把病人处理完了再去吃饭。不到十二点没有病人了，他却不能离开诊室，怕万一有病人赶来求诊。这天，他们一直到十二点半，才把病人处理完毕，陈皮站起身子对章之含说：“章教授，咱们吃饭去。”

章之含跟着陈皮到了附近一家小饭馆。饭馆不大，但素雅整洁。陈皮找了一张空桌，立即就有服务小姐走过来，对陈皮问候：“陈院长，来客人啦？”

“我的朋友，以后每天和我一块儿吃饭。你上四个菜，两荤两素，两凉两热，再加一个鸡汤，炖的时候放些青皮、黄芪、党参、枸杞，把青皮的量加大。凉菜把调料的味道加重，上白开水。把我的那瓶茅台拿出来。”

不大工夫，两凉两热两荤两素四个菜就摆上来。服务小姐要给他们倒酒，陈皮拿过酒瓶说：“你忙你的，我们自己倒。”说着就给章之含的杯子里倒酒。

“陈医生，我能不能喝酒？”章之含担心自己的身体。

“酒入肝经，理论上对肝不好。可什么都是相对的，人活在世，要是干啥都顾忌这不好那不好，这不能干那不能干，反而会把人顾忌出病来。人吃五谷生百病，只要活得快活，百病都避。”陈皮端起酒杯，又说，“敞开心思喝，醉了也没关系，睡一觉起来就没事了。”

章之含端起酒杯，和陈皮碰了一下，小小地吸溜了一口。陈皮一口一杯，喝口酒吃口菜，连着喝了三杯，章之含才喝了半杯。

陈皮拿起酒瓶，对他说把剩下的干了，我再给你倒。要是喝茅台，你有六两的量，咱俩把这半瓶酒喝完，谁都醉不了。

章之含把酒喝干。心想人家连你的年龄、职业、病情都知道，能不知道你有多大的酒量？

章之含喝过两杯以后，就有了一种似有似无的虚飘感，觉得灵肉里的顾忌、愤怨、不平、郁闷、沮丧、污秽、疑心、过虑、敏感、猜测全飘到云霄天外，只剩下混沌的清爽、空灵、飘然，还有一种对醉酒的向往：要是喝到忘乎所以的地步，该是一个多么美妙的境界？就在他还想喝的时候，陈皮摇了一下酒瓶，说：“酒完了，明天中午再喝。”

这个时候，青皮、黄芪、党参、枸杞炖的鸡汤端上来，陈皮对服务小姐说："你拿两个大碗来。"

陈皮给章之含盛了满满一碗鸡肉和汤，说你把这碗鸡肉和汤吃了，饭不吃没有关系。

吃饭的时候，章之含问陈皮："你怎么一下子就能准确说出我的年龄？"

陈皮答：人的皮肤、眉毛、五官、骨骼、神气，甚至连走路的姿势都可以准确地反映出年龄。

章之含又问，人有老相，也有嫩相？

陈皮答：无论老相嫩相，把所有的方面综合起来，还是可以准确看出真实年龄。

章之含思谋了一会儿，又问：你怎么一下子就看出我是大学老师？

陈皮淡淡一笑，说：你的神气、说话的口气，可以断定你是文人，还可以分辨出不是官员。官当大了来医院看病，都要带上跟班；官没当大的也少不了摆架势，说话的口气、神气都和一般的文人不一样。老师是最没有架子可摆的文人。但中小学老师上课时间多，收入不高，晚自习早自习都要劳神，没有大学老师那种清逸和飘洒……

吃过午饭回到医院已经一点半了，陈皮给护士说："你把那间病房打开，让章教授休息。"又对章之含说："现在是一点半，你睡到两点四十五起床，洗漱过后再到诊室，我三点在诊室等你。"

章之含虽有飘然的感觉，但思维没有糊涂，心里笑话陈皮，我有半年多时间睡不着觉了，就算你是神医，我没吃你一剂药，你就能让我中午睡着，还说得那么肯定？

陈皮对着他笑了一下，就到另一间病房睡觉去了。

这间房子不像病房，像酒店的标准房，装修不豪华，但整洁雅致。

两张床中间有张写字台，旁边还有台电视，电视对面有长沙发，床上的用品刚换过。他一坐到床沿上，就感觉那种久违的困倦蔓延过来，脑袋里的混沌变稠了，思维不清晰了，眼睛没力气张开了，眼皮也合拢了，头刚挨着枕头，睡意就像不浓不淡的雾气涌过来，把他团团围裹，随之就失去了知觉。他醒过来，看了挂在墙上的电子表，正好是两点四十五分，心里就叫奇，那个陈皮简直不是医生，是比神仙都灵的家伙。

这是一天中最热的时候，一般人不会选择这个时候到医院看病，除了注射室，所有的诊室都比较清静。陈皮见他进来，问："睡得香吧？"

"你用什么办法让我睡得这么香？"章之含为能睡这么好的觉高兴。连梦都没做就睡了一个多小时，半年多的沉疴不适一下子销匿了大半，灵肉都觉清爽、活泼、充满生机，就像刚刚结婚时和老婆尽兴地完成了一套双人体操运动那样舒坦和爽意。

"我没给你吃一服药，没给你打一次针，就是和你吃了一次饭，我也没给你饭里下安眠药。"

章之含说："我失眠半年多了，什么办法都用了都不起作用。你要是没用什么招数，我怎么能睡得这么香？"

"我真的没给你用任何办法。你本来就应该睡那么香。其实，失眠都是自己给自己找来的。你要是坚持怀疑我给你采取了什么措施，就是我们吃饭的时候，我给你说的那些话：人活在世上不要顾忌这个不好那个不好，这个不能做那个不能做，只要不犯法不侵害别人的利益，怎么快活怎么活。你听说过哪个活得快活的人失眠，失眠的人都是不快活的人。"

章之含觉得陈皮说得有理，突然想起吃饭的时候，饭店的服务小姐叫他陈院长，就问："陈医生，你是这个医院的院长？"

陈皮医生点了下头。

“这医院是你的？”

陈皮医生又点了一下头。

“赚钱不？”

“不赚，仅仅能顾住一日三餐一包香烟，外加几两茅台、物业管理费等日常开支。”

“不赚钱你办医院干啥？”

“快活。”

“不会赔钱吧？”

“也不赔钱。要是赔钱了医院就办不下去，医院办不下去我就不能快活，为了快活必须把医院办下去。”

护士推开门，引进一个病人。陈皮和章之含都抬起头，职业性质地看进来的人。这是个四十出头的女人，身材高大，体格魁梧，胸部格外爆满，凡是裸露在外边的毛发都粗壮发黑，油色光亮。上身穿红色的半截袖衬衣，下身穿绿色的窄腿裤子，臀部格外暴涨，由于裤子过度节省布料，使东西两个半球中间的科罗拉多大峡谷明显暴露。我要找陈院长，她的目光在陈皮和章之含的脸上睃视了一下，就停在陈皮脸上。

“请坐！”陈皮指着自己侧面供病人坐的椅子。

“你就是陈院长？”她一屁股蹾在椅子上。

“我是陈皮。”

“我要找你看病！”

“来找我的都是为了看病，没有人找我审批项目。”陈皮笑着说。

“也是，不找你看病到这里干什么。这么热的天上到三楼都出一身汗，有电梯就好一点。”

她说话的时候，陈皮就把切脉用的垫子放到她手腕跟前。她很配合地把胳膊放上去。

陈皮的三个指头搭在她手腕上。

“你今年三十九岁，虚岁四十，入冬的季节出生。”陈皮在她脸上瞅视了一会儿，她脸上涂满红花绿叶的化妆品，很难看出底色。

“对，我是 1968 年 11 月出生，属猴，出生那天下的头场雪。”

“你把嘴唇上的口红擦了。”陈皮说。

她从小挎包里取出餐巾纸，擦嘴唇上的口红，用了两张餐巾纸才把嘴唇上的口红擦掉。陈皮认真地看了她的嘴唇，章之含也认真地看了她的嘴唇。就按照陈皮给他交代地记录：嘴唇厚实，下唇微朝下翻，上唇微朝上翘，唇色发青发紫带有黑色，和黑茄子的颜色接近。

随之，他又记录下如下对话：

陈：“你主要想治疗的是胸部有瘀块，触之剧烈疼痛，不触之发胀发疼，生气时加重。”

病人：“对极了。我就是奶里面长了硬疙瘩，不摸也痛，摸了更痛。”

陈：“你除了胸部有瘀块疼痛，还伴有失眠、烦躁、多疑、易怒，例假失调，经血颜色不正等症状。”

病人：“没有一点错，你说的我全有，没说的全没有。”

陈：“你在七个月前开始生气愤怒，导致肝气不畅，血气郁结，日益加重。”

病人：“我给你实话实说吧。人家都说你是神医，想瞒你也瞒不过去。我二十一岁就跟那死男人在一块，开始是开个大排档，慢慢发展到今天的大酒楼，别墅、轿车、佣人、保姆、股票、存款，别人有的我家都有，别人没有的我家也有，虽然比不上高干子弟，但比寻常百姓强多了。你说这日子多好，两个人好好经营酒楼，天天都有大把的票子进账，想着法子花都花不完。我给那死男人说，除了吸粉、嫖小姐、摇骰子这几样东西不能沾，别的想干啥你就干啥。他要到欧洲旅游，我马上给他办了最豪华的欧洲半月游；他要到西藏看布达拉宫，我二话不说就到旅行社交款；他原来开的是宝马，后来说宝马是女人开的，我马上给他买了辆大奔。这么好的日子他不好好过，竟和服务部的领班私下沟通。眼线给我说了，我也没找他算账，男人见了漂亮女人就跟猫见了鱼，哪能不馋点腥气。只要正餐在家里吃，在外边偷点野食吃也不算出格，谁知他竟把野餐当正餐吃。也不知道他是咋想的，家里的正餐碗大盘子多，品种花样数量哪一样比不过野餐，他却偏偏不吃正餐吃野餐。后来我想，你能在外边找野食吃，我为啥不能在外边找野食吃。谁知他知道了就跟我闹，要和我离婚，别墅存款归我，酒楼给我一半股份……”

陈皮听完说：“你等一会儿，我方便一下，这份杂志你先看着。”递给她一份杂志就出去了。

病人翻看杂志，入神地看一篇纪实报道：《千万富翁出轨，毒妻杀子出逃》。

陈皮回到诊室，她恰好把那篇报道看完，就问陈皮：“杂志上登的文章可是真的？”

陈皮：“当然是真的，假新闻要受处分的。”

病人：“这个老板心也太歹毒了，离婚就离婚，还要杀人家，这种人就是枪毙也轻饶了他们！”

陈皮：“我听人说，男人有钱就变坏，女人没钱才变坏。”

病人：“这都是几十年的老话了，和杂志上的这个人比起来，我家那死人还不算坏，把家里的存款、别墅都给我了，还把酒楼的一半股份给我，还算是有良心。”

陈皮没有回答，过了一会儿才说：“我给你开个方子，你回去煎服。如果你经济许可，最近到青藏高原旅游一趟，坐汽车到唐古拉山、昆仑山山口的时候，停下来观赏四周的风景，病绝对好转。”

病人：“我刚好有个朋友在旅行社，我现在就给他联系，把你开的药吃完就出发。”

陈皮开的处方如下：

青皮 30 克　柴胡 15 克　木香 12 克　砂仁 10 克　小香 10 克　当归 20 克　生地 20 克　川芎 15 克　白芍 50 克　桃红 20 克　红花 20 克　菊花 20 克　山栀 15 克　香附 10 克　韭白 20 克　露蜂窝 30 克　黄芪 30 克　丹参 20 克　赤芍 15 克　瓜蒌 30 克　甘草 10 克

病人接过处方，猛地灵醒过来，说：“我还没交挂号费哩！”

陈皮指着墙上的告示让她看，告示上写道：

本院以治病救人为本，有病无钱者就诊免费。人以慈善为本，施舍金钱治病救人，功德无量。诊病者付费属施舍，一元两元不少，十元二十元不多，一百元二百元更好，一千元二千元宜善，一万二万积攒功德，十万二十万转为善款。

病人从挎包里取出一张磁卡，对陈皮说：“这是我昨天办的卡，里面有十万元，算我捐赠给医院的善款。”

陈皮当即叫来财务人员，在捐赠合同上签字后，对她说：“您晚上如果有时间，我和章教授代表医院也代表使用你善款的病人，请你吃饭，表示感谢。”

病人：“陈院长要请客，不如到我的潮江酒楼。我的酒楼在海南也算得上一流档次，陈院长和章教授到那里也不屈身价。”

中国社会发展到今天，创造出了很多新鲜事物，“圈子”就是其中之一。圈子就是人们为了各自的利益形成的共同体。已故的毛泽东说这是小团体，认为小团体极大地妨碍革命事业，必须彻底铲除。但是，到了这些年，老人家大力提倡的东西越来越衰弱，要求彻底铲除的东西却越来越兴旺。而且圈子大多和官场有关，圈子里的人在一块吃吃喝喝只是毛毛雨，关键是遇到好处的时候，首先考虑的是圈子里的人。遇到倒霉的事情，圈子里的人齐心协力地帮，行话就是把他捞出来。你要是入不了圈子，圈子里好事情就轮不上你，出了事情肯定没人捞你。而且圈子没有旗帜没有宣言没有章程，却遍布社会每个角落。很多这个圈子的人同时又是另个圈子的人，圈子和圈子之间就有了联系，像网，笼罩整个社会。

章之含自认为教学科研堪称一流，靠个人能力绝对包打天下，就不屑和圈子里混的人打交道。但他不知道自恃清高，就必须为清高付出代价，世上没有免费的午餐，也没有不付出代价的名声。人家敢把他们的奖金发那么低，就是充分考虑了他们的作用、价值、影响，甚至他们不满意能蹦跶多高。其中最重要的一条就是这些人没有圈子，就是他们闹起来，也是伊拉克的散兵游勇，不难对付。他们担忧的是小金库被上头发现，这是财务纪律不允许的，查出来肯定要给处分。一旦挨了处分，就是在晋升的道路上放了石头，谁也不愿意让石头把自己绊倒。所以，教授副教授们提出诉求之后，系领导一口答应，就是不让他们把小金库的事情捅出去。

小金库的事情还是被人捅出去了。学校监察处下来了，展开了细密的调查。同时，圈子也活动起来，圈子的圈子也活动起来，最终的结果是两相无事，收缴了小金库剩下的钱，也没给系领导进步的道路上放石头。组织结论一出，系领导长吁口气，圈子里的人在酒店里庆祝了一番，对这些教授副教授们的态度立即有了转变。书记在全系大会上宣布，奖金分配方案是合理的，奖金朝管理层靠拢是符合社会发展趋势的，党的十五大都宣布把管理作为重要的生产要素参与分配，单位没有好的领导肯定搞不上去。就像这次分奖金，大家把钱拿了，还为拿钱的多少闹意见，责任都在领导身上担着，上头下来调查你们一点害怕都没有，领导天天夜里睡不着，难道领导就不应该多拿一点？经过领导班子的慎重研究，分配方案不能因为个别人的意见而改变。

实际上，领导班子也是被组织化的圈子，机构调整，班子由书记搭，不是书记的人都踢出去，是书记的人都调进来，办事员升副科，副科升正科，正科升副处，副处升正处。学校还有一个特点，有教学科研能力的人不想当官，想当官的又不在教学科研上下工夫，千方百计进班子的人的教学科研都不行。这也符合马斯洛的需要层次理论，每个人都有实现自己价值的需求。如果奖金分配朝教学科研倾斜，领导班子的人就会拿不到最高奖金。奖金分配方案是他们决定的，利益朝哪一头倾斜就是明摆的事情。书记还没有就此罢休，话头一转又对着他们批评起来，系里的问题最好在系里解决，不要一动就朝上边打报告。现在都到了改革年代，还搞老一套。这下好了，系里的钱全被学校收缴了，这都是大家的钱……

书记的讲话又一次赢得了管理层的拥护。年轻老师的职称不高，都必须担任班主任，这个职务在奖金分配中也占有一些比例，尽管没有领导的比例高，但人家能给你一点就不错了。人家连教授们都不尿，收拾助教、讲师还不是小菜一碟？书记的讲话又赢得了年轻老师们的拥护，散会的时候还得到一片热烈掌声。就把他们几个教授副教授晾到一边。

章之含觉得自己像良家妇女被诱奸了，奸了就奸了，还叫人家把自己被奸时的呻吟和扭动公示与众了。这口闷气憋在胸里，当天晚上就失眠了。

章之含开始了新的生活，每天吃过早饭就朝医院赶，中午和陈皮一块吃过饭再回医院午休，吃过晚饭后回家。天天和陈皮在一块，听到的看见的都是阴阳五行八纲辩证，天地人、精气神，望闻问切，中文和中医有先天的血缘，很容易听懂。又在书店买了几本医书，晚上回家研读，觉得懂了不少中医知识。

下午刚上班，陈皮给自己和章之含的杯子把茶泡好，诊室的门就被推开，进来一个三十五六岁的男人，直接坐在陈皮对面的椅子上。章之含看了一眼来人，见他脸色发黑发青发紫，目光贼亮，面部肌肉剧烈颤抖，嘴唇没有红润。陈皮看到这个病人，怔了一下，认真把病人的面部看了十多秒钟，才把布垫推到他面前，让病人把胳膊搭在布垫上，三个指头搭在他的右手腕上。

“你没有病！”陈皮说。病人看着他没有说话，面部杀气更重。

“你近期遇到倒霉的事情，避绕不开。”

病人没有点头。

“你心里充满杀气！”

病人还是没有说话。

“你在数日之内，有血光之灾！”陈皮说得很肯定。

章之含感觉病人牙齿都用力咬紧，面部咬肌暴胀起来。

“你马上离开此地，到一千里外躲避一个月，血光之灾即可避免。”陈皮脸色很冷峻，声音不高但很有力度。

“他不让我好过，我也不会让他好过！”病人说完，起身就离开诊室，脚步把楼板踏得通通地响。

陈皮长叹口气，脸色默然沮丧，还有更多的无奈。

“陈院长，你凭什么说人家有血光之灾？”

“张仲景把人分为阴阳二十五种，观容切脉就可以预测人的未来，这是中医的最高境界。当代人把看面相预测未来说成是迷信，这恰恰是井蛙之识。人的情志变化，必然影响五脏六腑七十二经络，又必然影响体型和五官的变化。中医达到观容切脉就知晓未来，就像佛家道家修炼到了正果一样。”

“你说得太虚玄。”

“你刚刚接触中医，当然认为很虚玄。”

章之含琢磨着他的话，觉得话里都充盈玄机，似懂非懂，混沌一片。

“我看了他的五官，他眼仁发赤，目射恶光，面部肌肉紧绷、颤抖，嘴唇发紫、发黑。又把他脉象，脉洪。这是怒气伤肝，肝火剧烈。一般人生气不会把肝火盛怒成这个样子，此人肯定遇到了令他万分愤怒的事情。人在极端愤怒的时候，往往会神智浑浊，失去理智……很多恶性犯罪的人，他们中的大多数平时都是很善良的，但盛怒之下……我让他到一千里外的地方过上一个月再回来，就是让他远离盛怒的地方，一个月后神志清醒过来，就不会做出冲动的事情。”

陈皮望着窗户外边的街道，章之含也朝窗户外边的街道眺望。这个时辰的阳光暴烈酷热，为生计奔波的芸芸众生在烈日和热浪的围裹中，或用双腿，或骑单车、驾摩托、乘公交、开轿车，在都市里奔波，想尽办法把别人口袋的钱转移到自己口袋，使自己口袋的钱多多益善。于是，有权力的通过权力弄钱，有智力的通过智力弄钱，既没权力又没智力的就出卖体力弄钱，没有权力没有智力也不愿出卖体力还想弄钱，男的就去偷去抢去劫银行，女的就去三陪去卖淫利用色相骗人腰包，不偷不抢不三陪不卖淫继续受穷的就被人耻笑。偷抢卖淫杀头坐牢，也没人谴责。霍然，街道上传来一声女人的惊叫，陈皮和章之含看到就在他们窗户下边，两个骑摩托的年轻人抢去一个女人脖子上的项链，在女人的惊叫声中并不恐惧，摩托开得慢慢悠悠，坐在后座上的男子还扭头对那个倒霉的女人笑了一下。很多骑摩托开小车的都看到了，却没有人追赶。

陈皮转过脸，长叹口气，脸色一派肃然。

“你很惜言？”章之含到陈皮这里十多天了，感觉他除了给病人说有关病情的话，多余的话很少。和自己聊天也是听的多说的少。

“久语伤气，人过中年比不得青春少年，要以蓄气扶元为本，孟浪不得。”

章之含迷惑了，久语伤气对身体不好可以理解，但多语是孟浪就不可思议了。思考半晌，才觉得有所理解，我们民族从来都讲究多做事少说话，病从口入祸从口出。那些政治上倒霉的家伙，有几个真正做了坏事，大部分都是对看不惯的事情多说了几句，把自己一生的前途毁了。

“医生悬壶，只能治病，岂能济世，充其量救人一命，于天道世事无补！”陈皮刚说出这句话，诊室门被推开，护士站在门口对陈皮请示：“有个七十岁的老太太，万宁农村人，需要做白内障手术，外科的刘医生最近到北京出差……”

“转到省医院去做。”陈皮说。

“我给省医院打了电话，人家要求先交八千元的手术费。”

“十多天前有位姓乔的女士捐赠了十万元的善款，就动用这笔钱给省医院划过去八千元。”说完，又说：“乔老板也该回来啦！”

“我回来啦！”捐款的乔老板站在门口。

“乔总，你昨天晚上回来也不休息一天？”陈皮问。

“你真成了神仙，连我昨天晚上回来都知道？”

“从西藏到海口的班机一周只有昨天一班，你不坐昨天晚上的航班就得下个星期回来。你好像要在青藏高原投资？”陈皮说。

“陈院长，你怎么知道我要在西藏投资？”

“你进门的神气说明这次出去有了很大的收获，仅仅治好病不会高兴到这个程度。”

乔老板佩服地说：“照我说呀，你在这里当医生真是亏了你的才华，也是国家的损失。你应该到中央最高检察院，让所有的官们都到你面前过一遍，让你的眼睛照照。你一定能照出来哪个是贪官，哪个不是贪官，是贪官的就抓起来，不是贪官的就升官。”

陈皮笑着说：“我还是好好做我的医生，就是有那本事也没那胆量，谁敢朝那个火山口上坐？官员们要是知道我有那本事，恐怕不出二十四小时，就谋杀我了。”

乔老板说，：“怕什么呀，派公安把你保护起来呀！”

陈皮说：“公安里头就没有腐败啦？”说完又问，“你的病好啦？”

“好啦，不信你摸摸，一点都不痛啦！”她隔着衣服托起乳房抖了几下。

“你在唐古拉、昆仑山的山顶上停了多长时间？”陈皮岔开她的话。

“到了西宁，我雇了一辆越野车，翻越唐古拉和昆仑山的时候，我让司机在山口停了一个多小时。真没有想到青藏高原那么雄伟……我真不知道该怎样形容。对了，导游说是博大、浑厚，这些大山在世上存活了多少亿万年。相比之下，我们一辈子也就是吧嗒一下嘴唇的工夫，就这屁大点工夫，还算计过来算计过去不好好享受。陈院长，你咋知道我只要到唐古拉、昆仑山上看了，病就好啦？我也不知道奶里头的硬块是什么时候好的，到了拉萨洗澡的时候，觉得里面的硬块没有了。陈院长，不瞒你说，我到青藏以前，天天都在琢磨着怎么把那个婊子做了，看她还敢抢我的男人不？从昆仑山下来我就想通了，我把那婊子做了，我就是枪毙不了也得坐几十年牢，这辈子就完了。我何必为一个臭婊子把自己搭进去，那太不值得了。我在拉萨待了四天，考察了拉萨的餐饮行业，也选中了一个地方，把潮江酒楼的分店开到拉萨。拉萨这个潮江酒楼是我独资的，和那个死男人没有关系，我在这边再占一半股份，钱多得不知道有多少。可话说过来，人要那么多的钱干啥，不就是睡下一张床，吃起一张嘴，生不带来死不带去。我从青藏高原下来以后，把世上的事情都想开了……”

章之含把他们之间的对话全部记录下来。

“陈院长，我现在是你的忠实粉丝了，晚上到潮江酒楼吃饭，我请你们。”

系领导出尔反尔，言而无信，这些教授副教授们反而落了不是，从系里到学校各级领导都认为是他们不对。更让章之含他们没有想到的是安排下学期工作的时候，竟然没有他们的课，章之含怀疑是遗漏了，问怎么没有我的课？书记看了他们一眼，说根据民主评议和领导班子研究，你们几个不能胜任现任职务，按学校规定系里有权力解聘你们。从明天开始你们到学校人事处报到，由人事处安排你们的工作，不再和中文系有任何关系。

告诉章之含这个消息的教授一气之下，向学校递交了请调报告。唐副教授向人事处递交了病假条，跑到准备要他的大学试讲去了，只要试讲满意，马上就给学校发商调函。

系领导对这些教授副教授的调动，没有感觉有什么不好，刚招来的研究生课时量不够，要按比例扣发校内工资，他们成天找领导要求多代课。教授们要求调动，领导正是瞌睡寻枕头求之不得。至于上课的质量，上级从来不考察也没有办法考察。只要学生不出人身事故，平平安安把他们招进来，再平平安安让他们毕业，没有谁考察他们在学校学到了多少东西。

章之含就像毫无准备地被人在脑袋上打了一闷棍，比听到奖金分配的打击更厉害，一下子就被打垮了，竟然在床上躺了几天。昼夜失眠，好不容易睡着也噩梦连连。醒着的时候老是想自己上课时的风采。他要是继续上课，这个学期讲授的应该是《西方文论》，他对为人类文明做出巨大贡献的苏格拉迪、柏拉图、亚里士多德、贺拉斯、但丁、康德、雨果、泰纳、弗洛伊德等伟人就像自己家人般的熟悉。他只要站到讲台上，从二千七百年前的古希腊到古罗马，漫漫长夜的中世纪到文艺复兴、古典主义，现实主义，西方文明的每一个前进步伐，都清晰地铭刻在他的大脑中。面对求知若渴的年轻学子，充满激情地讲述着自己对西方文明的认识，自己对这些人物和文论的研究，向学生们讲述自己的学养，宣泄自己思想的激情。尽管上课劳累，讲得喉咙嘶哑，但精神和思想得到充满激情的宣泄，是何等的淋漓畅快，就像迷途千年空谷遇到故人的足音，久旱沙漠遇到碧绿的森林。不带课了，这种不可替代的享受也就终止了，自己对西方文论的研究成了没有任何用处的东西。

为了能继续上课，他找到系领导，说自己每年的教学和科研都是系里最好的，大学主要工作就是教学和科研，怎么能不胜任工作？人家很客气地给他解释，教学和科研只是老师工作的一部分，把这两项工作做好了，只能证明你胜任一部分工作。要胜任岗位工作，还有更多的工作需要进行综合评定……学校规定系里有权力评定老师。这是党总支会议上的决定，不是哪一个人的意见。你对这个决定有不同意见，可以向上级组织申诉，上级组织有权力更改我们的决定。人家说到了权力，他就没办法了，他在学校什么都不缺，就是缺权力。

他按照系领导指示的金光大道，向上级组织进行了申诉。他最先找到教务处，说你们每次进行教学评议，我都是最受学生欢迎的老师，怎么还不胜任教学工作？教务处说我们承认每次进行评议老师教学，你都是最受学生欢迎的老师。但我们没有权力更改中文系的决定，他们完全有权力不听我们的。

他又走到科研处，说我的科研成果在全校都是最好的，你们每年的统计都可以显示出来，科研和教学最好的老师怎么不胜任工作？人家还是很客气地给他说，你的科研成果有目共睹，谁也不能否认。我们确实很同情你，但我们还是没有权力改变中文系的决定。

他连着走了几个部门，连学校工会都找了。工会是维护教职员工正当权力的组织，教授遭人家报复被解聘了，工会不管谁管，要不凭什么每个月都扣我们的工会费？谁知人家听了他的申诉竟然哈哈大笑，说章教授你真是书呆子，你以为文件上写的工会有权力，工会就有权力？其实我们工会屁权力都没有，就是有组织体育比赛访贫问苦的权力，你找我们跟找看大门的保安做饭的厨师差不多。有个和他关系不错的副主席开玩笑说，章教授你真的不胜任当今社会了，人家不聘你是对着哩，怕你把学生教傻了，你这样教出的学生出去怎么混社会？

他最后找到人事处，还是说我的教学和科研都是最好的，凭什么说我不胜任工作而解聘？人家同样很认真地给他解释，学校把人事权下放到各系了，中文系要解聘你，我们没有权力干涉，我们只能在自己的职权范围内处理问题。我们的权力是接收中文系交上来的你，给你寻找新的工作岗位，说服他们接收你，使你一年后免于下岗。

他在学校办公大楼里跑了一天，什么问题都没有解决，听到最多的就是权力两个字。

第二天，人事处通知他到宣传部办的校报编辑部报到，担任校报的记者，保留一年的教授待遇，一年后按现职待遇。给他谈话的科长说，其实你完全可以回到中文系继续教课。他就问我怎么能回到中文系教课。人家说你写个检查，就说你放松了业务学习，在教学和科研上落后，今后加强业务学习，争取当受学生欢迎的合格老师。他说我的教学和科研在学校是最优秀的，怎么还要在这方面做检查？人家说这是给领导个台阶下，给领导承认错误的方式，更是向领导表忠心的机会，在思想和行动上绝对和领导保持一致。文件上要求我们和中央保持一致，怎么才能证明我们和中央保持一致了？就是和自己的上司保持一致，这样一级一级地保持一致，就和中央保持一致了。你们教中文的人太迂腐，连这点社会常识都不懂，何必跟权力对着干哩？

章之含还是没有给中文系领导写检查，也没有到宣传部办的校报当记者。他申报的国家项目批下来了。学校规定从事国家级科研项目的教师可以脱离教学岗位，专一从事科研工作。但是，经过这一番折腾，他感觉身体所有部件都出了问题，不得不找陈皮诊治。

章之含和往常一样在家里吃过早餐，就到医院“上班”。他走进诊室的时候，陈皮还没有来，财务小姐拿着一个信封进来，说章教授这是你的工资，让他在工资表上签名。

“我有工作，学校给我开着工资。我在这里帮忙纯粹是觉得有意思，不能拿医院的工资。”

“陈院长交代要给你开工资，你不拿我们就不好给院长交代。”

“如果医院坚持要给我开工资，我就把这笔钱作为善款捐赠给医院。”

“你要捐赠也得办手续。先把这笔钱作为工资领了，再作为善款捐赠给医院，这是手续问题。”

“你把捐赠手续拿来，我在工资表上签了字，再在捐献书上签字，就不动这笔钱啦。”

章之含把捐赠手续办完以后，陈皮才走进来，手里拿着一份报纸，进门后把报纸放在章之含面前，指着上边的照片问：“你对这个人还有印象没？”

那是一个罪犯的头像，像是在监狱里拍的，觉得面容有点熟悉。

“这个人让我们看过病。”陈皮说。

章之含还是没有想出这个人什么时候到这里看过病。

“我给他说，你没有病，要求他到一千里外的地方待上一个月，就可以躲过血光之灾……”

“我想起来了，那天我还问你，你凭什么说人家有血光之灾，你给我讲了很多中医理论。”

“趁现在病人不多，你把这篇报道看看。”

这是大篇幅通讯，占了两个版面。照片上的人物叫雷欣，是农村中学的老师，家里还挖了一个虾塘。他平时除了上课，就帮着老婆照顾虾塘。这些年虾塘的病害增多，生意很不好。学校连续半年不开工资，日子过得十分艰难。他梦想发财，可像他这种人要发财，就像公鸡下蛋一样。就把发财的希冀寄托在彩票上，手里有了二十三十块钱就朝彩票点跑，换成两寸长的彩票条条。谁知靠彩票发财就像在大海里捞针。再一个企望就是调到县城的中学，能按时开工资，家里就有日常开支。终于，挖井钻洞地认识了管教育的副县长，他每周都朝县城跑两趟，给人家送去家养的鸡鸭鱼虾，说这些东西吃的都是生态食品食物，没有一点激素，吃了它们对身体只有好处没有坏处。人家尝了他送的东西，味道果然不一样，也就顺理成章地让他每周朝家里来两次。他到了人家家里，都要给人家把鸡鸭鱼虾杀好洗净，连杯水都不敢喝就朝回赶。但是，仅靠这些鸡鸭鱼虾就想让人家把他朝县城调跟靠摸彩票发财一样，是玻璃瓶里的苍蝇前途光明出路不大。提拔官员、调动工作都有价格，虽然不像超市那样明码标价，但圈子里的人都知道。雷欣只知道求人调动必须送红包，至于送多大的红包就没人给他指点了。他咬着牙把家里的两万多元连在亲戚家借的三万多元，凑够六万元给副县长的老婆送去。副县长老婆接过钱，说：“你耐心等着，等有了指标，我马上让老李给你办。”

他还是三天两头朝李副县长家里跑，还是把没有用激素喂养的鸡鸭鱼虾给人家送，还是替人家把这些东西杀好洗净，连一口茶都不敢喝就朝家里赶。如此曲意逢迎，拍马溜须，该尽的殷勤都尽了，千年的铁树也该开花了。一年过去，两年过去，朝县城调进了一批，又调进了一批，就是没有他。他根本不知道朝县城调动的价格是八万元，他还差两万元，没有给人家付够钱还想把货提走？而且还是紧俏货，多少人在货的后边排着队等，有的人把价格都提到了十万元，而且早早就交到人家手里等机会。现在是市场经济，市场经济的特点就是把利润提升到最高点，人家送了十万你送了六万，你说人家该把指标给谁？

雷欣祸不单行，虾塘出了病疫，没有钱买虾药，一塘虾病死得没有一只活下来。养虾的本钱都是借的，指望把虾养成了给人家还钱，再给孩子交学费。这个指望没有了，连以前借人家的钱都没有办法还。老婆在这个时候也病下了，人进了医院却没有钱送医院，只好躺在走廊上等雷欣筹钱。雷欣还没有借到给老婆看病的钱，孩子又从学校哭着回来，说是没有交学费被老师赶出来了。雷欣是中学老师，孩子在小学上学，中学的老师管不上小学的事情，何况他只是一般老师，小学的领导不会给一般教师面子。雷欣千般无奈万般无奈，就去找李副县长太太要钱，理由是我的事情没办成，就把钱退给我。

雷欣犯了一个致命的错误，就是没有搞明白人家的手从来都是收钱的，根本没有朝出拿过钱。几万块钱在人家眼里确实是个微不足道的数字，但你雷欣是什么东西，一个普通农村教师凭什么要人家把钱朝出拿？你要是省长厅长，别说八万元，八十万八百万人家都朝出拿。李副县长太太觉得雷欣要钱就是对自己的巨大侮辱，就像拾破烂的民工提出要和自己做爱一样。自己的宝贝也不是别的男人不能用，关键要看那个男人是干什么的，有什么级别。要是省长厅长用了是对自己的抬举，是自己的荣幸，是给自己头上戴了五彩光环。要是拾破烂的农民提出来要用，就是把自己的身价贬低，把自己看成站马路边的低等妓女。雷欣提出要把钱还给他，就像拾破烂的农民提出要用自己裤裆里的东西一样。

雷欣见她不同意，就主动提出少要一半，还给自己三万就行了。人家确实不在乎钱多少，人家在乎的是关系不能颠倒，在情感上无法接收这种做法。这些年来，都是被管的人给管他们的人送钱，哪有管人的人给被管的人送钱？自己的钱也不是不能送人，要看送给谁，要是省长、厅长肯接自己的钱，就像他们肯用自己裤裆里的东西一样，是看得起自己，自己丈夫的前途就会由此无量。

雷欣把要的钱降到一万元了，说把孩子的学费交了，再让老婆把病看好，剩下的就算了。人家开始问，你要钱干什么，接着就说我什么时候拿你的钱了，再接着说你以为我们当县长的就有钱，我们一不贪二不占给希望工程灾区人民捐款还得带头，捐少了都不行，每捐一次家里一个月都吃不上肉。最后竟翻脸不认账，说你这是敲诈勒索，我们清清白白地做官，你竟说我们收了你的钱，是对我家的诬蔑，是对人民政府的诬蔑，更是对执政党的诬蔑。限你三分钟离开我家，否则我就报警……

她说这些话的时候，雷欣正在杀鸡，说得雷欣胸中恶气腾升，抓起那把不知替她家杀了多少鸡的菜刀，对着李副县长太太就砍，砍了一刀，又砍了一刀，直到把脑袋砍得稀烂，才扔下菜刀，从容地把身上的血衣脱了，到卧室换上李副县长的衣服，又把厨房的煤气打开，把菜油浇到客厅卧室里，点了一把火……

公安机关在破案过程中，发现了一个基本完好的保险柜，里面有三千七百多万元的存折和现金，还有很多美金、欧元、港币、贵重首饰。

第三天，这个县就出了两件轰动全省的事件。一件是李副县长被双规，另一件是杀人犯雷欣买的彩票中了五百万的大奖。三个月后的一天，在省会的中级法院审判厅，审判长宣布原李副县长贪污受贿数额巨大，依法判处死刑。本来，李副县长的事情出来以后，圈子里的人还想捞他。但国家级贫困县的副县长，竟然利用职权敛财三千七百多万，一个县全年的总产值才多少？新华社内参把此事写到中央高层，层层就批下来，圈子里蠢蠢欲动的人才知道再活动也是白搭，也害怕把自己牵扯进去，也就偃旗息鼓不敢轻举妄动。李副县长被抓之后，县领导班子成员又被抓进去很多，有个一把手竟然达到四千多万。

在同一时间同一法院的另一个审判庭，审判长宣布故意杀人犯雷欣作案手段残忍，犯有行贿罪、纵火罪、杀人罪，不杀不足以平民愤，依法判处死刑。

李副县长的死刑宣判之后，全县人都鸣放鞭炮庆贺新生。雷欣的死刑宣判之后，人们互相串联为雷欣请愿，请求高级人民法院从轻发落，请愿书上竟有十万人签名。有好事者把雷欣的事贴在网上，建立了雷欣纪念堂，为雷欣请愿的网上签名达到一百多万人。

更令人想不到的是雷欣在被执行枪决前留下遗言，买彩票中的五百万大奖，除了上缴国家税收一百万，留下一百万给妻子孩子做生活费用和教育费用，其余三百万捐赠给陈皮的这所医院。

章之含看完通讯，长长叹口气，隔了很大工夫，才自言自语说：“医生只能救人，难以济世呀！”

陈皮看着章之含，也长长叹口气，也没有说一句话。章之含能感觉出陈皮痛苦到了极点，整整一天除了诊病必需的问话，多一句话都不说。

周四下午五点四十，诊室的病人少了，陈皮和章之含就有了说话的时间。陈皮在诊室里转了一圈，又举起双臂把身子朝后仰了一阵，重新坐到椅子上的时候，问章之含：“你周末都做什么？”

“就是在家看书写东西，索味得很。”

“这个周末我们一块去爬六指山如何？”

章之含没有思考就答应了。

“我们两个都没有车，把乔总叫上，她有车，我和她换着开车，”

章之含和陈皮相处几个月了，还不知道他会开车，就惊奇地问：“你会开车？”

“原来在部队汽车团当驾驶员，在青藏高原开了六年车。”

章之含这才明白为什么陈皮让乔老板到青藏高原旅游，还不让她坐飞机，在翻越唐古拉、昆仑山的时候停下来，在山顶待上一个小时。如果没有亲身体验，绝对不会想起让她坐汽车到青藏高原，并在这些山脉的顶峰停下，欣赏青藏高原的风光的。

他们坐着乔老板的宝马车，三个小时就到了六指山下的小城通咋，这是一个只有几万人的山城，有小河穿城而过，当地人取名北圣河。河水已不清澈，有土著在河里撒网捕鱼，人在河里行走，水面上就泛起黑水，此河已被污染。居民以黎人为主，民风淳朴，友好善良，过往行人大多口嚼槟榔，把嘴唇涂得如抹了丹红，吐出嚼过的槟榔，地上就有了一摊稀释的朱砂。车到通咋正是中午，应该是烈日当空，酷热难耐之时，但北圣河上游峡谷吹来阵阵山风，带着山林的清爽和凉冽，扫荡了小城的溽热，使人精神和肉体都觉清爽。有一经营当地风味的去处，名曰翡翠酒家。陈皮和章之含都是文人，看到翡翠两字，再环眼四周山巅，山都不峻，全被绿林覆盖。章之含就对陈皮说：“通咋有翡翠城之称。今日到此一看，果然不枉翡翠名声。”

陈皮没有说话，转过身子看到一片山坡，草木全无，一派荒芜，如同人头上生的疥疮，很煞风景，就问店家小姐："山上的树木怎么全被砍去？"

店家小姐答："洋浦建了一个造纸厂，需要大批树木，这些树木就给了造纸厂。造纸厂要是再开工几年，海南岛恐怕就没有树林啦。"

陈皮望着砍光树木的山坡，神气肃然，过了很大工夫才长叹口气，说："罪过，罪过！"一番得道高僧的气度。

乔老板就跟他开玩笑："看陈院长的神气，应该出家修行！"

陈皮说："我心向佛门，就是舍不得酒肉穿肠，断不了俗根，最多当个佛门俗家弟子。"过了一会儿又说，"世人都是有心向佛，俗根难断。"

他们围着圆桌坐定，店家小姐就拿着菜谱过来殷勤。陈皮说："凡是别的地方有的菜我们都不要，就要别的地方没有的菜。"

店家小姐说："我们这里有五脚猪，干煸和打边炉都很好。还有一种野菜，名曰革命菜，清热去火，这个季节吃起最好。"

陈皮问："何为五脚猪？"

店家小姐还没有回答，乔老板就抢着说："此地有一种猪，嘴巴很长几乎挨近地面，猛眼看去如长了五条腿。此猪长到二十多斤就不肯再长，皮肉鲜嫩，味道奇香。由于产量不高，仅能供应本地需求，别的地方很难吃到五脚猪肉。吃这种肉火锅最好，不能干煸，干煸味道虽浓，但油腻太重，不适合我们的口味。如果能佐以口味淡苦的蔬菜，真是一道上等好菜。"

陈皮说："乔总不愧是开酒楼的，说起菜来头头是道。你把五脚猪的来历说明白了，这菜为什么叫革命菜？"

乔老板说，："这我就不知道了，要问当地人才知道。"

陈皮就问店家小姐，店家小姐也不知为何把此菜叫革命菜，就叫来老板。老板五十出头，给他们一一散过名片，就滔滔说开：“六指山当年是琼崖支队的根据地。琼崖支队被国民党部队困在山里，没有粮食，就靠这种野菜度日。共产党夺取江山以后，每次搞忆苦思甜就把这种野菜采来，放上盐煮熟吃，说是吃了就能保持革命本色，人们就把这菜叫革命菜了。到了这些年，官家不再忆苦思，喜欢吃生猛海鲜，肚皮越吃越大，脂肪越吃越多，血脂血压越吃越高。听说当年琼崖支队长年吃这种野菜，肚皮没有吃大，脂肪没有吃多，血压血脂没有吃高，力气和智慧却越吃越多，竟然把国民党都打垮了。于是，就盛行吃这种野菜减肥。”

众人听完哈哈一笑，唯有陈皮沉默不语，眉头不展。章之含与陈皮共事数月，深知陈皮很懂养生之道，心态平稳不怒不争益于延年益寿。但又经常看他愤世嫉俗，感慨万千，自寻烦恼。这阵，他看着陈皮，心里又涌出一阵迷惑。

陈皮问店家老板说，欲爬六指山，何时爬山最好？店家老板说，现在是午时，午时和未时太热，不宜爬山。最好在此地找个旅馆，吃过饭休息一个时辰，入了申时再爬山，天气凉爽了爬山就安逸。如果客官不嫌本酒楼肮脏，我们有几间客房，收费很是低廉，你们在里面休息两个时辰，每间付十元人民币即可。

片刻工夫，火锅就支好，五脚猪肉也端上来，还有一筐墨绿色的野菜，店家小姐说这就是革命菜。锅里的水烧开后，店家小姐把五脚猪肉倒进锅里，又给里面倒了味精、盐面，给他们的佐料碟里放了姜蒜小葱虾酱面酱生抽，又把牛眼大小的橘子挤破，把汁挤到佐料碟里。乔老板给陈皮和章之含解释，这种橘子奇酸，味道香涩，是充当陈醋的上等调味品，当地人极少吃醋，都用这种小橘当醋。

五脚猪肉放进锅里煮了几分钟，店家小姐就说可以吃了。三只手捏着六根筷子一齐伸进锅里，把肉在佐料里蘸了，放进嘴里细细品了，齐说在海南多年，竟然不知道六指山还有这么好吃的东西。不大工夫，锅里的五脚猪肉就被筷子夹光，店家小姐又给锅里倒上生肉，此时才想起还没有给客人上酒，就问：“老板可否要酒？”

章之含看着陈皮，没有回答。乔老板却被提醒，说：“我车里有酒，洋酒国酒都有，全是名牌，你们喜欢喝什么酒，我去拿来。”

陈皮笑着问：“把那瓶才开了盖子的茅台拿来。我给通咋市卫生局孙局长打个电话，让他也来喝两杯。”

乔老板又有了惊奇：“你怎么知道我车上有瓶刚开了盖的茅台？”

陈皮说：“你在海口出发的时候，打开了车后盖，我刚好站在旁边……”

几分钟工夫，孙局长就开车过来，老远就故作惊喜地招呼：你到了老子的地盘，也不提前打个招呼，把酒喝了半截才给我打电话。陈皮说天地良心，酒在昨天就开了盖子，我们真的没有喝一口，就等着领导过来喝。你们这里的五脚猪太嫩香了，等不及就吃了一锅。孙局长说我们不稀罕五脚猪，想吃天天都能吃上，稀奇的是你的茅台，尽管公家的酒天天都能喝上，但茅台只能在接待领导才能喝。今天咱们打平伙，喝的酒由你们包，吃的肉由我包。

陈皮说我们这一顿饭，起码吃去你几天的工资。孙局长笑着说，陈院长真把我小观了，本局座官拜十一品正科，虽没有九品县官的权力包天，但报销几顿饭钱的权力还是有的。

乔老板见孙局长豪爽，就更加豪爽起来，说我车里还有几瓶好酒，谁想喝什么喝什么。当下就招呼店家小姐和她一块到车的后备箱抱来几瓶好酒。乔老板看着孙局长，指着其中几瓶洋酒说："局座，你要是能说出这几瓶酒的名字价格，我就送给你。"

孙局长一怔，脸上有了不悦，但很快就掩饰过去，也就开玩笑地说："此话当真？"

"当真！"

孙局长拿起一瓶洋酒，看了说："此酒是路易十三，虽贵也不过万元，但这瓶酒产于 1863 年，距今有一百四十年时间，价格就奇高了，海南买不到这酒，北京的零售价是六万八千元。"说完，又拿起一瓶酒，说，"此酒是智利蒙娜卡珍藏梅洛红葡萄酒，产于 1744 年，距今有二百六十多年时间，海南也没有此酒出售，北京的零售价是三万二千元。"

陈皮脸色更黑沉了。

章之含被他的酒知识震撼了，当代中国能认出这几种酒的人应该是凤毛麟角，再能说出酒的出产年代、价格，专家也不过如此，敬佩地说："孙局长对洋酒的认知可谓丰厚，真乃专家也！"

乔老板也敬服地对孙局长说："没错，你全说对啦！"随之就对店家小姐说，"把这两瓶酒送到局长车上，我答应的事情一定兑现。"

孙局长挡住店家小姐，说开玩笑何必当真。当今在官场上混的人，可能没读过《人类史》，但绝不能没喝过名酒。级别高的喝好酒，级别低的喝赖酒。像乔老板这种名贵酒，我这个正科级局长，一年也能喝上一两次，味道实在不敢恭维，但就是喝人家那牌子。就像赖昌星包女歌星，味道不一定比歌厅的小姐好，要的是歌星的牌子。

酒过三巡，陈皮就挡住给大家倒酒的店家小姐，说："中午的酒就喝到现在为止，下午还要爬山，晚上再好好喝。"

章之含跟着陈皮在诊室坐了几个月，回家也读了一些中医著作，也养成了见人观色的职业习性。见孙局长脸色白华无光，语细气短，眼神无力，动作迟缓，手指胳膊颤抖，就感觉他有病在身，至于什么病症，就不能像陈皮那样明晓了。

吃饭的时候，陈皮看着孙局长的脸，阴沉地说：“你最近要注意节制，三个月不要近女色！”

孙局长一惊，急问：“我的身体怎么啦？”

陈皮：“你最喜欢做的那事情会要人性命的，色是刮骨的钢刀，钢刀快把你的骨头刮断啦！”

乔老板开玩笑说：“你们这些当官的，工资基本不动，老婆基本不用。可钱拼命花美女拼命用，花的用的都是人家的，用人家的不心痛，就拼上命地用。人都说当官的公文包里有三件套，金卡、伟哥、安全套，哪一夜都不让自己闲下来。上个月枪毙的河南省那个交通局长，天天都要新鲜小姐，一夜换一个，不能重样，环肥燕瘦，尝遍天下美色。夜里伤了身子，白天就到酒楼里补，就是把王母娘娘的奶喝了都补不过来。”

孙局长尴尬一笑，说：“啥东西都能上瘾，上了瘾就不好戒啦。”

陈皮还是沉着脸说：“我给你说的是实话，你不要不在乎！”

吃过午饭，孙局长说什么也不同意陈皮他们在这里歇息，说你们到了我的地盘，不事前通知我接待，已经犯了错误。再不给我表现的机会，就是错误上加错误。坚持把他们拉到本地最高档的旅游山庄，一人一间豪华套房，说好四点钟准时出发，半小时赶到六指山下，爬山两个半小时，天黑下山就在这里吃六指山的小黄牛肉，绝对生态食品没有污染。

吃过饭，大家上卫生间的时候，陈皮把店家老板拉到一边，悄悄交代了些事情。

孙局长驾着崭新的进口越野轿车，经过北圣镇到满水乡，又向着六指山下驶去。进口越野车和乔老板的宝马车相比，速度快多了，上坡几乎不用减速，车内也比宝马宽敞。乔老板感慨地说出门坐越野车就是好，以后也买辆越野车，局座你这车多少钱？孙局长一边开车一边说，这车是元月份买的，八十多万，你要是想买，我给广州的朋友打电话，让他帮你打个折，能便宜两三万。乔老板说，我暂时还不行，拉萨那边需要资金，起码在两年内买不成车。还是你们当官的好，打个报告上头一批，再贵的车都敢买。

孙局长说我过去的车是丰田2.0，速度各方面都不行。我们干基层领导，车不好行动就不方便。六指山这地方很特殊，省上的、北京的，方方面面的领导、领导的家属朋友，领导家属朋友的家属朋友，都要到这里旅游度假爬山，车不好就不适应工作需要。我这车在市局一级还不算最好的，人家民政局有钱，国家每年都拨下来上千万扶贫款，局长坐的是一百四十万的进口豪华越野车，上到高速开到二百迈还没有感觉。同样都是局级，有钱的局跟没钱的局就是不一样。

章之含看陈皮闭着眼睛，根本没有听孙局长的话，像是睡着了一样。车到六指山下，陈皮才揉着眼睛从车里爬出来，问孙局长："我们爬山，你怎么办？"

孙局长拍了下肚子，说："你看我这肚子，想陪着你们爬山也爬不动。你们爬吧，我到乡政府喝茶等你们，你们需要车的时候给我打个电话，我十分钟就赶到。"

陈皮思谋了一会儿，问："这里有没有你们卫生局的下属单位？"

孙局长尴尬地笑了一下，说："有。"

陈皮就看着他不说话，孙局长说你有话就说老看我干什么。陈皮说你听我一句话，孙局长说一百句我都听。陈皮说我们爬山以后，你就守在这里不要乱跑，否则有生命之危。孙局长有气无力地一笑，说陈院长又拿大毛球吓傻姑娘了。

陈皮看着孙局长，就是不肯爬山。孙局长见客人不肯爬山，就说我听你的就是了，本姑娘就当被大毛球吓了一次。

“我再次给你说，你一定不能离开这里，否则真有生命之忧，就是没有生命之忧，于身体也有极大的损害！”

孙局长连声说，我听你的，绝对不离开这里半步！

乔老板就跟他开玩笑说，当上乡镇长，村村都有丈母娘。你官拜正科级孙局长，下边那些女医生小护士，还不都是你碟子里的菜，筷子想朝哪个碟子伸就朝哪个碟子伸。孙局长笑眯眯地说，你以为她们是免费的碟子？你是开酒楼的，能让人免费吃你的菜？我们想享受就要买单，她们要入党，要提拔，要调到市里工作，享受了她们就得给她们办。入党好办，没有限制指标，给下边打个招呼就入进去了。可提拔调动要指标，没有指标我也不敢把筷子伸进她们的碟子里。乔老板说，有了指标你就敢享受了？孙局长就哈哈大笑，说各行各业都有潜规则，话说得太透彻就没有意思了，又不是传达上级文件，传达得越透彻越好。不过，她们要是得到了提拔，调动了工作，就是终身受益。干那事也算不上付出的代价，公羊压母羊，羊羊（洋洋）得意，享受的事情就不能算代价。听说海口三亚专门有女老板女官员找少爷，比找小姐要价都高。

山高，挡住了太阳的光辉，也阻了太阳的酷热。他们换上旅游鞋，开始爬山的时候，太阳已经彻底被山挡住了。身上就有了清爽冷冽的感觉，山林里吹着一阵一阵的风，不大不小，章之含和乔老板觉得身上充满生机。陈皮换鞋的时候慢慢吞吞，爬山也一直落在他们后边。爬过半山，陈皮已经落后他们百米之遥。他们就停下脚步候陈皮赶上来，陈皮赶上来问章之含和乔老板，你们感觉如何？

真好！很长时间没有这样爬山了，身体也从来没有这样疲惫过。我生病的时候感觉身上没有力气，那是病态的疲倦，现在是劳累后的疲惫，很舒服。章之含喘着气说。

我听人说，人进山就成仙。我们才爬到半山，就有了做神仙的感觉。我老了，就在这里买一块地皮，盖上一栋别墅，天天在这里做神仙。乔老板也喘着气说。

章之含一直想着陈皮对孙局长的交代，不要他离开汽车，否则就有生命之忧，就不解地问陈皮：你刚才说不让孙局长离开汽车，离开了就有生命之忧，此话从何谈起？

陈皮长说你吃饭的时候，看了他的气色神气，没感觉出来他有病？

章之含说我看他脸色白华，语细气短，手指胳膊颤抖，不知道他这病会有生命之忧？

陈皮说此人属肾阳衰竭，长期房事疯狂所致，已经到了危及生命的临界。如果病人不加克制，继续摧残身体，就会造成阳脱，抢救不及时就会殒命。

乔老板说，这年头多少当官的英年早逝，说穿了都是累死的。要当上官，一级一级朝上边爬，多少人都在竞争那个位置，要竞争就得费力气，费的力气小了都不行，这是一累；当上官要应酬喝酒吃饭，不掏钱的鱿鱼海鲜各种名酒，扯开肚子吃喝，营养过剩酒精中毒，这是二累；当上官就想享受，吃饱喝好就想玩，也有漂亮女人巴结当官的让人家玩，今天玩这个明天玩那个，把身上的精血消耗得干干净净，这是三累；当了官屁股上多多少少都有点屎，成天担惊受怕被双规，这是四累。这四种累加在一块，必然英年早逝。六指山的老农民，有几个英年早逝的?

章之含觉得乔老板话说得粗鲁，但确实有一定道理。

三个人就这样说着爬着，又爬了好长一截路。章之含毕竟是过了五十门槛的人，乔老板身体肥胖，不适合爬山，三个人就坐在路边歇息。陈皮突然问章之含:“你现在睡觉很好了?”

章之含一愣，说我不知道什么时候病就好了，现在头一挨枕头就睡过去，一觉睡到天亮，梦都不做一个。陈皮说你现在病好了，明天就不要到医院来啦。

章之含说我还真迷上中医了，中医理论博大精深，复杂至极，既能治病救人，又能修养自身，真是中华文化的瑰宝。

陈皮又是一笑，再没有说话。突然想起什么，掏出手机拨了一串号码，里面显示的电脑声音说对方关机，陈皮一惊，说:“孙局长拼命啦!”

章之含问:“孙局长怎么拼命了?”

陈皮说:“孙局长为色拼命啦!”说完，又从口袋里掏出翡翠酒家老板的名片，拨通电话说:“你马上到中药店买三十克人参，熬上二十分钟，装在暖水瓶里，以最快的速度送到满水乡卫生所，给孙局长喝下去。他如果昏死不能张嘴，就撬开他的牙朝里面灌。千万不能耽误时间，孙局长的生命正处在危险时刻。我承担所有的花费，另外再给你三百元的劳务费。”

章之含更是迷惑，问:“孙局长真有生命之危?”

陈皮说:“看人参汤能不能及时送到，这就是天意啦!”

三个人都不再说话，过了一会儿乔老板给陈皮说:“我还打算晚上和孙局长一块吃饭的时候，说给六指山市的医院捐赠笔款子，以后每年都捐，也算我为人世做了点善事。”

陈皮摇了下头，说："可惜孙局长今晚不能和我们一块吃饭了。他以后再不也不能不花钱地白吃白喝白玩美女啦！"

乔老板没有听明白陈皮的话，章之含也没有听明白陈皮的话。

陈皮看他们都迷惑地看自己，又解释说："他出了这档事情，还能继续当孙局长？就是这次没有危急性命，共产党也不会放过他的。现在的官只要一犯事，没几个能经得起查的！"

他们这才明白过来。

陈皮长叹口气，说："老孙，你这是自己给自己喂砒霜哩！"

他们又朝前走了一段，看见路边有个小院，陈皮走到院门前，轻拍门环。院里传来洪亮声音："门没有闩，进来吧！"他们三人推门进去，有一老头已从房里走出，陈皮急忙鞠躬行礼："老伯，我们几个登山累了，想在这里休息一会儿。"

"哈哈，我烧的这壶水刚开，你们就来啦，正好泡茶。"章之含看到房里的木炭炉子上有一水壶，壶水噗噗作响。老人指着院里的石桌石凳，说："你们就坐在这里歇息，我给各位泡茶。"

老人把茶水泡好，杯子雪白，茶水碧绿，清香扑鼻。他们坐在那里，再也没有朝山顶攀爬的心思，都望着山下，花费了两个小时的力气，其实并没有爬高多少，还能看到模糊的房舍、公路、楼房、树木、稀疏的人、漫步的牛。人在其中，觉得这座楼连着那座楼，上楼下楼都费力气；这条路通着那条路，走路多么艰难；满目的人群，人心隔了肚皮，要清晰人心何等艰难。再看六合万物，一切有章可循，按部就班，日出日落，花盛花衰，草荣草枯，高水低流，冬去春来，天地运转，气候变化，天雨地水，哪一件没有规矩？哪一时不按章法？只是人在低处看不透这些而已。

品茗之中，陈皮问老人：“敢问老伯高寿？”

老人朗声回答：“一百一十一岁。”

陈皮又问：“身体可好？”

老人又朗声回答：“耳不聋眼不花，每天可上山干活。”

陈皮再问：“日子过得可好？”

老人哈哈笑着说，好，地里打下一日三餐，绰绰有余。缸里有自己做的老酒，有吃有喝有，神仙也不过如此！

章之含看着老人，猛然觉得自己对人生有了新的认识。自己堂堂大学教授，竟在山里的文盲老人那里得到了人生的启迪。再看老人时，他的满目全是崇敬，不敢有丝毫不恭。

天地正在阴阳交替，昼阳在一点一点销匿，夜阴在一点一点扩洇。四周山岭上，有农人向家中归去，前边走着土狗，身后跟着黄牛，沿着鸡肠宽的山径慢慢悠悠行进。在山径的那头有间石屋，炊烟在屋顶弥漫，门框上倚有妇人朝山径这边眺望。时而喧起数声山歌，先是男子的阳刚雄浑，随之就是女子的阴柔嘹亮，阳刚和阴柔相互交替，山径上就有了一皂一孝两个人影相对而行，接近到一块，合二为一，入了树林，没有了踪影。

章之含观着天地六合演变，天庭豁然一派光亮，天道如此，人道何尝不是如此？他也豁然明白，陈皮让乔老板到青藏高原去，在唐古拉、昆仑山的山巅观赏四周风光的道理——自己在区区六指山就能得到如此启迪，要是登上唐古拉、昆仑山，会有何等的启迪？他突然觉得自己如醍醐灌顶大彻大悟了，对陈皮说我明天就到系里，给他们做个检查，要求继续带课！

陈皮从口袋里掏出茶钱，要付给老人。老人双手直摇，说：“我有吃有喝，要钱何用？再说，我有儿女在北京、海口工作，月月都有钱邮来。钱这东西，刚能顾住吃喝生活，就是贵重东西。吃喝有了，生活能过下去，再多了就是祸害。钱多了，就要给钱找个出路，除了顾住吃喝生活，别的地方花钱，哪一样不是遭害世道遭害自己？”

陈皮望着老人感慨地说，世人已经听不懂您老人家的话了！

告辞了老人，他们向山下走去。夜色渐浓，已看不清路面，到了孙局长停车的地方，却不见局长的越野车。有一轿车驶来，在他们身边戛然停下，竟是乔老板的宝马轿车，开车的是翡翠酒家的老板。

陈皮问酒家老板：“孙局长活过来啦？”

酒家老板：“真悬乎呀，我把人参汤送到的时候，孙局长刚昏死过去，我们用筷子把他的嘴撬开才把人参汤灌进去，半个时辰后才活过来。”说完，又给他们介绍事情发生的经过：陈皮他们离开后，孙局长又想起满水乡卫生所那个小护士，想调到市医院和他有过几次床上运动，毕竟是刚刚绽开的荷花，身材、脸蛋、乳房、腰肢、屁股、大腿、小腿，多有韵味，多么迷人，和卫生局的中年女干部、医院的中年女医生就是不一样，又有打不垮揉不烂的韧劲，心里便有了欲望，下边弹药匮乏，就求救现代科学，从公文包里掏出伟哥水送进肚里，开车朝卫生所驶去。轻车熟路，老马识槽，粗臂细膊相搂，黑唇红唇相吻，蓬蓬头下鸳鸯浴，进口伟哥奇效，口舌十指挑逗，花蕾盛开，娇声连连，喘气阵阵，水汪之声大作，轮回作战半个多时辰，终于激流迸射。最后竟不是精液，而是鲜血，一阵鲜血射过，孙局长呻吟一声昏死过去，下边还戴着安全套。小护士没有经见过死人阵势，顾不得赤身裸体，大声呼救，众人蹬破房门。恰在此时，翡翠酒家老板赶到……

陈皮长叹口气，说：“人参有扶元培本、救治元阳之功。孙局长元阳衰竭，人参便可救治。可世道元阳衰竭，救治世道的人参何在？”

乔老板和章之含都没有说话。

回到通咋山城，还在翡翠酒楼，吃饭，就寝，一夜无话。次日早起，章之含想去敲陈皮的门同吃早饭，却见一服务小姐走来，问："您可是章教授？"见章之含点头，就说有个陈先生给你们留话，他一大早就到北圣河边去了。正在此时，乔老板也从房间走出了。

旁边，有人议论孙局长差点死在护士肚皮上的趣事，老者说孙局长太不懂节制了，自己把自己的前程毁了。年轻人接话说，现权不用，过期作废。牡丹花下死，做鬼也风流。我要是当局长，比他还风流。

章之含摇了下头，长叹口气，和乔老板一块向北圣河畔走去。

陈皮站在北圣河畔，初升的旭日光芒正灿，照在河面上，也照在两岸的楼舍街道上，照着来来往往的黎家男女，也照在陈皮身上，陈皮身上光灿灿的。他看着河水，河水很不清澈，有几个男子在河里撒网，两寸长的小鱼都不放过。他们行走的时候，脚把河底的污泥带上来，河面泛起肮脏的水波。陈皮对站在身后的章之含、乔老板说，："河水污染得太厉害啦，要把这条河整治干净，必须把河底的淤泥清除，还要把排放污物的源头堵死。不然，很难把这条河整治干净。这么污染的河水，人吃了怎么能不发病？"

章之含再看陈皮，见他满脸忧郁愁苦，怎么也见不到往日的洒脱和飘逸。

这话恰好被晨起散步的杜光辉听到，杜光辉见这几人气宇非凡，就上去搭话，聊了足足半个时辰，就构思了这部小说。写作时查阅《本草纲目》，发现陈皮并不理气，疏肝理气者为青皮，但青皮的名气始终没有陈皮大！

嬗 变

1

下午三四点，太阳正毒，像有亿万根火箭朝身上戳。老根感觉火箭都要戳透骨头了。旁边的同行干脆光起膀子，问他：老根，你不怕热呀，穿那么厚的工作服，会中暑的！老根笑了笑，没有说话。他穿的是当年在厂子上班时穿的工作服，胸前印着“国营五四七厂”。一直到现在，他都认为自己是正宗的产业工人，还是军工。来擦皮鞋的人看到这身工作服，就对他产生信任，他手上的活就比别人多些，哪天都能多收入七八块。

老根感到渴了，拿起旁边的罐头瓶子，里面装着茶水，咕咕咚咚朝肚子灌。他觉得自己像干旱了几千年的戈壁，多少水都解不了渴。一口气把罐头瓶的水喝完，拿上一块钱，端着罐头瓶子朝跟前的饭馆走去。饭馆里有个矿泉水桶，自动加温，啥时候都有开水。他把钱送到收银台跟前，老板娘说：老根你这是弄啥哩，不就是一杯开水，我开这么大的饭馆还怕你喝开水。我们给客人茶水，都是免费的。老根说：你给消费的客人免费，我没有消费，咋能白喝你的开水。再说，我天天都要到你这灌开水，你不收钱，我以后就不好意思来啦！老板娘说：再给瓶子里加点茶叶。老根把瓶子举起，让老板娘看，说：早上放的茶叶，才泡了一道，还酽着哩！

老根从饭馆出来，看见有个小姐拿着一双皮鞋走过来，穿着睡衣。这是小姐白天的流行服装。小姐没有化妆，没有化妆的小姐不受看，看模样有四十岁了。这个年龄的女人如果不是被生活逼得没办法，不会干这营生的，老根心里叹了口气。小姐还没走到他跟前，身上的香水气息就像城管样冲过来，他打了个喷嚏。小姐在他跟前停下，一屁股蹾在马扎上，把皮鞋送到他手里，说：工人大哥，鞋底快磨透了，你给换个鞋底。小姐的睡衣领子大，低头拿鞋时，多半个没有戴奶罩的乳房像表现欲极强的明星，在老根面前抢镜头，老根觉得活像郝海东脚下踢的那东西。这年头，街道上此类东西很多，一些女人故意露出尖峰岭让人看，生怕埋没了自己的优良产品。

老根把鞋底检查了，说：两只鞋都得换底，一只四块，两只八块，再免费给你把鞋擦了。小姐说：能不能便宜一点？老根说：不能便宜了，这是行情。再说，我们做的这事情，挣的都是下贱钱，伺候的都是臭鞋。小姐笑了，说：大哥挣的是下贱钱，我们挣得是高尚钱？遇到再恶心的男人，只要人家给钱，都得朝人家身上贴，还得装出比人家老婆都亲热的样子，让人家满意。老根说：你们一次挣得多，少的一二百块，多的两三百块，还不用投资不怕亏损，不用交卫生费、教育基金、个人所得税。小姐苦笑了，说：大哥说错了，像俺这个年龄的人，人家一次给五六十块都不错了。现在啥东西都涨价，就是这事情不涨价，要交房租、吃饭、买衣服，化妆品也不能缺，不把人收拾好，谁和你做生意？这都是投资，投资少了还不行！这两年美国闹金融危机，我们就揽不到生意。不像你们这行道，出门都得穿鞋，鞋脏了就得擦，收入不高但有保障。

老根拿着明白装糊涂，说：美国的金融危机跟中国的小姐有啥关系，你们又不做跨国生意，挣美国人的钱？小姐说：关系大着哩，美国金融危机，中国的生意就不好做，老板就没有钱。不管啥人，都是先顾住吃喝了，有了剩余的钱才解决下边的问题。老板没钱了，就不找我们，我们也就没钱了。老根笑着说：你们没钱了，就跟我们还价，我们也挣得少了。小姐说：大哥是聪明人，这就是连锁反应。昨天晚上有个读经济学的客人给我说，现在的经济是蝴蝶效应，咱秦岭山里的蝴蝶扇一下翅膀，美国的华尔街就要刮飓风。老根看着小姐，敬佩地说：以小姐的学问，该去当大学老师。小姐叹口气，说：我当年都考上重点大学了，就是家里没钱，才没有上成。当年要是上了大学，这阵还真的在哪个大学教书哩。

老根跟着叹气，说：我收你六块钱算了，顾住本钱就行啦！说完，就低着头修皮鞋，十多分钟后，皮鞋修好了，也擦好了，摆在小姐跟前，说：你看修得满意不？小姐连声说：满意，工人大哥的手艺真是没啥说的。老根就等她把钱朝出掏。小姐把睡衣摸了一遍，说：糟了，我出门时忘了换衣服，把钱包忘带了！这样吧，我就住在跟前，大哥要是不嫌弃小妹，跟小妹去一趟，小妹跟大哥做次生意。大哥要是不愿意，就拿钱走人，我不赖大哥的钱，按八块钱给。老根说：小妹也太不把自己当人了，八块钱就让人家做一次？小姐说：我看大哥是好人，不愿意挣大哥的钱。要是换成别人，没有五十块钱休想动我的产品，最多看一下说明书。老根说：我不去了，你啥时候过来了，把钱带来就行啦！小姐笑了下，说：现在的和尚都找小姐哩，我都接待过好几个和尚，大哥放着不花钱的小姐不享受，比和尚都和尚。

小姐走后，来了老根好久没见的三本。三本原本和他在一个厂，一块下岗，一块支了擦皮鞋的摊子。但三本前年就不干这行道了，听说在火车站当票贩子，收入咋样，不知道。三本走到老根跟前，朝马架上一坐，从口袋里掏出香烟，很气派地甩给老根一支。老根看了牌子，是四十块钱一包的“软中华”。又看三本的行头，穿着“西服，脖子上吊着拴狗链子”。三本和他一块擦皮鞋时，经常说领带是“拴狗链子”。脚上穿的皮鞋是真皮，不是复合皮，就是有点脏。头上打了摩丝，油光发亮，一根毛都不乱，苍蝇爬上去都要摔脱胯骨。老根看了“软中华”，又看了那身行头，人眼变了牛眼，惊诧地问：三本，你当领导啦？看你这派头，起码当上了处长！

三本把烟点着，吸了一口，说：处长有啥当头，跑到北京城，随便钻进哪个茅房，十个拉屎的八个都是厅局长，剩下的两个是给人家提包的处长。说话口气比到中国视察的联合国秘书长都牛气。老根又把三本看了看，故意在目光上用力气，目光像刀子，朝三本身上扎，一边看一边笑，满是揶揄地说：连处长都看不上，几年不见，你屎爬牛上粪堆——一步登天了！三本两只脚互相一蹭，把皮鞋脱下来，说：千里做官，为了吃穿。他们当省长厅长，还不是为了挣钱。我要是挣的钱比他们多，他们想给我调换，我都不一定愿意。又说，这几天忙，没顾上擦鞋，一会儿有个外事活动，脏皮鞋影响国家形象，麻烦你给擦擦。

老根拿起皮鞋，去污，上油，擦拭，抛光，手上忙活，嘴也不休息，又给三本调侃：几年不见，还真变成大尾巴狼了。连厅长省长都看不上，是不是开了跨国公司，当上了董事长？咋没见带司机保镖，起码要带个女秘书，找个十七十八的，照耀半条街道，让咱这些老伙计开开眼。三本煞有介事地说：我让她先到金花大酒店开房去了。接待外宾前要休息一会儿，休息不到位精神就不好，影响公司的生意事小，影响国家的声誉事情就大了。甭看咱没当什么处长厅长，但爱国情怀一点都不比他们差。老根脑子一转，说：你要是没事，替我看会摊子，剩下这只鞋你自己擦，这也是你的老本行了。我赶紧到农贸市场买些牛肉，听说今天的牛肉两毛钱一斤，等于白送，不买白不买。

三本没反应过来，说：老根想发财想糊涂了，世上哪有两毛钱一斤的牛肉？老根得意地笑了，说：世上的牛都叫你吹死了，这么热的天，牛肉又不能放，不赶快卖出去就臭了，环保局还要罚污染费哩！三本说：你思想不解放，观念陈旧，不与时俱进。像你这种人，只能擦一辈子皮鞋，最多把擦皮鞋的摊子换成擦皮鞋的铺面，休想干大事。他数落老根时，老根也把皮鞋擦好了。三本从皮包里掏出钱包，故意让老根看到钱包里厚厚一沓子百元大票。

老根吸了口气，说：钱包里装那么多钱，怕有两三千，也不怕贼娃子偷啦？现在的贼比好人多，满街道都是。三本说：你好大的两三千，棉花籽眼窝，我钱包里啥时候都不能少于一万块现金，这只是付小费用的，付大额的要刷卡。你知道啥叫刷卡不？老根摇头，三本更得意地说：刷卡就是花再多的钱，不要掏现金，把卡朝人家的那里面一插就行了。老根琢磨了一会儿，说：闹了半天，你的卡跟鸭子的命根一样，朝富婆的那里一插，钱就到手了！三本没有搭理他，眉里眼里都是看不起他的神气，从厚厚一沓子百元大票里抽出一张，塞到老根手里，说：拿上。我当初要是和你一样保守，这阵还得坐在你旁边给人家擦皮鞋呢。老根急忙把钱朝三本手里塞，说：三本你这是弄啥哩，咱们都是老伙计了，给你擦个皮鞋，咋能收你的钱，让我的脸朝啥地方搁！三本说：咱们是老伙计，我才给一百块钱。要是旁人，我凭啥给一百块？我的钱是办公司挣来的，又不是当小姐挣的，一分一文都浸着我的血汗，凭啥要白给人家。

老根拿着那张百元大票，这才相信三本真的发了，难怪人家连处长厅长都看不上。自己也给处长厅长们擦过皮鞋，没有一个人给自己一百块钱的，给张五块钱的票子还得找零头，于是真心地说：三本，你真把世事干大啦？三本淡淡一笑，说：干大没干大，自己不好评价，起码能养得起小蜜，洗得起桑拿，隔三岔五到歌舞厅放歌一下，喝的是路易十三人头马，吃的是鱿鱼海鲜炖王八，注册资金不超过三千万的休想当我的生意伙伴。说着从皮包里掏出名片盒子，抽出一张给老根，说，这是我的名片，你以后有啥事给我打电话。你的事就是我的事，就是贴钱贴工夫我也得给你办。老根拿着名片，翻过来看一遍翻过去看一遍，名片上印着三本是经济技术咨询有限责任公司的董事长，左上角还印着公司的徽标。老根又琢磨，三本连小学都没有毕业，当年学了百十个字，离开学校不到两年都还给了老师，连假条都写不下来，拿着《陕西日报》，不认识后边的字，问老根这是“陕西日啥”。老根给他说这是陕西日报，他才知道陕西日后边是报字，还不知道日报是啥意思。就凭他那点文化，能当经济技术咨询公司的董事长？他知道啥是经济啥是技术？人家要是向他咨询，他能说出老母猪肚子里有糠！心里有了怀疑，嘴上就说出来：你这公司在工商局注册没有？三本不高兴地说：没在工商局注册，我敢打这名片？打名片就是做生意用的，我要是打了假名片，就是欺诈，人家一举报就得坐牢。

老根这才相信三本真是董事长，不是靠嘴皮子吹的，真心说：三本你真发了，不要忘了拉兄弟一把，你吃肉也让我们啃骨头。三本又有了得意，把脑袋朝高处一伸，再朝后一仰，拼命把脖子上的男人疙瘩暴露出来，说：我正式给你说，我要是吃半斤肉，起码让你吃八两。我要是当了皇上，就封你当一字并肩王，跟我平起平坐。

送走三本，老根又琢磨，自己擦一辈子皮鞋也不是事情。擦上一个月皮鞋，被各式各样的公家人，收去这个费那个税，能装进自己腰包的也就一千多点。老婆身子不好，儿子上大学，日子过得像背着碌碡上山，吸了上气接不上下气。人朝高处走，水朝低处流；树挪死人挪活。人家三本就是挪了一下，就把董事长都当上了。自己也想挪，可咋挪，朝啥地方挪，要是挪不好，说不定真像树一样挪死了。这事还得靠三本帮忙，起码得一顿酒喝，就让老婆买了半斤猪头肉、半斤花生米，凉拌了一斤生黄瓜，爆炒了二两青椒肉丝，在自家房子里支了张餐桌，就给三本打电话。

2

电视上有头脸的人物，举办酒会前都要讲话，名曰祝酒词，祝酒词开头都要说“女士们，先生们”。擦皮鞋的老根喝酒前也要说几句，但不是“女士们，先生们”，而是“领导”，相当于人家的祝酒词。人家的“女士们，先生们”，是外交辞令，端正严肃，没有感情色彩。他骂“领导”，满目愤怒，满腔仇恨，像是领导给他酒杯里撒了尿，给他碗里装了死老鼠，给他头上拉了稀屎，让他戴了绿帽子。不狠狠骂上一句“领导”，喝到嘴里就不是五十六度的二锅头，而是下水道流的东西。

三本坐在餐桌前，老根不好意思地说：你是董事长，别人请你吃饭都是在金花饭店，最不行也在西安饭庄。我请你吃饭，只能在自己家里；等我以后发了，也在金花饭店给你摆一桌。三本很知己地说：你这就不懂了，你以为我在金花饭店吃饭轻松，屎！在那里吃顿饭比擦一天皮鞋都累，生意上官场上吃饭不叫吃饭，叫应酬，叫交往，交往就是生产力。上了那种酒场，脑子得全速运转，真话假话轮着朝出贡献，真感情假感情掺着朝酒里兑，一场应酬下来，不桑拿按摩就放松不下来。酒场如战场，比战场都残酷，谁愿意上战场？在你这儿喝酒，咱说的是真话，玩的是感情，不需要你算计我，也不需要我算计你，虽说地方的档次不高，酒菜的档次也上不来，但心里轻松，比酒场的应酬强多了。

老根把二锅头朝两个杯子里一倒，又骂起来：领导！三本嬉笑着问他，人家领导把你咋啦，你天天都要用人家？老根愤恨地说：他们把我咋啦，你不是不知道。要不是他们，咱们能下岗？能在街道上低三下四地给人家擦皮鞋？当初让咱们下岗的时候，说是减轻企业负担，发展国民经济。结果咱们下岗了，人家把工厂一卖，到合资企业当了老总，年薪一百多万……

老根这话又把三本的仇恨勾起来了，也愤恨地说：老子有朝一日翻过来了，非查查他们到底贪污了多少，枪毙不了也判个无期。他说这话的时候，好像是公安部部长给秘书下达指示。说完，话锋一转，说，说起来我还得感谢那些人，他们要是不让我下岗，我这阵能当上董事长？恐怕连咨询这个名词都弄不明白。老根见三本不骂领导了，也就把对领导的仇恨压在肚子里，说：喝酒，不说他们了，说起来就生气。尔后，又说：你把杯子里的酒喝干，喝干了我再给你倒！三本端起酒杯，说：这些年我喝的都是洋酒，猛地喝这么爆的国酒，不习惯！要不是看咱是老伙计，说啥也不会喝这种酒！老根说：你少给我装洋相，你的根根底底我啥不知道，就是开春把你泡到洋酒缸里，泡到来年入冬，你身上的红苕气都泡不掉。就是用钱把你埋起来，你身上都没有富贵细胞。土鳖到骨头里的人，还充什么洋公爵。把酒喝干！

老根端起三本面前的酒杯，送到他手里，说：一口干，我也一口干。你忘啦，当年在厂的时候，你偷看女厕所，让人家告到厂长那里。厂里要收拾你，我给厂长说派你去打扫厕所，才没有给你档案里记一笔。要是给你记上一笔，走到哪档案跟在哪，当一辈子流氓犯。三本一口把杯子的酒干了，很夸张地哈了口气，用巴掌把嘴一抹，说：那时候我都三十多岁了，没有一个女娃跟我谈恋爱。那时候没有小姐，憋得再难受也得受，世界上最难受的就是那地方憋了，找不到放火的渠道。那天我看咱车间的小曲上厕所，男女厕所的隔墙上，不知谁钻了个洞，透过洞能看到那边的屁股。谁知刚把眼睛贴上去，隔壁都叫起来，好像我的东西透过墙上的洞戳到她的窟窿里了。要是放到这时候，凭她那副样子，给我小费让我看她的屁股，我都不看，污染我的眼睛。

大半瓶二锅头喝完，两个人都有了晕乎，老根说：咱明人不说假话，你说要帮我与时俱进，发展前途。咱把酒都喝到这份上了，你说咋帮我策划人生？三本晃了几下脑袋，故意卖关子。老根说：你没尿净，晃荡啥哩？三本说：你才没尿净，我要根据你的实际情况，策划你的人生。我现在以经济技术咨询有限责任公司董事长的名义，正式邀请你加盟我的公司，担任业务经理。

老根看着他翻动的嘴唇，像刚下过蛋的母鸡屁股，不相信地问：你就这么把嘴唇一翻，我就成了业务经理？要是明天再请你喝次酒，说不定就成了副董事长啦！三本夹了一筷子猪头肉，塞到嘴里，牙齿嚼在脆骨上，发出嘎巴嘎巴的声音，直到声音不响了，才说：我说你落后，你还不服气。我说你不与时俱进，你说我冤枉你。我是董事长，我的话就是指示，就是命令——我说你是业务经理了，谁敢放个屁！老根赶忙给三本杯子里把酒倒满，三本又说：老根你要改革开放，不能像当工人那样老实。这年头，老实就是笨蛋，老实就挣不来钱。一会儿把钱喝完，咱们到歌舞厅，酒水钱小姐费我包了。今黑就不要回来了，我给你在酒店开个房，再给你包个小姐，你也潇洒潇洒。都当上公司的业务经理了，还没有进过歌舞厅，没有玩过小姐，不要说配不上业务经理这个称号，也对不起自己的苦难经历。

三本的话还没说完，老根老婆一巴掌拍在餐桌上，指着他的鼻子说：三本你教俺男人找小姐，看我不把你轰出去！三本就嘻嘻地笑，笑过了说：嫂子你吃啥醋哩，我这是考验老根哩，他要是答应到歌舞厅找小姐，我马上把他的业务经理免了，除名。哪个老板希望下属吃喝嫖赌？

老根觉得三本脑子不够用，别说没到歌舞厅，没找小姐，就是真的到歌舞厅，真的找小姐，也不能当着人家老婆的面说呀。世上没有一个女人愿意男人到歌舞厅找小姐，除非她脑瘫，就接着老婆的话说：三本咱不说虚的，你让我当业务经理，做什么事情，一个月多少工资？

三本琢磨了一会儿，说：我每个月给你五百块钱的基本工资，就是你啥都不干，我都给你付五百块钱。具体工作是到火车站买票，我给你布置买什么时间，哪一趟车次的票。你每天给我买两张以上的车票，每张再给你提三十元。这样下来，你每天最少挣六十元，一个月就是一千八百元，加上固定的五百块钱，就是两千三百元。老根问：我每天就给你买两张车票，你就让我挣两千三百元，世上哪有这么便宜的事情？三本说：这事情是便宜，要不我咋不给旁人挣哩，只给你挣，谁让咱是老伙计哩。不过我得给你说清楚，公司有公司的规矩，没有规矩不成方圆。规定的买票任务，你要是完不成，少买一张扣你一百块钱，要是一个月少买三张，就辞退你，不要怪我不讲情面。

老根老婆急忙给三本的杯子里添酒，说：三本兄弟，我刚才说着玩哩，丈夫丈夫，一丈之夫，离开一丈就管不上了。老根要是真想找小姐，我也挡不住。他是我的人，就得给我交公粮，少交一个子儿都不行。我把他的粮食榨干榨净，看他拿啥在外头抛洒！你刚说的买火车票，不知道火车票好买不好买？三本把酒杯放下，说：嫂子是聪明人，咋说糊涂话哩，要是好买，公司掏钱雇你们干啥？我拿钱朝卖票的地方走上一趟就行，何苦掏钱雇人，几千块要吃多少猪耳朵？老根老婆又问：你规定老根一天给你买两张票，多买行不行？三本端起酒杯，把杯子里的酒喝干，说：多买当然行，越多越好。不过，火车站规定，一人一次只能买两张票。当然，你家要是有亲戚在火车站售票，这钱就挣得容易了。我刚才说过了，我给老根一个月五百块钱的基本工资，一张票再给三十块钱的提成。你们要是有本事买四张，光提成就是一百二十块，要是买十张，就是三百块。我要的都是紧俏票，头天晚上就要去排队，排上一夜才能买两张。

老根心里琢磨，火车站售票点有空调，冬暖夏凉比家里都享受。在空调房里待上一夜，就能挣六十块钱，比擦一天皮鞋划算多了。擦皮鞋的日子实在难受，夏天像捂在开水锅里的土鳖，冬天像掉在冰窟窿里的黄鳝，还要看人家的脸色，自己都觉得比人低几个档次。这下好了，当上了业务经理，穿西服，打摩丝，把皮鞋擦亮，说不定有人把自己也当成公司的董事长哩！

3

天刚一黑，老根和老婆穿上过年才穿的新衣裳，朝口袋里装了三千块钱。换衣裳以前，老婆想洗个澡，征求老根的意见。老根说：洗，多洗一会儿，把身上的垢痂彻底洗掉。咱家的日子这些年一直过不下去，就是你身上的穷酸气太多了！等咱有钱了，买上一缸香水，把你腌到香水缸里，满身都是富贵气。朝身上装钱的时候，老婆害怕，拿钱的手抖得厉害，给老根说：这么多钱，咋拿呀？听说火车站的小偷成群，手艺高得不得了，人还没走到跟前，钱就进了他的腰包。老根也犯愁了。他擦了这些年皮鞋，见的小偷海了，好多小偷让他擦皮鞋时，给他吹自己手艺的高超，让他看当年练习小偷的能耐，在开水锅里夹肥皂片的两个指头；听小偷的口气，要是盯上你了，你就是钻到母牛沟子里，也能把你抠出来把钱偷走。

老根琢磨了半天，才想出招数，说：咱把钱分开带，一人带一千五，就是小偷偷，也不会全部偷走。老婆说：一千五也不是小数字，你擦上一个月皮鞋还挣不到一千五。我把装钱的裤兜缝起来，让小偷的手伸不进去，看他咋偷！老根说：根本不行，小偷都有刀片。你把口袋缝了，等于给小偷说，这个口袋里有钱。小偷能得很哩，有多少农村婆娘把钱缝到裤衩子上，人家小偷没有脱她的裤子，就把她的钱弄走了。老婆又琢磨了一会儿，说：咱也把钱缝到裤衩子上，我就不相信小偷有那么大的本事，隔着裤子能把钱掏走？老根说：咱是去买火车票的，排到跟前的时候，咋朝出取钱？老婆说：那怕什么，我在裤衩子上缝个口袋，用别针别上，取钱的时候，把手伸进去，就取出来了。

老婆洗过澡，老根泡了一罐头瓶茶水，拿上老花镜，胳肢窝里夹了一本《射雕英雄传》。老婆不知道该拿什么，问老根：大长一夜工夫，我总不能就坐在那里啥都不干？老根说：都干了一辈子还没干够，到了火车站，就坐在那里，闭目养神。过几天，我找个练气功的，给你教上两手，排队的时候练气功，练上几十年，活一百五十岁不成问题。老婆说：你要是死了，我一个人活着有啥意思？老根说：我也练呀，咱俩都活一百五十岁，当活化石。那些领导，贪了咱那么多钱，活不到六十就死，看谁划得来！

老根和老婆赶到火车站售票处，找到西安至广州的售票窗口，已经有十多个人排队了。老根和老婆赶忙站在人家屁股后边，老根还骚轻地给前边的人说：我排你后边，多多关照！人家说：不客气，互相关照。咱们要排一夜队，上厕所吃东西，打着招呼互相照看着。老根看人家对他亲热，把罐头瓶送到人家跟前，骚轻地说：喝茶，我刚泡的四川花茶，味道还不错。人家没有接，说了句：谢谢！尔后又问：老哥做什么生意发财？老根说：发狗屁上的财，刚刚能顾住吃喝。在一家经济技术咨询公司当业务经理，公司要派我到广州出差，听说票不好买，就提前来排队买票。那人立即对他有了尊敬，说：老哥是文化人，做经济技术咨询，不得了！老根说：这年头的文化人海着呢。火车站的厕所里，蹲着的十个人中有九个是文化人，站着的十个人中有八个是文化人，剩下的也自称是文化人。要是按厕所里的标准，咱们都是文化人。人家就笑，说：老哥不愧是文化人，说话就是幽默，春节晚会不让老哥上去抡几句，可惜了，比赵本山强多了。老根就借坡滚碌碡，说：咱没后门，也没钱给导演送。你没听说，前些年把一个大导演逮了，就是弄演员的钱，谁给钱让谁上，不给钱就不让上。也有女演员不送钱，但得让人家上，人家上了才让她们上，不让人家上她们就上不了！咱哪有那么多钱给人家送，又不是女的，黄红两道都占不上，人家凭啥让咱上。

这时候，有个人举着纸牌，纸牌上写着：替人排队买票，价格面议。老根这些年没到火车站来过，不知道还有这种职业。他在报纸上看到，有代人考试、代人干活、代人顶罪、代人怀娃的，不知道还有代人买火车票的。又一琢磨，自己实际上也是代人买票，只是名分不一样罢了。就问举纸牌的人：你替人排队买票，啥价码？那人见他搭了话，以为他要找自己代替排队，说：价格好说，咱这是无本生意，你看着给，多少都行！老根说：我不找人排队，我是想问个价格，不知道兄弟的生意好做不好做？那人说：还凑合吧，排上一夜队，能买两张票，人家一张票给一百块钱的劳务费，一夜能收入二百块。要是遇到国庆、春节、清明，车票更紧张，收入会高一点。到了淡季，几十天没有收入。

老根和老婆心里就算自己的账，三本一张票给三十，加上一个月的基本工资，一张票也没给过五十。老婆小声给老根说：三本才给咱那么一点劳务费，咱给他干吃了大亏！老根瞪了老婆一眼，他刚才给人家说自己出差到广州，老婆这么一说，不是把自己的话说穿帮啦！但他心里也琢磨，三本虽说给的少，但天天都有，旱涝保收，可以说是铁饭碗，起码不像跟前的这个人，举着牌子揽生意，能不能揽上还不一定。想到这里，心里也就坦然了。

排队的人越来越多，不到一个钟头，后边都排了一百多人，还有人源源不断地加入排队行列，像蚂蚁拉串串，一个连着一个。老根和排在他前边的人拉上关系了，知道他叫二赖，北郊人，也是替人排队挣辛苦费的。老根朝队伍后边看了，说：中国人就是多，人多地少，谁当国家主席都不行，篮篮里就那几个馍，娃却一个连着一个生，娃多馍少，娃就成了狼，抢馍吃。二赖接着说：这都怪咱自己，拼着命生娃。要是新中国成立后，就搞计划生育，一胎结扎二胎刮，现在也不会排着队买火车票。听说人家老外的女人，为了身子苗条，吸引男人，一辈子不生娃，人家的国家主席还动员她们生娃哩。人家是馍多娃少，敞开吃都吃不完，地广人稀，活没人干，掏高价钱雇人干活。咱是人多地少，人没活干，到处都是失业。二赖常年在火车站排队，三教九流都接触，世上的事没有不知道的，练得油腔滑调。

老根擦了这些年皮鞋，跟三百六十行的人都打交道。他十三岁卖蒸馍，啥事都经过，跟二赖说起来，这是棋逢对手，将遇良才，张飞战马超，针尖对麦芒，就接着二赖的话问：二赖，你家是几兄妹？二赖说：一共兄妹五个。老根又问：你排老几？二赖回答：老四。老根笑着说：你还应该感谢毛主席，幸亏老人家不搞计划生育。要是搞计划生育，说不定都把你结扎掉了。就是你妈怀上你了，也得叫人家绑到手扶拖拉机上，拉到医院刮掉，扔到垃圾桶里肥了农民的庄稼。二赖也不生气，乐呵呵地说：我宁愿叫刮掉，也不想到世上受罪。人没有生下来，啥事都不知道，刮了也就刮了。就像现在没有老婆的男人，把种子射到南墙上，晒成了娃干，南墙上的娃干知道个啥？

有人接着说：二赖你知道把你爸的婆娘叫妈；人家国外不叫主席，叫总统。国外也不会有男人把娃射到南墙上，人家的女人开放，男人要是看上哪个女人了，不管认识不认识，就上去给人家说，你长得真漂亮，我很喜欢你。人家要是愿意了，两个人就弄那事情。弄完把裤子一提，各走各的路，谁不欠谁的啥。老根问：弄完就走人，不给女人钱，人家就白让他弄啦！二赖说：弄那事两个人都舒服，公羊压母羊，洋洋（羊羊）得意。要是女方有钱，还要请男方到馆子撮一顿，给男方补充营养哩！有人接着说：咱要是生到国外就好了，弄女人不掏钱，我一天咋也要弄三五个！二赖说：你不要命啦，那事情伤身子。老人都说，色是剐骨的钢刀。其实，要是放开让你弄，你就没心劲弄了。世上的事情就是怪，越是不让干的事情，人越想干，敞开让人干了，人又不想干了！那人说：这要看啥事情哩，那事情是越干越想干。要不，为啥那么多大领导，放着大官不当，也要弄那事情。还有强奸犯，非要干那事情，坐牢枪毙，在所不辞，跟当年的英勇就义一样！

老根老婆听了一阵，小声嘟囔说：男人都不是好东西，就知道弄那事情！二赖笑着逗她：嫂子不明白，男人要都是东西，都不想弄那事情，女人咋享受哩。城里头那么多富婆女领导，养小白脸，还不是图舒服。

不到两三个小时，排在最前边的人都熟悉了，知道了各自的身份，大都是下岗工人、失地农民、城里找不着工作的市民。二赖掏出笔记本，挨个要别人的电话号码，说：在家靠父母，出门靠朋友，现在啥都讲资源，咱这些人就是资源，以后有啥事情了，互相打个电话，能帮忙的帮忙，帮不上也能帮个腔。就是打架，咱这些人朝对手跟前一站，吓死他！

老根没有带笔记本，叫老婆到商店买了个笔记本，回来的时候，二赖已经把大家的电话号码登记过了，老根就照着二赖的笔记本抄。二赖说：咱这些人，就是瓦岗寨结义的三十六兄弟，水浒的一百单八将，遇到啥事情了，互相打电话，接到电话就帮忙。在火车站混饭吃，也不容易，好多地痞流氓黑社会，寻着咱们闹事哩。只要咱心齐，谁找咱闹事都不怕！我的笔记本上已经记了二百多个号码，这就是咱的资源！

互相熟悉了，谁要是上洗手间，给后边的人说声：我去解个手，一会儿就回来。后边的人就说：你放心去，谁要是说啥了，我给你证明，你在我前边排着。还有人不知道从哪里弄来了纸箱盒子，用脚踏着纸箱盒子，撕开，给每人发一片，说：坐着说，站了这么大工夫，快把人累死了！于是，人人屁股下都垫着纸箱盒子。还有几个把纸箱盒子铺开，人躺在上边，不大工夫就打开了呼噜。车站的公安巡视过来，二赖立即迎上去，从口袋里掏出皱巴巴的香烟，抽出一支要贡献人家，嘴里吐出一嘟噜甜言蜜语：刘所长，都半夜了，还在保卫社会治安。烟不好，但是人民群众的心意！被称作刘所长的公安看了香烟，又看了歪七趔八倒在地上的人，严肃地说：好好排队，不要扰乱社会秩序。二赖又给刘所长躬了几下腰，说：刘所长你放心，这些都是下岗的工人阶级，没地种的农民兄弟，替人家排队挣钱。就是叫他们扰乱社会治安，他们也没那本事。有那本事的人，也不会到这里替人排队。

公安琢磨了一会儿，朝别的地方巡逻去了。二赖追着人家的屁股喊：你还没有抽我的烟哩！人家头都没回，径直走出售票大厅。二赖把烟装进烟盒里，郑重地塞进裤子口袋，自言自语说：官不大，牛旮得不行，我热脸贴了个冷屁股，好心好意舔他的沟子，沟子没舔上，舔到痔疮上了，舔了一舌头的血，还挨了一蹄子。

老根问：他是派出所的所长？二赖咧了下嘴，说：我只知道他姓刘，是一般警察。老根迷惑地问：你把一般警察叫所长，真所长来了怎么办？二赖说：看你的岁数，儿子恐怕都二十多岁了，咋连这都不明白。人家来了，咱总不能说警察先生吧，称他所长，他就高兴，他高兴了咱的日子就好过。当今社会，你见了官家的人，都称书记主任就没错。明明知道是副书记副主任，你敢称人家是牛副主任马副书记苟副局长？除非你不想求人家办事！

到了后半夜，老根把罐头瓶子的茶水喝完了，连着朝洗手间跑了几次，把茶水变成黄尿射到小便池里，再回到排队的地方，瞌睡就来了。老根有个最大的好处，就是倒下就能睡着，梦都不做一个，一觉睡到天亮。有个一块擦皮鞋的河南人说他失眠，老根不解地说：人还会失眠？我一辈子都觉得觉不够睡。河南人说：那是你没遇到难受事情，遇到难受事情，哪能睡着？老根不服气地问：人在厂里干得好好的，突然就让你下岗，算不算难受的事情？河南人说：算，还是天大的难受事情，把一辈子吃饭的家伙敲掉了，搁到谁身上都受不了！老根哈哈一笑，说：下岗那天，领导刚一宣布，我在下边用嘴把他们的先人狠狠日了一遍，把工具朝台子上一扔，转身走人。中午午睡，下午再不用上班，一觉睡到天快黑，起来喝了半斤二锅头，吃了三两猪头肉外加一碗捞面条，吃完把碗一推，倒在床上又接着睡。你要是不相信，我现在就靠着树干睡；我睡觉的功夫，把你挣的钱给我，看我能不能一觉睡到天黑！

这阵，他屁股朝纸箱上一蹾，眼皮就合上了，二赖还在问他：老根，你咋那么恨领导，只要说话就骂人家？半天没见老根回答，听到的却是呼噜声，把头朝老根跟前伸了，说：能睡，说着话就睡着了，能睡也是福！老根老婆给二赖解释：老根这人心宽，天大的事情都不朝心里搁，心宽就能睡觉。

老根老婆不敢睡，眼巴巴地坐在老根旁边。到了后半夜，排队的人都打瞌睡，有的窝在纸箱上，有的坐在纸箱上，有的背靠着背互相支撑着，有的伏在自己的膝盖上。很多人打呼噜，像拉风，像牛叫，像哨子吹；有人磨牙，嘎巴嘎巴像吃炒黄豆；有人放屁，有放炮样的巨响，有黄豆落到盘子里的滴答，串在一起，有的像新媳妇，一丝一缕朝出吱；有人说胡话，老根说的是领导，二赖说的是翠花她妈，我想你啦，河南人说我挣下钱了就回家……

夏天天亮得早，五点刚过，天就亮了。车站广场的电灯、街道的路灯，都还亮着。路灯由公家管，公家讲究的是时间，时间一到，全市统一亮灯，时间再一到，全市统一灭灯。时间不到，天再黑也不能亮灯。时间不到，天再亮也不能灭灯。不像老根老婆，不等房子里黑得实在看不见东西了，才打开电灯，人不看东西，就赶忙拉灭电灯，图节省电费，哪舍得天亮了还开电灯！售票大厅里的人多了，很多没有连夜来排队的人，都起个大早来买票。睡觉的人都从地上爬起来，朝洗手间跑，把肚子里的稀稠从两个渠道批发出去，又到水龙头跟前，把脸洗了。讲究的人还用指头代替牙刷，把牙上的黏附物抠了。

售票窗口还没开，老根听二赖说，窗口要等到七点才开。松散了一夜的队形又振作起来，后边的肚皮拱着前边的脊梁，间不留一点间隙，零接触，生怕有人插队。

进来几个年轻人，胳膊上刻着青龙黑虎，一个比一个牛皮，一来就朝窗口跟前插。二赖走过去，不客气地说：到后边排队去，我们都排了一夜，你们一来就插队！闲痞把二赖围在中间，一个说：我在这里排了一夜，根本没见你！一个接着说：甭给他啰唆，买咱的票！二赖还是不依，说：不排队就买不成票，到后边排队去！闲痞高着喉咙说：你不想吃饭啦！老根看不过去了，对身后的人说了句：你替我排着队，我去收拾这帮人！走到二赖跟前，用胳膊把一个闲痞朝后一拨拉，说：到后边排队去，不排队不能买票！那个闲痞没防备，差点被拨拉个跟头，刚想发威，排队的上百个人一齐吼叫起来：不能插队！老根仗着群胆，把袖子一挽，给闲痞说：老子是锻工出身，这些年没铁打了，今个突然想打铁了，你们谁想试试打铁手艺！闲痞们见上百人都跟他们对上了，对着二赖和老根瞪了一阵眼睛，虚张声势地喊了几句：咱们走着瞧，敢跟小爷过不去，还想在火车站混饭吃不？说完，一个跟着一个溜出售票大厅。

二赖拍了下老根的肩膀，说：老哥够意思，一会儿买过票，我请老哥喝二两！说完，双手抱拳对排队的人致敬，大声说：感谢各位兄弟，以后再遇到这事情，咱们只要抱团，谁都不怕！老根也高兴地说：兄弟够义气！

七点半，老根和老婆买到了车票，按规定一人买了两张。老根给三本打电话。三本给他说：五分钟之内，有个姓吕的给你打电话，他给你车票钱，每张票再给你加 30 块。果然，不到五分钟，姓吕的电话打来了，约定三分钟后在售票大厅门口见面，验证双方手机上的电话号码，交票付款。

老根两口熬了一个通宵，挣了 120 块钱。老婆高兴地说：照这样干下去，咱一个月能挣 4000 多块，可以按揭买公寓房了。老根也高兴地说：你跟我这些年，没过上好日子，这阵咱挣钱了，你买几身衣裳，旗袍布拉吉牛仔裤随便买，只要不买超短裙就行。老婆笑了，说：都多大岁数了，还旗袍布拉吉牛仔裤，人老了，穿啥都是浪费。你喝了这些年二锅头，也该改善改善了，从今以后，不再喝二锅头了，喝四川曲酒！

老根看了手表，时间才八点多点，对老婆说：现在才八点多点，我还能擦皮鞋，多少能挣几个！领导，当初让我下岗，咋也没想到让老子搞到了挣大钱的事情。要是不下岗，一个月能挣到四五千块钱？老婆说：熬了一个通宵，还去擦啥皮鞋。说到底还是命值钱，身子熬病了挣得再多有屁用！老根心里暖融融的，舒服得像有鸡毛在耳朵里扑掸，嘴上却说：女人家知道个啥，谁还嫌钱挣得多？再说，我昨夜倒下就睡着，比在家里睡得都舒服，家里还没有空调。今黑再去的时候，你把躺椅搬上，你睡在躺椅上，再带上两床毛巾被，火车站的空调太冷！老婆琢磨了一会儿，说：你擦一上午就行了，下午休息，晚上还要排队哩！

老根回到家，把擦皮鞋的工具搬到自行车上，朝老地方骑去。挣到钱了，心里就高兴，觉得街上的车也顺眼，人也顺眼，树都比往日绿了很多，街道也比往日干净了许多。心里高兴了，嘴里就想唱，就一只手抓着车把，高着喉咙唱开：高桌子低板凳都是木头，他大舅他二舅都是他舅……

4

连续一个多月，老根都没有和三本见面。早上他买到票，给三本打了个电话，不到五分钟，就有人和他联系，不出十分钟，就有人拿着钱取走车票。老根知道这些人都是三本安排的，他一直想知道三本为啥让他排队买车票。这年头，谁也不会做赔本买卖，何况三本是个比猴子都灵醒的人。一个月后，老根才明白，三本封他的业务经理屁都不是，说穿了就是帮他倒卖火车票。三本让他买车票，再让别人卖出去，每张车票赚二百五十到三百块，付给他三十块钱，再加上五百块钱的基本工资，摊到一张车票上也不过四十块钱。用同样的办法再给卖票的人、老根两口子一天就给三本贡献七八百块。老根觉得，要是自己把车票卖出去，这七八百就装进自己的腰包，凭啥让三本赚。老根把想法给老婆说了，老婆琢磨了一会儿，说：咱整夜排队，虽说辛苦，但不犯法。火车站到处贴着布告，打击票贩子，咱要是把票再倒卖出去，就是打击对象，说不定要坐牢哩！老根觉得老婆说的有道理，自己清清白白活了大半辈子，何必再给自己脸上抹屎，说啥也不能把脸当屁股用。人家三本敢做这事情，是人家有能耐。再说自己挣的也不算少了，比过去三个月挣的都多，还有啥不知足的。人呀，就怕贪，贪字多一撇就是贫。

一个多月后，三本给老根打电话，表扬他两口子每天都能完成任务，以后也给他老婆发基本工资，公司委任她担任业务经理助理，协助老根完成任务。

老根和二赖还有长期排队买票的人熟悉了。好几次到了半夜，公安不来巡视的时候，二赖提来几瓶啤酒，老根买来两个猪蹄子，或者一个猪耳朵，把纸箱盒子铺在地上，把啤酒和猪耳朵摆在上边，就称兄道弟地吃喝起来。二赖和老根都大方，拉一块排队的人吃喝。人家推辞不过，象征性地喝上几口啤酒，吃上两块猪耳朵。还有的也跑到附近街道上，买来吃的喝的，放在一块吃喝。时间长了，二赖和老根就成了他们的领袖，遇到排队拥挤、有人插队、顺序说不清楚的事，就找他俩评理。他俩只要发话，就是板上钉钉，谁也不会不听。

这天，老根喝了两瓶啤酒，二赖也喝了两瓶啤酒，酒喝高了，话就稠了，老根说了三本的生意。二赖说：我也是给人家买票的，我也想自己把票倒卖出去，凭啥把钱让旁人挣。后来我想通了，咱们背后的老板也不好过，那些钱也不是他们全拿了，还得给车站的公安进贡，要是不给人家进贡，人家拼命抓票贩子，这生意就不好做。有时候票压在手里，临到快开车了，只好低价出手，赚不了钱，还得贴钱。公安要是把卖票的人抓了，他们还要出面把人保出来，这些事情都得用钱，老板也不是人人都能当的。老根接着说：兄弟说的太对了，老板确实不好当。再说，要不是人家给咱引到这条路上，我还在马路上给人擦皮鞋，一天能挣上三四十块钱都高兴得啥样！

早上八点多钟，老根和老婆刚刚买到四张票，突然跑过来三四个人，像是进城打工的农民，还没有跑到窗口，就有人对他们吼：排队去，不能插队！有个年龄大点的民工看着排得老长的队，可怜兮兮地说：刚刚接到电话，俺老娘下世了，这么热的天，人不能放，俺们几个要赶回去送葬！

跟前的人不说啥了，他们已经排到了窗口，就是让这几个民工插队，他们也能买到票。后边的人却不答应，票就那么多，他们插队买了，自己就买不上。就像篮篮里就几个馍，别人吃了自己就吃不上一样。排了一夜队，临到拿票的时候，却让别人买走了，怎么能行！于是，就对着急于奔丧的民工吼叫，声音大得像贼娃子把他的钱包偷了，惊动了正在巡视的公安跑过来维持秩序，要插队的民工拿出老娘下世的证明：现在不兴发电报了，手机信息总可以吧。民工手机里没有信息，公安摆出秉公执法的脸谱，对民工发出指示：拿不出证明就得排队，你说你老娘病逝了跑来插队，他说他老爹活不成了也跑来插队，再来一个说他老丈母快闭眼了也插队，火车站的秩序就维持不下去。民工嘟囔着说：谁再想插队，也不会咒老娘下世买车票！公安的脸像挎在腰间的手铐，很刚性地说：这也难说，那些当领导的，天天在台子上喊叫反腐败，声音比谁都大，样子比谁都正经，贪的比谁都多。前几年陕西出的宝马彩票，领导周吴郑王地发誓：要是在彩票上玩假的就枪毙他，结果他比谁都假得厉害。这年头，领导说话都靠不住，你们的话能靠得住？民工还不想离开，还想乞求公安开恩。公安犹豫了，后边排队的人见公安犹豫了，又喊叫起来：不能走后门，打倒腐败！已经犹豫的公安又坚强起来，脑门上又呈现出执法的刚硬，说：就算你们说的是真话，我也同情你们，还是不能让你们插队。我让你们插队了，排队的人就说我走后门，搞腐败，要是反映到上级机关，说不定会让我下岗。我跟你们一样，上有老下有小，下岗了让一家人的日子咋过？民工没招了，年龄大的把脑袋一抱，朝地上一蹲，一把鼻涕一把眼泪地哭起来：我的老娘呀，你咋说不行就不行啦，儿子不孝呀，想给你送行都没办法……

售票大厅的人听着做儿子的狼哭鬼嚎，却没有人让他插队。老根琢磨了一会儿，走到蹲在地上哭娘的儿子跟前，轻轻踢了他一下，问：你们一共几个人？那人抬起头，看着老根，用袖子把鼻涕眼泪一擦，说：我们一共四个人，一家，都得回去！老根走到老婆跟前，把手一伸，说：把你的票拿来！老婆把手里的票朝背后一缩，迷惑地问：你要票弄啥？老根又把手朝前一伸，说：把票给我！老婆犹豫了一会儿，还是把票给了老根。老根把票朝民工手里一塞，说：这是四张票，到广州的，经过你家。老婆这才灵醒过来，冲过来想抢车票，又被老根的神气吓住了，怯怯地说：你把票给了人家，咋给三本交代！老根说：这有啥交代的，谁都是娘生的！民工看了票上的钱额，说：俺每张票多给你一百块钱，你也不容易，两口子熬了一夜，还不是为了挣点钱花！老根说：我不是票贩子，公安就在这站着，我要是加钱给你，公安就会逮我！公安说：我没看见你加钱，凭什么逮你！

老根看着这些人拿着车票走了，就给三本打电话，三本气得在电话里直吼：你有什么权力把公司的票卖给别人，你严重违反公司纪律，必须赔偿公司的损失。老根申辩：人家老娘死了，急着去奔丧，我总不能看着他们看不上老娘最后一面不管吧？三本还是训斥他：世上谁都有老娘，谁的老娘谁孝顺，轮不上你去孝顺人家的老娘。你知道不知道，这四张票已经预售出去了，虽说没签订合同，但失信于人，公司以后还做不做生意！咱按公司的制度办，你损失了公司四张票，扣你四百块钱的基本工资。

老根收线后，老婆又跟着嘟囔：这下好了，前前后后损失五百二十块钱。人家把票拿走，以后见了面，认识你是老几！老根想骂她几句，又觉得她熬了一夜没睡觉，谁也不愿意把到手的钱扔出去，也就啥话都没说。

二赖走过来，拿着两张票，朝老根手里一塞，说：把这两张票拿去，给你们老板交账。你是好人，我二赖这辈子交你这个兄弟，不亏！老根脸一红，脖子上的青筋像气管子打了样暴起来，把车票朝二赖手里一塞，说：你这是弄啥哩，我的钱是钱，你的钱就不是钱啦？你不要看不起老哥，老哥没钱，但老哥知道啥钱能赚，啥钱不能赚！二赖说：我不是看不起老哥，嫂子也在这熬了一夜，一分钱没挣上，还让老板扣了几百块钱，心里咋能好受？老根老婆脸上挂不住了，朝二赖跟前走近一步，说：兄弟看不起你嫂子，嫂子是心疼钱，但嫂子没说老根做得不对。以后再遇到这事情，嫂子还会让老根这样去做。

二赖只好收起车票，给老根和老根老婆说：老哥，嫂子，这阵先不要回家，我请老哥和嫂子吃羊肉泡馍，到老孙家泡馍馆。咱不坐公共汽车，打的去。

半个月后，天刚麻麻亮，车站广场的电灯还没有灭。老根睡得正香，呼噜打得像拉风箱，出气时嘴唇还一下一下地动。老根老婆睡在躺椅上，盖着毛毯，蜷着身子，像个大虾米，也睡得很死，没有一点声息。还有几个人在玩纸牌，很有精神地摔牌，牌摔得啪啪响，还发出助威的喊叫。

一列从广州方向开来的车进站了，从火车肚子里钻出一群人，挤满站台，又拥挤着朝出站的地道走去。几个民工满脑门子的疲惫，背着编织袋，挤在人流中涌进地道。出站的时候，他们各自的两只手占着，就把车票咬在嘴上，检票的站务员从他们嘴里摘下车票，检验过后，面无表情地让他们通过。这几个民工通过检票口，停下脚步，把肩上扛的手里提的放到地上，取下嘴里噙的火车票，放到口袋。年龄大点的说：先到售票大厅看看，这个人肯定是倒卖车票的，要不不会一次拿出四张票。一个民工说：要是找不到咋办？年龄大的说：找不到也得找，人家对咱有恩，咱说啥也得报答人家。这几个民工又掂起编织袋，沐着黎明前的夜光，朝着售票大厅走去。

老根睡得正香，嘴角流着明晃晃的涎水，一直扯到肩膀上。他正在做梦，梦见法院要枪毙厂长，厂长脖子上插着死刑牌，耷拉着脑袋，脸色刷白。他站在旁边，高兴地说，你也有今天，当初你让我们下岗的时候，咋没想到今天！

几个民工把排队人挨个看，看到老根时，民工惊喜地叫：就是他！大点的民工走过去，又把老根看了一遍，说：没错，就是他！说着，就摇老根，老根嘟嘟囔囔说：骚轻啥哩，人刚睡着。翻个身子又睡着了。他们没有把老根摇醒，却把老根的老婆惊醒了，她见几个民工围着老根做动作，急忙从躺椅上爬起来，走到老根跟前，老母鸡护鸡娃样护着老根，说：你们摇他干啥？民工一下子就把她认出来了，说：我们认识你！老根老婆说：你认识俺，俺不认识你们。全省人都认识省委书记，省委书记不一定认识全省人。老婆跟了老根几十年，学老根，话里也充满幽默。年龄大点的民工笑着说：嫂子真会说话，俺认识省委书记有啥用处，他也不能给俺弄车票。俺认识你跟老哥就行了，在俺最难的时候帮了俺。

老根老婆这才把他们认出来，也帮着他们摇老根，一边摇一边叫：老根，有人找你来啦！摇了二十多下，老根还没有醒，却把二赖摇醒了。二赖爬起来，揉着眼窝，看了民工一眼，也一块摇老根，一边摇一边说：你是猪托生的，就知道睡！

老根醒了，他毕竟不是石头。二赖见老根醒了，还骂：老根你是猪托生的，睡得那么死，这几个兄弟把你摇了大半夜，才把你摇醒。老根揉着眼窝，惊讶地说：你会算卦，我从来没有给你说过我是属啥的，你咋知道我属猪！

民工挤到他跟前，争先恐后地叫老哥。老根把他们挨个看了，觉得面生，不认识，就说：你们把人认错了，我又不是领导，叫我老哥有屁用处？年龄大点的民工说：俺没有把老哥认错，半个月前，俺几个要回去给老娘奔丧，买不来车票，老哥把自己的车票送给俺了！老根又看了看他们，想起这件事情了，说：你不说我都忘了，你一说我还真想起来了。你们把老娘安葬好了吧？当时我忘记了麻烦你们给老娘烧纸的时候，替我给老人家烧几张！民工指着地上的编织袋，给老根说：俺也没啥给你带的，这是家里种的东西，没有用化肥，没有用农药，全是生态食品，省委书记都不一定能吃上这东西。说着就解开绑口袋的绳子，一口袋花生，一口袋红薯，一口袋小米，一口袋黄豆。老根看着这些东西，说：你这是弄啥哩，跑了几千里路送这些东西给我？民工怕他不要，说：也不是专门给你送的，俺们把老娘安葬了，还得回来打工，顺便给你带的。老根说：我不能要你们的东西，我要是要了你们的东西，跟贪官一样搞腐败了！二赖走到他跟前，说：老根，你是爬到树上看自己，自己把自己看得高。一个擦皮鞋的下岗工人，还冒充领导装廉洁。人家千里迢迢跑了那么远的路，给你送东西，你要是不接下，会伤人家的心哩！老根又把这些东西看了一遍，说：你懂得把你爸的婆娘叫妈，这些东西在乡下不值钱，弄到城里就是好东西，一斤值好几块钱哩。这几口袋咋说都有一二百斤，值七八百块钱。这些兄弟也不容易，从江西跑到咱陕西打工，撅着沟子给人家干一天，热汗顺着脊梁杆子流，能挣几个钱？咱一下子就拿人家几百块钱的东西，比贪官都恶劣！民工又说：这是俺的心意，你要是不接下，就是嫌俺的东西不好，冷了俺的心！老根老婆也挤到口袋跟前，抓起花生看了，又抓起小米看了，把黄豆也看了，说：真是好东西，西安根本买不来这么好的东西。说完，又对民工说：俺家就老两口，娃在外地上学，也吃不了这么多。这样吧，俺一样拿一点，剩下的你们拿到集贸市场卖了，起码顶给人家干半个月挣的。老根琢磨了一会儿，说：这么好的东西，拿去叫旁人吃了，多可惜。咱们这些成天熬夜排队的人，凭啥不能吃好东西。我的意思是大家都拿上一点，回家尝尝生态食品到底是啥味道。咱也不能白拿人家的，这些兄弟就是没钱，才背井离乡跑到陕西打工。咱吃了人家的好东西，就在钱上帮人家，能帮多少帮多少，实在帮不上也没关系，这人情我来还。说着，让老婆给毛巾被上捧了几掬小米，从口袋里掏出一百块钱，要给民工。民工们说：我们是真心感谢老哥，老哥又给俺们这么多钱，叫俺心里咋能过去？

二赖脱下一件外衣，铺到地上，掬了几下黄豆，也掏出一百块钱，对大家说：有钱的帮着钱场，没钱的帮着人场。说着，接过老根手里的钱，说：我给咱收钱，收完了一块给乡党。这些排队的人，到了这时候，热血朝脸上一涌，生怕人家说自己抠，就争着认领口袋里的东西，把钱朝二赖手里塞，差不多都是一百块，只有几个五十块。二赖当着众人的面，把钱清点了，两千一百块，说：大家看清楚了，两千一百块，这阵就交给乡党。咱不搞暗箱操作，啥都透明，谁也别想贪污一分钱！

5

火车站实行实名购票，买票要用身份证，上了火车，查票的时候也要身份证，替人买票的人失业了。三本仗义，没有把老根两口子一脚踢开，给老根打电话说：咱们在一个厂干过，也在一块儿擦过皮鞋，你们到了我的公司，咱们合作得很好。业务做不成了，看在这些年交情的份上，再给你们开三个月的基本工资，上头符合国家劳动法，下头顾住咱们的交情。你们这是暂时下岗，我的下岗跟公家的下岗不一样，公家的下岗再不可能上岗，我积极想办法开辟新的业务渠道，等把新渠道打通了，立即让你们上岗。

老根又回到那条街道上，操起过去的营生，一天挣四五十块钱。隔不了几天，二赖和一块熬夜的伙计就来看他。他们一来，老根就收摊子，把人家领到家里，一个猪耳朵二两花生米一瓶二锅头，吃着喝着谝着闲传，少不了骂几句领导。这年头，女孩子穿露肚脐窝的短裤衩子是时髦，男孩子给身上纹青龙黑虎是时髦，当官的养情人搞腐败是时髦，老百姓骂领导也是时髦。

喝酒时，老根问二赖：你现在不到火车站买票了，日子咋过？二赖说：过去还攒了些钱，这些日子虽说不到火车站排队了，同样能挣钱。今天替人跑个门路，明天替人干件事情，人家都要给点，照样能顾住一家人过日子。

三本给老根两口子开过三个月的基本工资，再没有给他们打电话，连个音信都没有。老根觉得他被公安逮了，关在哪个监狱里改造哩。

老根的儿子小根大学毕业了，挎包里装着毕业证，肩上扛着行李卷，回来了。当代大学生找工作，一靠权力，二靠金钱，父母没有权力没有金钱，只有到人才交流中心碰运气。就是碰上了，也不是好运气，人家需要的是修电梯的技工、做饭的厨师、带孩子的保姆、扫马路的清洁工。那些吃官饭的公务员、拿薪资的事业单位工作人员、媒体记者，这些头顶上冒光的职位，都不会到人才交流中心去招聘。领导给儿女安排工作，不用花钱，自己有权力；大款给儿女安排工作，手里没权，通过钱可以实现，有了钱权就跟在自己口袋里装着一样。中国几千年里，哪一个朝代不是钱和权混一块？就像人和影子，有人就有影子，看到影子就有人。俗话说，龙生龙，凤生凤，老鼠生来打地洞。老鼠不去打地洞，想上天呼风唤雨当青龙，能行？

小根找不到工作，却有工作来找他。有同学让他向父母要上两万块钱，搞新经营活动，要是干到钻石级别，坐在家里月月都有几十万的收入，开奔驰住别墅搞美女吃法国大餐，想着办法花钱都花不完。小根找老根要钱，春借两万元，秋还二十万，还不算给老子的孝顺钱。老根把儿子的话听完，冷笑一声，说：你以为你爸没文化，一辈子就知道擦皮鞋，不知道自己创业当老板？你说的那事情是传销，犯法！你要是搞传销，挣不来钱算你倒霉，没人给你补偿损失。挣大钱了，公安的铐子就戴到你胳膊上了。老子给人擦皮鞋，哪一天都有人让老子搞传销。老子要是搞了传销，你每个星期都得到监狱探监！你找不来工作，老子不会缺你吃喝，出门坐公交喝开水的零花钱也不会少你，就是不能犯法。咱这家庭，你要是犯了法，我没有权力保你，也没有钱捞你，除非你把日子坐够，休想早出来一天。

老根把小根训斥一顿，又搞了约法三章，上午出去找工作，下午在家复习功课。国家年年都要招公务员。要是当上了公务员，再一级一级朝上爬，说不定能爬到厅级部级位置上；就是爬不到那个位置，混个科长处长，也有人送钱送东西。老爸是个擦皮鞋的，任何人都比你爸的社会地位高。咱家是寡妇睡觉，上头没人，全靠你自己的本事。

小根是好娃，绝对听话，跑到新华书店买了《公务员考试大纲》《公务员手册》《公务员必读》，下午都囚在家里，默默念，用心背，比当年高考都用心。和考公务员相比，高考算个屁！自己当年考上了一本大学，毕业后还不是没有工作，走到街道上碰到的全是和自己一样的大学毕业生，个个脑门上都刻着愁苦二字。考公务员就不一样了，要是考上了，就入了上流社会，入了强势群体，入了公款消费行列，入了坐公款轿车的层次，入了人人都巴结的权贵阶层……当公务员的好处二十年都说不完，凭啥不认真复习呢？凭啥不拼命背答案呢？古人说“书中自有黄金屋，书中自有颜如玉”，狗屁！自己从小学读到大学，黄金屋在哪里？颜如玉在哪里？只有《公务员考试大纲》《公务员手册》《公务员必读》，这些书里面才有黄金屋，才有颜如玉。

八个月后，有关部门发布招考公务员公告，给检察机关招三名检察官，初选九名，再综合考察，最后录取三名。这年头，还有比检察官更好的职业吗？还有比检察官更牛屄的人吗？招考公告一出，报名自然火爆。一个月报名期限截至，报名人数达三万多人，平均一万多人竞争一个岗位。小根紧张，你敢说自己就是万里挑一的优秀？你敢说这里面没有走后门的？要是人家都有后门，随便就把三个名额用完了，自己还不是陪太子读书，用自己的手在自己身上制造欢乐，刺激过后屁作用不起。但是，毕竟还有万分之一的希望，为什么不去拼一下？何况已经做了八个月的准备，把那几本书背得滚瓜烂熟，就差倒背如流。他知道，江湖险恶，高手如林，保不准会窜出个大内高手，把自己一生的希望踢出体制的神坛之外。小根就拿出最后冲刺的劲头，每天只睡四五个小时，自己给自己拟了很多考试题，一篇一篇地做，再熟背牢记，跟《人民日报》《求是》上的观点不差分毫。他一再告诫自己，考试千万不能背离上头的精神。别看报纸上天天喊叫要创新，你真正创一下试试，不把你撞得鼻青脸肿才怪！

小根睡眠不足，眼睛肿得像母鸡的屁股，眼泪流得吃饭看不清碟子。老根给老婆指示，要把小根当"金丝猴"样保护，早上两个荷包蛋，中午下午两菜一汤，有荤有素，营养全面。又反复要求小根做好检查，怎么证明你报上名了？考试前两天，老根就不出去擦皮鞋了，在家看小根，一再给老婆说：外边刮风了，给小根添件衣服，小心感冒。做饭时，又叮咛：把菜在水里泡三小时，把里面的农药泡出来，小心小根吃了拉肚子。要是上了考场，肚子里窜稀，就把一辈子的希望窜掉了。老婆说：我会照顾好小根。那么多人都在集贸市场买菜吃，人家就不怕农药，就不怕窜稀，就咱怕农药，就咱怕窜稀？老根就说她：你是头发长见识短，谁不怕农药，谁不怕窜稀？都是没办法，人总不能不吃菜。就像谁都怕奶粉里有三聚氰胺，再怕也得给娃娃吃，不吃娃娃就得饿肚子。你没听人说，现在很多大机关大单位，都到农村租地，雇农民给他们种菜养猪打粮食，他们把生态食品吃了，管老百姓吃的啥。老根到底说服了老婆，下午要做的菜，老婆中午就放到水里泡，她一边泡菜一边嘟囔：现在咋成了这世道，啥都不敢吃，啥东西都有毒，还让人活不活啦！

考试那天，老根让小根提前三个小时起床，逼着他洗了热水澡，说是把身上的霉气洗了，轻松上阵。早饭不让吃稀饭馒头，喝了稀饭要尿尿，要是考到紧要关头，尿憋了咋办？要是吃了馒头，考到紧要关头，屎憋到屁股眼跟前，是拉屎还是答题？早饭不做馒头稀饭做啥？老婆没办法。老根早就有打算，对老婆说：买一盒新鲜牛奶，放到炉子上烧开，就是里面有三聚氰胺，烧开了也挥发一部分。再煮两个鸡蛋，鸡蛋营养丰富，高蛋白，变成屎的比例很小。再带上几块巧克力，巧克力提精神，考试前十分钟吃下去，脑子的旋转率起码提高百分之三十，就像运动员吃兴奋剂。小根临出门时，又给他手里塞了一百块钱，说：打的去，公交车太挤，万一塞车就进不了考场！

中午，小根考试回来，进门把挎包朝床上一扔，大吼一声：考完啦！就放声大哭起来，跟当年高考完一样。随之就软下来，像旱滩上的鲤鱼，有一下没一下地喘气。老根和老婆急忙凑到跟前，问：考得咋样？小根喘了半天，虚弱地说：全答出来了，发挥到了极致。我就不信还有谁比我考得更好，我敢保证不出前三名！老根这才放下心，说了句“我擦鞋去啦”，就把擦鞋行头绑到自行车上，推着车子走了。老根的老婆小根的亲妈，高兴得鼻子不是鼻子眼睛不是眼睛，给小根说：我娃你歇着，妈给你擀臊子面。妈早就把面窝下了，面肯定筋道得很。

半个月后，考试成绩公布，小根果然考了第三名。老根给二赖打电话，心里高兴了，就想给别人炫耀自己儿子的优秀。两个小时后，二赖赶到老根擦皮鞋的地方，提着一只老母鸡。老根急忙收拾工具，推着车子和二赖一块朝家里走去。

炖老母鸡加二锅头，老根老婆又炒了几个热菜，二赖和老根就面对面喝起来。老根连着喝了三杯，酒精把心里的高兴烧起来，像给火堆上倒了汽油，说：我娃要是当上了公务员，再当上科长，当上处长，当上厅长，说不定还能当上省长。我就是科长的老子、处长的老子、厅长的老子、省长的老子，到时候我坐上公家给我娃配的轿车，在西安城里转三圈。我娃当上了领导，我凭啥不享受！

二赖就看着他笑，笑得意味深长，笑得鬼鬼祟祟。老根就说他：你咧着死驴屄笑啥哩，我说的不占道理？二赖说：你娃考了前三名，不等于你娃就能当上公务员。老根把酒杯朝桌子上一蹾，说：公告上明明写着，录取三名，我娃是第三名，不录取我娃录取谁？二赖也把酒杯朝桌子上一蹾，说：你把公告再看一遍，上边说得很清楚，录取三 名，预选九名，再综合考察，根据综合分数，录取前三名。你娃考试成绩是第三名，考试成绩只占综合成绩的百分之六十，还有百分之四十的分数由人家打。人家说你综合素质高，可以打一百分，你就是一百分；人家说你综合素质不高，只能打三十分，你就是三十分。你也在社会上混了多半辈子，咋连这都弄不明白，被公家的公告迷糊了？人家预选前九名，就是说可以录取第九名，也可以录取第八名，只要在前九名里录取都不违反规定，前三名都不录取也行。你现在明白了没有，人家在制定规定的时候，就把自己捞钱的机会留下了。

老根灵醒了，酒也不喝了，骂了句：领导！再说不出啥话了。停了好半晌，才缓过气，狠着劲说，他们能送，我也能送，我豁出去把房子卖了，也要让我娃当领导！二赖，你认识管招公务员的领导不？二赖苦笑了一下，说：老根你喝多了，我咋能认识管招公务员的领导？咱的关系网络就是在火车站排队买票的，咱是啥档次的人，结交的也是啥档次的人。要做这事情，首先要打听这事情归哪个部门管，一把手是谁，就是送也得送给真神。要是把庙门进错了，白让人家把沟子日了，事情还办不成。这样吧，我负责给咱打听哪个部门管这事情，一把手是谁，剩下的就是你的事情。你咋能巴结上人家，把钱送到人家手里，你好好考虑。老根又琢磨了一会儿，说：这事情要赶快办，要是人家这两天就研究了，把咱的黄花菜都凉了。二赖说：我明天这个时候以前，把事情打听清楚。

第二天中午，二赖就打来电话，说是省上的组织部门和政法部门为这次招考专门成立了领导小组，小组长是组织部的一个处长，姓谭，老家是河南人。老根就给所有认识的人打电话，问他们和这个姓谭的处长有没有关系。他认识的都是擦皮鞋的，当年一块下岗的，一起在火车站熬夜买票的。把电话从中午打到半夜，没有一个人和谭处长有关系。老根失望地说：咱想给人家送钱，连送钱的庙门都找不着。

老婆也在寻思谁认识谭处长，突然，她脑子里一亮，高兴地说：你打了一夜电话，咋把最紧要的人忘啦？老根说：我把谁忘了，我看着电话本打的，不会忘一个人！老婆说：你给三本打了没有？三本是啥人，专门巴结上头的人，说不定他就认识谭处长？老根把脑袋一拍，说：把他娘日死了，咋把这么关键的人物忘啦，我这就给他打电话！老婆看了墙上的石英钟，说：都半夜一点了，人家都睡了，明天早上再打！老根琢磨了一会儿说：睡下了也得把他打起来，这关系着咱小根一辈子的事情。何况他又不是外人，打扰他一下怕啥！

老根拨电话的时候估计，三本肯定睡觉了。谁知电话才响了两声，三本就接了话：老根，啥事情这么急，半夜给我打电话？老根惊奇地问：你还没睡觉？三本说：刚和女朋友回到酒店，还没洗澡哩。老根顾不上他和女朋友洗不洗澡，急忙把小根的事情说了。三本哈哈一笑，说：老根不糊涂，这回找对了人，不就是谭旅华，我昨天还跟他在西安饭庄吃羊肉泡馍。

老根一下子轻松了，说：这下好了，把人找准了事情都好办啦！三本也开玩笑：宁受三年穷，不日屎窟窿。这事情我办不了，得姓谭的给你办，他是一把手，招谁不招谁他说了算！老根说：我知道你办不了，你屁领导都不是，跟我一样是下岗工人，凭啥给我办？三本说：你是撅着屁股打飞机——有眼无珠。我这阵是经济技术咨询公司的董事长，手下养了一百多号员工，连政府都巴结我哩，说我给他们解决了就业问题。这事情，我给姓谭的递个话，关键还得看你的态度。你也知道现在的社会，有些事情不出血就办不成。人家给咱娃把事情办了，咱娃以后当了领导，银子像水样地朝咱娃口袋里流，也应该给人家出点血。

老根说：这事不用你说，咱就是砸锅卖铁也不能耽误娃的前途！一万两万、三万四万，你张个嘴，我现在就给你送去！三本哈哈笑起来，说：老根你真能说相声，这是三十年前的价钱。那时候一斤猪肉多少钱？八毛钱一斤；现在一斤猪肉多少钱？十一块一斤，涨了十三四倍。那时候一个烧饼多少钱？两毛钱；现在一个烧饼多少钱，两块钱，涨了十倍。我给你说个实话，这事情也有行情，虽说不像超市那样明码标价，也基本有个数目。一般来说，油水越汪的职务，送得越多。

老根愣了半晌，才说：三本，咱都是自己人，你说送多少我就送多少。三本思考了一会儿，说：我给姓谭的说说你家的实际情况，看他能不能优惠。不过话说过来，人家和咱没亲没故，谁都希望越多越好。现在这社会，只要有好处的事情，哪一样不竞争。这样吧，我明天请姓谭的吃个饭，把事情给他说说。别人家的娃想当检察官，却考不进前九名，想也是白想。咱娃考进前九名了，老天爷让咱娃当领导，咱要是舍不得，把娃的前途耽搁了，咋对得娃这一辈子！老话说，舍得舍得，没有舍哪有得，舍得花出去才能得回来。咱娃要是当上了检察官，好日子在后头呢！

第二天早上，老根用自行车带着老婆，老婆怀里揣着房产证、户口本、当年的结婚证，朝房屋中介所蹬去。老婆坐在老根的屁股后边，搂着老根的腰，说：咱把房子卖了，住哪？老根说：租房！老婆说：租房要掏房租。老根说：住人家的房子，凭啥不掏房租，世上哪有白日人家沟子的事情？老婆心里有了苦楚，眼睛有了潮热，说话有了呜咽，说：世道咋变成这样了，当领导的这么贪，也没人管他们。老根说：谁管他们，这都是潜规则。你对我睁一只眼，我对你闭一只眼，大家心里都明白，你不说我的事情，我不知道你的事情。我把账都算了，咱把房子卖二十万，给人家送十五万，还剩五万，加上咱原来存的两三万，按揭一套公寓房。咱小根要是当上了检察官，还愁每个月给银行还的哪点钱，说不定用不了一年，就提前给银行把钱还了。

6

小根到检察院上班了。一个礼拜后，小根回家了，穿着崭新的检察官服，皮鞋都换成了新的。老根和老婆觉得儿子变威风了，体面了，他们仰着脸才能看清楚了。老根看着儿子，嗫嚅着不知说什么好，最后才说了一句囫囵话：我娃当上领导啦！

老婆琢磨了半晌，给男人和儿子说：咱能当上领导，多亏了人家三本，说啥也要请三本吃一顿。还不能在家请，要到西安饭庄摆一桌。老根说：你活了一辈子，今天才说了句人话。小根去专卖店买瓶茅台，就穿着官服去，专卖店就不敢给你假茅台。今天这桌最少得花两千块钱，咱娃当上了领导，说啥也得好好庆贺庆贺！老婆说：你现在就给三本打电话，顺便把二赖也叫上！老根就给三本打电话，三本说：今天这桌饭我来安排，算我给咱娃的祝贺！你们都在家等着，我开车去接你们。

小根提了一瓶茅台，走出家门。三本从车里走出来，看见小根手里提的酒，就高着声音喊：小根你这是弄啥呢？我都说了，今天这饭由我安排，你充什么大头？快把酒拿回去，让你爸喝。你爸这辈子恐怕还没有喝过茅台哩！三本说着就打开轿车的后备厢，里面装的全是名烟名酒，说：你看我这里，啥好酒没有，还用得着你掏钱买酒。

老根一家人坐着三本的轿车，朝西安饭庄开去。三本对坐在旁边的小根说：小根，你以后要学会开车。用不了多长时间，公家就会给你配车。就是公家暂时不给你配车，也有老板把车借给你。一会儿你把身份证复印一张给我，我替你到驾校报名，先把驾照拿到手再说。

到了西安饭庄，三本把车停在门口，服务小姐跑过来给他们开门。三本从车里钻出来，打开后备厢，从里面提出三瓶茅台，提出一瓶路易十三、一瓶人头马，给老根说：老哥，这几瓶酒要是不够，再拿几瓶。老根琢磨，三本真是个人物，几个月前还给自己吃猪耳朵喝二锅头，车里装的全是这么高档次的酒，就充着架势说：想喝死我，咱几个人一瓶足够啦！三本说：一瓶咋行，一人一瓶差不多。你还有朋友没，都叫来，今天把他们都请了，你就省事啦！老根说：我也没叫多余的人，就叫了在火车站一块熬夜买票的二赖，这人很仗义！三本说：这年头仗义的人不多。老根说：这人仗义，我就认这个朋友。

小姐跑过来从三本手里接过酒，三本报了包厢名字，服务小姐在前边领路，三本和老根一家就跟在服务小姐的屁股后边，朝二楼的包厢走去。旗袍把服务小姐的屁股包得很紧，她走起路来一扭一拧，左右摆动，很和谐。三本盯着服务小姐的屁股，不动声色地咽了口吐沫。

吃饭的时候，老根给三本说：谭处长这人仗义，拿了咱的钱，真给咱办事。三本说：这是聪明官，知道哪些钱敢拿，哪些钱不敢拿。能拿的钱，拿再多都没事；不能拿的钱，一分钱都不能拿，拿了就出事！说这话时，一直看着小根。小根脸上没有啥神态，脑子却在琢磨三本这话。

这顿饭，吃了三千多块，三本抢着买的单。临走时，三本把没打开的酒塞到二赖手里，说：老根兄弟说你仗义，旁人的话我不相信，但他的话我信。你这个朋友我交定了。以后有啥事打个电话，我要是不好好给你办，叫驴日我先人！

出了西安饭庄的门，二赖给老根说：三本这人仗义，咱以后也要想办法给人家办事！

三本开车把老根一家送回家，下车的时候，三本打开后备厢，从里面抱出一箱子茅台，对小根说：把这箱茅台扛回去，给你爸喝。你爸苦了一辈子，你现在把事情干成了，不能让你爸再苦啦！小根没有动，不好意思地说：三本叔，你给我办了这么大的事情，今天的饭钱就应该由我掏，你都替我掏了，再拿你的酒……

三本说：这算个屁，毛毛雨，不值一提。小根你刚当上领导，过不了两个月，你爸的茅台就喝不过来了，隔不了几天就得朝礼品回收站送。到那时候，我替你爸喝！老根看着小根把茅台扛回家，对三本说：你也到家里喝会茶，说一会儿再走。三本琢磨了一会儿，说：咱到咖啡厅说，要个包厢，就咱两个，说啥话都没人听见。

这是个中西结合的咖啡厅，一个很漂亮的小姐穿着露肚脐窝的短裤，亮着雪白大腿坐在旁边，给他们泡工夫茶。洗茶盅、洗茶壶、洗茶，泡茶、分茶、倒茶，按照中国茶道，做得一丝不苟。三本给老根说：你尝尝这茶，安溪铁观音，特级的！老根端起比酒盅还小的茶盅，说：这茶盅比酒盅还小，一口一盅，不知道喝多少盅才能饱。三本说：到这里喝茶，是品，不是喝。咱擦皮鞋的时候，太阳把人晒得全身冒汗，渴得喉咙眼冒火，端起罐头瓶子，一口气能喝两公斤，那是为了解渴，现在是为了品茶，功能不一样。老根装成很有文化品位的样子，两个指头捏着茶盅，轻轻细细地把茶水送到嘴里，也没有觉得有啥好喝。

喝了三道，三本给小姐说：你先忙别的去吧，需要你的时候，我们通知你。服务小姐站起来，给他们鞠躬，朝出走的时候说：茶桌上有电铃，需要我的时候，就按电铃。服务小姐走后，三本给老根说：我想请你担任公司的副总经理。老根问：我当上了副总经理，是不是还到火车站买票？三本说：你现在是检察官的老爸，咋能让你再干那事情？公司也不做那项目了，那项目利润太小。公司开辟了新的经营项目，来钱更快更多。老根说：啥项目？我得看这项目能不能做，我不能当了公司的副总，啥事情都做不成！三本说：这事情肯定能做成，现在很多像你家小根考检察官类的事情，想给人家烧香，却找不着庙门。还有很多领导，想让人家烧香，又不敢张嘴；就需要中间牵线，咱公司就做这项业务，促成他们双赢，从中收取服务费。老根说：这不是帮着他们搞腐败，犯法么？三本说：这咋能算腐败。就拿小根这事情，我帮着你把钱给人家送去了，让你家小根当上领导了，你感谢都来不及哩，会举报给人家送钱了？咱做这事情要仗义，守信用，拿了人家的钱，就要给人家把事情办成。事情办不成，分文不少得退给人家，不能坑人家，这是职业道德。三本又给他说：你现在是副总了，待遇肯定要比业务经理高，我一个月给你开一千五百元的基本工资。业务做成了再提奖金，原则上是公司一半你一半！

老根印了一盒名片，和老婆到卖假名牌服装的市场，买了两身意大利西服、两条金利来领带、老人头皮鞋，到理发店把头发理成了大背头，打了摩丝，没事的时候就在街上转，等着三本给他打电话，领取业务。

上午十点钟，三本来电话，说有个老板想请检察院的刘处长吃饭，谁能把刘处长请出来，给八万块钱的酬金。这个刘处长就是小根的领导，让小根请示刘处长，准能请出来。老根就琢磨，把人家请出来吃顿饭，就给八万块钱，私下不知道给刘处长多少好处？就把这想法给三本说了，三本说：人家给刘处长多少，是人家的事情。刘处长拿人家的，是刘处长的本事。咱现在考虑的是这个老板到底有多大的事情请刘处长办，他给咱八万块，值不值得给他办。要是不值得，咱再跟他谈。

老根说：咱就是把人请出来吃顿饭，人家都给咱八万块钱，有啥不值得，就是不知道小根能不能把刘处长请出来。人家刘处长是他的领导，他不是人家的领导。三本说：你好多事情不明白。以后当了公司的副总，要与时俱进，好好学习。领导也想要钱，就是面对不熟悉的人不敢张嘴。咱替他把嘴张了，咱创造条件让他把钱挣了，他感谢咱都来不及哩。

老根当下就给小根打电话，小根说：我现在就去请示一下刘处，看他最近有时间没有。刘处天天都有应酬，有时一天几个应酬，不知道他能不能忙过来。过了十多分钟，小根打来电话，说：刘处让安排在明天晚上。三本给老根说：这下咱心里有底了，我现在就给那个老板打电话，让他把钱打到我的账上，明天晚上一过，后天就给你账上打四万块钱。这样的事情一年来上五六个七八个，咱还愁没钱花？

老根得到四万块钱，不到半个月，三本又给他打电话，说有个郊区的派出所所长，想调到市区当所长，给二十万酬金，给领导打点的另外再说，让老根打听谁和市局的领导熟悉。要是把这事情办成了，一人能分十万块。老根说：就这么个事情，咱就拿人家二十万，太那个了吧！三本说：我都给你说了一百遍，你要与时俱进，好好学习，你就是不长进。我琢磨了，咱们不直接认识市局的领导，要通过别人才能认识，还得给这人一笔钱。这个人的钱另外再给他要！

老根又拿起电话号码本，挨个给认识的人打电话。二赖接了他的电话，说：你说的市局领导，算不算市局的人事处处长？老根说：我不知道算不算，我现在就给三本打电话，问他市局的人事处处长算不算领导。三本接了电话，说：绝对算，人事处处长就管干部调动，像所长这个级别的领导，人事处处长就有权力调动。老根又给二赖打电话，把三本的话说了，二赖说：你要说人事处处长也算领导，这就行了。现在的人事处处长是王力昌，我小学的同学。上小学的时候和我比赛，隔着墙朝女厕所尿尿，他尿不过去，每次都输给我一个烤红苕。没想到这阵当了人事处处长。咱们现在就去找他，让他请咱们喝茅台。

王力昌没有架子，见了二赖，高兴地从办公桌背后走出来，和二赖握手，说：二赖你咋想起看我来啦，这些年想见你一面都难得啥样！说着就对门口办公室的女干警说：小黄，给我老同学泡杯茶。又从抽屉里拿出大中华，抽出两支，给二赖一支，给老根一支。二赖拿着烟，看着旁边牌子上写着：谢绝敬烟！说：你这不能抽烟？王力昌摁着打火机，替二赖和老根点烟，说：那是写给旁人看的。你在这儿随便抽，抽死都没人管你，只要不抽白面就行。二赖得意地给老根说：咋样，老同学的官当得再大，都不忘本！老根连着给人家点头。王力昌陪着他们抽了一支烟，说：现在快下班了，我一会儿请你们吃羊肉泡馍，老孙家还是西安饭庄？老根说：还是我们请你。你能跟我们一块吃饭，是抬举我们。王力昌说：二赖来了，你是二赖的朋友，我说啥也得请你们。说完，对门口办公的女干警说：小黄，你给法院的郑院长打个电话，今天的饭局临时变动，以后再约。

二赖和老根坐着王力昌的警车，径直开到老孙家羊肉泡馍馆。老板见是王力昌，啥话都没说就朝包厢领。王力昌坐下后，给老板说：上八个菜一个汤，每人一碗羊肉泡，老样子，我就不点啦！老板走后，王力昌又拨了个电话，给对方说：我在老孙家，你过来一块儿吃饭！不到二十分钟，就有个老板跑进包厢，跟着后边的门迎小姐提着两瓶茅台。王力昌指着二赖给老板说：这位是我中学的同学。指着老根说：这位是我同学的朋友。老板就恭敬地给二赖和老根敬烟，还替他们点着，从皮包里掏出名片，给他们一人发了一张。老根也拿出自己的名片，给老板发了。老板看了名片，恭敬地说：李总，咱们今天算是认识了，以后多关照！

二赖见老根有名片，老板看了名片还称他李总，好奇地说：老根，也给我一张名片。老根给了他一张，他把名片看了，说：老根也当上副总了，还是经济技术咨询公司的副总。手上的皮鞋气味还没有退掉，就当副总了。老根说：这是三本封我的。现在的公司，老板说你是副总你就是副总，老板说你是助理你就是助理，不需要组织部考察，也不需要公示。

吃喝过了一半，王力昌问二赖：你有啥事要我办，这里都是自己人，只要不违反组织规定，不违反国家法律，我能办的绝不推辞。二赖说：老根有个亲戚，在郊区派出所当所长，想调到市区，不知道你能不能帮忙。王力昌琢磨了一会儿，说：你让他来找我。二赖不明白王力昌的话，又问了一句：你能不能给他办？王力昌又说：你让他来找我。

吃过饭，那个老板抢着把单买了。临散场的时候，王力昌给老板说：你把我的同学送回去，我晚上还有应酬。

半个月后，那个所长调到了市区。三本给老根打电话，让他约二赖一块儿到老孙家羊肉泡馍馆。老根和二赖早早就到了，过了二十分钟后，三本才提着两个牛皮纸袋子，走进包厢。点菜以前，三本把服务小姐支出去，给老根和二赖跟前各摆了个袋子，说：每个袋子里有十万元，你们的劳务费。二赖第一次挣这种钱，一下子愣到那里，傻了一样，过了好几分钟才说：这包里的钱是给我的？三本说：当然是给你的！二赖说：我干啥了，给我这么多钱？

三本说：你通过同学帮那个派出所所长把工作调动了，这是我们公司给你的酬金。老根也说：二赖，你的思想还没有与时俱进。这年头，只要有钱挣就是好事情，管他是啥钱。咱一不当官，二没公职，贪污受贿跟咱们连边都不沾！

二赖又愣了半天，突然如醍醐灌顶，大彻大悟，朗声说：我觉得这跟在火车站熬夜替人买票差不多！

7

小根当上检察官一年后，老根的茅台酒中华烟就享受不完了，隔三岔五地把烟酒朝礼品收购站送。隔上一个月，就给二赖打电话，让他来取一箱茅台几条中华。二赖来的时候，他照样要招待二赖一顿，但招待的地方换了，不是在老孙家羊肉泡馍馆，就是在西安饭庄，还有几次在金花饭店，一次比一次档次高，还不是自己买单，打个电话，就有人跑来抢着买单。买的公寓房也提前把贷款还完了，老根又买了一套公寓房，小根都二十五岁了，快要结婚了，没有房子到哪结婚。

五年以后，小根提拔为正科级科员，可以带助手独立办一些大案要案。

一天夜里，三本开着才买的奔驰，来到老根家。他提着一个黑色提包，进门就把提包放到茶几上，拉开拉链，露出一沓沓的百元大票，给老根说：这是一百五十万，你还记得当年招咱小根当检察官的那个谭处长不？老根说：记得，要不是人家，哪有小根的今天！三本说：谭处长犯事了，下午被双规了，还是小根办的案子。他老婆送来这些钱，让小根在关键时刻放她男人一马。老根看着钱，眼睛都发着亮光，心里也痒痒起来。一百五十万，绝对不是小数字，要是放到工人身上，几辈子都挣不了这么多，就问：她要什么条件？三本说：她没有提出具体条件，说能减轻一点就减轻一点。还说这只是入门费，等案子办完了，再好好谢咱们。老根琢磨了一会儿，说：这是要命的事情，不在乎钱多钱少。小根正年轻，要是犯事了，一辈子都完了。三本说：能犯啥事情，这事情只有你知我知，再就是小根知，你还信不过我？老根说：这几年，我吃得好了，喝得好了，钱多得花不完，就是整夜整夜失眠，睡着就做噩梦，梦里都是小根叫人家双规了！

按理说，老根不愁吃不愁喝不愁没钱花，日子过得很好了。他也觉得自己现在什么都好，就是成天提心吊胆，电视上看审判贪官，他就打战；街道上看到公安，脸就变颜色；半夜听见警车叫，他就惊跳。他越害怕这些东西，这些东西越在他面前出现。电视里隔三岔五地播放审判贪官的镜头，报纸上天天都有惩治贪官的报道，上街就能看到警察，夜里不是警车叫就是救护车喊……

一天早上起床的时候，老根突然昏倒，被救护车拉到医院，苏醒过来了，人却变得不灵醒，痴痴呆呆，眼神无光，一天不说一句话。小根来看老根，老根对小根说：咱当了领导，要仗义，拿了人家的钱，就好好给人家办事；给人家办不成事，就不要拿人家的钱，谁家的钱都来得不容易。老根说这话时，跟前有人，吓得小根一个礼拜不敢来看他。

内分泌紊乱

1

司机把越野车停到保阳镇的一个家庭旅馆门前，问坐在旁边的甘路长，这家旅馆咋样？甘路长把旅馆的门面看了一下，说我们下去看看。就和司机钻出汽车，走进旅馆。

老板娘是个三十多岁的女人，穿得还周正，正在网上热聊，没有发现他们进来。司机走到她跟前，在桌子上轻轻敲了一下，老板娘立即惊醒，满脸通红地问：老板住宿？甘路长点了下头，问，多少钱一天？老板娘看着他的脸，惊诧了一下回答，不开空调三十块钱一天，开空调四十块钱一天。司机问，房间干净不？老板娘说，你进去看看就知道了，绝对不比五星级酒店差。甘路长问，能不能上网？老板娘说，有网线，你带电脑没？甘路长说，带了。老板娘说，带了就能上。甘路长说，我住一个星期，要不开空调的。

甘路长填了住宿登记表，交了押金。老板娘走在前边，把房门打开。司机问，网线在哪里？老板娘从桌子旁拉出一根线。甘路长从箱子里取出电脑，司机熟练地把网线联上，在电脑上忙活了一阵，给甘路长说，我给你申请了个QQ号，我把你的号码告诉嫂子，你以后就在QQ上和嫂子说话，节省电话费。

甘路长见司机对电脑这么熟练，认为现在的年轻人都是这样，就没有在意，对老板娘说你忙吧，谢谢你啦！老板娘没有离开，问，你也喜欢上网？甘路长点了下头。老板娘又接着说，喜欢上网好，心里烦恼了就上网，在上边啥话都敢说，反正谁也不认识谁……

老板娘离开以后，司机对他说，甘镇长，你洗下脸，把胡子刮刮。你这满脸胡子，走到街上会把娃们都吓哭！甘路长把胡子摸了一下，感到硬硬的毛刺扎着手掌，苦笑着说，这胡子把我害死了，半天不刮都长多长。

司机说，咱们刚才登记住宿的时候，老板娘看你的神气不对？甘路长说，我没觉得有什么不对？司机说，我看她惊了一下，说不定就是为你的胡子吃惊。要是放到古时候，你装刀客肯定比真刀客都像。

甘路长哈哈笑了一下，走到镜子跟前照了，里面的那张人脸除了额头、眼圈、鼻洼没长胡子，其他部位全是胡子，密密麻麻，硬硬扎扎，像把猪鬃栽到脸上。他照镜子的时候，又觉得脸上发痒，就用手搓，几下就搓出一条垢痂。司机笑着说，你出门的时候嫂子再三交代，不要在脸上搓泥。你现在都当书记了，还在脸上搓，多不雅观。嫂子还交代了，要你抽空到医院看看到底是咋回事情？

甘路长又搓了几下，又搓出一条垢痂，说刚好这几天没多少事情，抽空到医院看看，到底是啥问题？

司机又说，甘镇长你在，我要赶回去了，说不定领导要用车哩。甘路长说，我请你吃个饭，你把我送到这里，不吃饭咋说得过去？司机掏出手机看了时间说，现在才四点，吃哪门子饭？总不能坐在饭馆等两个小时吃晚饭？甘路长琢磨了一下，从箱子里取出一条云烟，塞到司机怀里说，饭不吃就算了，把烟拿上。司机把烟放到箱子里，说我把烟拿走了，你抽啥？甘路长又把烟朝他怀里塞，说叫你拿上就拿上，我好赖是个书记，还愁没烟抽？司机笑了一下说，你不要给我说大话，你在咱那当镇长的时候，一旦把烟送给别人，自己烟瘾上来了蹭别人的烟抽。甘路长笑了一下，再没有说啥。司机又说，我拿上一盒，够我一路抽的了。

甘路长看着司机把车开走了，又看着这个陌生的镇子。如果不出意外，自己起码要在这里干上一任，能干到啥程度，前途咋样，很难预料。但不管怎么说，自己从镇长调到这里当书记，尽管级别都是正科，但书记是一把手，镇长是二把手，书记比镇长要高半个级别。

这个时候，酷热还没有退去，镇街上的行人很少。店铺的老板都在打瞌睡，还有的铺面支着麻将桌，相邻的老板就聚在一块打麻将。有几只猪在街道上散步，吟着哼哼进行曲，黑蹄甲在柏油马路上发出细微的声响。学校传来学生朗读课文的声音，抑扬顿挫像歌唱。镇子上最好的住房不过是三四层的小楼，行人的衣着也很普通，能看出这里的不富足。他看了十多分钟，才转身朝旅馆走去。

老板娘还在上网，听见脚步声，抬头看他，还笑了一下说，大哥需要什么就给我说。他思考了一下说，我想朝下边的村子走走，在哪里坐车？老板娘说，朝东边走一百多公尺，有个十字路口，朝下边村子的拖拉机都停在那里，两块钱坐一次，人上满就开，方便得很！

甘路长回到房间，洗了脸，掏出手机看了时间，还不到四点半，剩下的时间啥都做不成了，又想起老婆的交代，该到医院问问脸上为什么冒油。

镇上有家卫生院，分内科外科中医科，还有一间诊室门口挂着“计划生育”的牌子。甘路长走进内科诊室，一个四十多岁的男医生正在抠鼻子，把抠出来的东西在白大褂里面的裤子上蹭了，看着他问，你看病？甘路长心里说我不看病跑来干啥，这里也不是旅游景点，但还是点了下头。医生指着旁边的凳子说坐，他就老老实实坐下，把刚才挂号拿的病历送到医生面前。医生把病历推到他面前说，你把姓名年龄工作单位填了，你如果是文盲，我免费替你写这些东西。甘路长琢磨了一会儿，在姓名一栏里写上甘簿畅，在单位一栏里填农民。

医生看了病历，又把他看了一眼说，听说新调来一个书记，也姓甘。甘路长笑了一下说，世界上姓甘的人多了，都能当书记？医生说，也是，书记可不是谁想当都能当的，看你也不像当书记的料，长得像李逵，要说你是黑社会我倒相信。医生又问，你有啥病？甘路长说，我要是知道自己有啥病，跑来找你干什么？医生又改口问，你觉得哪里不舒服？甘路长说，我脸上冒油，还发痒……

医生用压舌板在他胡子上拨了一阵，问，其他部位还有什么症状？甘路长问，哪些部位？医生说，比如饮食睡眠情况等等。甘路长说，饮食还可以，不管稠的稀的，吃下去都没有囤积，分两条路线都能出来。医生就笑，一边笑一边用压舌板在后背上搔痒痒。甘路长看着他笑，笑他把压舌板当搔痒痒的老头乐用。他用压舌板在后背上搔过痒痒，随后不知要塞到谁的喉咙眼里。

医生说，你很幽默，肯定说过相声。我当了二十年医生，还没有遇到像你这么幽默的人。睡眠咋样？

甘路长说，不咋样，该睡的时候睡不着，还特别兴奋，兴奋得恨不得去打篮球。该兴奋的时候不兴奋，就是打着篮球都丢盹。该琢磨的事情转身就忘，不该琢磨的事情像沼气池里的臭水泡一样朝出冒，挡都挡不住。

医生说，你这是内分泌紊乱兼神经官能症。

甘路长说，领导职务有兼的，书记可以兼人大常委会主任，怎么病也有兼的？

医生说，你这是少见多怪，当领导可以兼，别的事情也可以兼，能兼的事情多了。

甘路长琢磨了一下问，啥是内分泌紊乱？

医生思考了一会儿说，我给你用专业术语解释，你又听不懂。我干脆给你打个比方。内分泌紊乱就像我们卫生所开大会，只有一个麦克风，书记要讲，所长也要讲，医生要讲，护士也要讲，病人要讲，炊事员也要讲，保安要讲，仓库保管员也要讲，跑进卫生所的狗呀猪呀牛呀驴呀也要讲，不就乱套了，这个乱套就叫内分泌紊乱！

甘路长认真地点了下头说，我明白了，内分泌紊乱就是大家都跑到台子上，抢一个麦克风讲话，把会场弄得乱套了。

甘路长又问神经官能症是啥病，是不是神经出了问题。

医生又琢磨了好大一阵子，也没有琢磨出通俗易懂的比喻，说，我想像刚才那样给你解释，想了这么大工夫啥都没想出来，说专业语言你又听不懂。神经官能症是神经病的总称，你该兴奋的时候不兴奋，该睡眠的时候不睡眠，是神经出了问题。甘路长又问，这样长期下去，会不会发展成为神经病？医生说，你现在已经是神经病了，只是患病的轻重程度不同而已。甘路长问，会不会发展成街道上光着屁股乱跑的疯子？医生说，目前还不会，你属于神经衰弱，疯子属于另一种神经病。甘路长长吁了口气说，你也真是的，神经衰弱就说神经衰弱，偏偏说是啥神经官能症，把我吓了一大跳。内分泌紊乱和神经官能症好不好治？

医生说，你这是很一般的病，我平时只看疑难杂症，像这种常见病都是年轻大夫看。他今天到县上去了，算你运气好摊上我给看病了。我看这病就像博士生算一加一那么简单，说着又用压舌板在后背上戳了几下。

甘路长觉得他有点狂，故意问，啥是疑难杂症？医生说，一般医生看不好的病就是疑难杂症。甘路长说，癌症看不好，你是专看癌症的？医生哈哈一笑说，你这么幽默的人怎么能得神经官能症，真是不可思议！我要是能看好癌症，能轮上你小子给我当病人？我早让联合国秘书长接走了，天天请我吃海鲜喝茅台洗桑拿泡小姐，全世界的总统都给我献殷勤。我给你开几样药，花钱不多疗效好。

2

甘路长回到旅馆，老板娘还在网聊，聊得满脸通红，像喝了半斤西凤。他走到楼梯跟前的时候，她才发现他回来了，站起身子问，大哥回来了？他说，回来了，这个镇上哪家饭馆干净一些？老板娘说，就在我给你说的十字路口，有家叫枫原春的饭馆，镇领导请人吃饭都到那里。

甘路长回到房间，打开电脑，上了 QQ，见老婆还没有上来。就给老婆留言：我已经平安到了保阳镇，刚才到医院看了病，医生说，我是内分泌紊乱兼神经官能症，开了维生素 B_1 和谷维素。你一个人在家带孩子，辛苦了。咱再熬上几年，等我提到副处进了县常委，就能调动你的工作了，咱一家再不用分离了。他给老婆留过言，又想起医生说，的话，觉得好笑。就调出自己的资料，把网名改成内分泌紊乱。刚准备离开，屏幕右下角的喇叭闪动了，知道有人要加他，就点了那个喇叭。立即出现一个问候：朋友，你好！我是神经官能症，能不能和你交个朋友？他惊奇了，医生刚说我是内分泌紊乱兼神经官能症，神经官能症就来加我了？真是网络世界无奇不有，就调出对方的资料，资料上显示性别：男；年龄：25岁；职业：保密；文化程度：保密；特长：具有超人的预测和策划能力，可以帮助正派人士通过特殊途径达到目的。

一个戴眼镜的男人钻进他的好友框里，随着就发来问候：内分泌紊乱，你好！他立即回答：你也好，神经官能症！

对方又发来文字：你需要我帮助的事情，尽管张嘴，我免费为你服务！

他笑了一下，当今还有免费服务的人？就打出一串文字：你能提供哪方面的服务？为什么要免费？你什么时候在网上？

对方回答：我可以给你提供智力支持，为你的决策提供参考方案。为你提供智力支持的同时，我的智力也能得到提高，双方都是受益者，所以不需要你付费。一般情况下，我不工作的时候都在网上；如果我没在网上，你可以给我留言，我会尽快回答！

他打出文字：我调到一个不富足的镇上当书记，今天刚到。准备到管辖的村子走一遍，掌握第一手情况，此举如何？

对方回答：此举不算新鲜，古时候都有微服私访。你遇到具体问题的时候，告诉我，我会帮你的！

甘路长找到枫原春饭馆。饭馆规模一点都不大，就是有两间包厢，大堂有四张桌子。甘路长走进去的时候，两张桌子有客，两张桌子空着，他在靠窗户的桌子旁坐下。

一个四十岁左右的汉子走进来，老板急忙跑过去，哈着身子问候，邝镇长亲自来，一定有什么交代的？汉子说，到你这儿能有啥交代的，叫你去起草中央文件，你能成？马上给整一桌，按三百块钱的规模整，酒另外算。老板又哈着腰问，啥时候来人？汉子说一个小时后来人。汉子朝出走的时候，老板跟在屁股后头，赔着小心问，邝镇长，镇上都给我打了那么多白条子，咱是小本生意，赊不起那么多的账，今天买酒的钱都没有了！

汉子说，你给我说这些管屁用，镇上有一把手二把手三把手，我这个四把手充其量是个跑腿的。我要是有权力给你批钱，早就给你批了！说完，又朝他跟前走了一步，压低声音说我给你透个信息，马上要调来个书记，是空降的……

老板说，邝镇长你忽悠我，人家是不是空降与我有啥关系。汉子指着他的鼻子说，我说你不看书不学习，你还不服气。人家从上边空降下来，证明人家有来头，能在上边弄来钱。镇上有钱了还能不还你的钱？等他上任了，你就找他要钱！

甘路长给老板招了下手，老板立即狗样地跑过去。甘路长问，刚才那人是镇上的领导？老板说，是副镇长。甘路长又问，他欠你的钱？老板说，不是他欠的，是镇政府欠的。甘路长见老板胆怯，说你找个没人的地方，咱们好好说，看我能不能帮你把钱要回来。

老板把他领到包厢，说，你的好心我领了，你千万不要蹚这浑水。这钱都欠了两年多了，我找了他们几十回，没有一个人答应给，还照样来吃喝。吃喝完了说一声记账就走人，留了一大堆白条子。甘路长说，你把白条子给我看看。

一个铁夹子夹了七八十张白条子，老板指着白条子给甘路长说，加起来二十二万！

甘路长说，他们不给你还，你可以到法院起诉他们呀！

老板嘿嘿一笑说，兄弟还年轻。法律是啥？是管咱老百姓的东西。到时候咱没有把人家告倒，人家却把咱整日塌了。

甘路长把老板拉到身边，很神秘地说，我给你说件事情，你千万不要给任何人说，我能帮你把钱要回来，还让他们不敢整你。

甘路长回到旅馆，老板娘正在吃饭，说，我上网错过了做饭时间，到饭馆要了份快餐。甘路长问，你喜欢上网？老板娘说，没事情做不上网干什么？甘路长又问上网干什么？老板娘说聊天。你要是晚上睡不着了，就上网聊天，很刺激的。甘路长笑了笑，就上楼去了。

甘路长连澡都没洗就打开电脑，神经官能症果然在网上，见他上来立即打招呼：你好，朋友！他也立即回答：你也好，兄弟！

神经官能症：下午了解到什么情况？

内分泌紊乱：镇政府欠一家饭馆二十二万饭钱不还，我帮老板写了起诉书，让老板到法院起诉镇政府。

神经官能症：很好，你上任伊始就接到法院传票，正好用来当杀手锏！

内分泌紊乱：法院肯定判镇政府败诉，镇政府败诉后怎么办？

神经官能症：你趁机在这方面做文章，从根本上铲除他们乱吃乱喝的坏毛病！

3

一大早，镇上就喧闹起来。四乡的农民早早把蔬菜送到镇上，和菜贩子讨价还价声一阵一阵高涨。养猪专业户把猪娃拉到镇上，买猪的农

民倒提猪娃的后腿，检查猪娃的健康情况，猪就发出一声声嚎叫，在黎明的空气中飞行。饭馆也开张了，伙计站在门口高着喉咙喊叫。小四轮拖拉机在街上开过去，发出突突的声响。驾驶拖拉机的汉子牛气十足，像是开着联合国秘书长的专机。

甘路长走在镇街上，感受着农村小镇的气氛，祥和，很热闹，很亲切，充满生气。他走到头天晚上吃饭的那家饭馆，老板看见他过来，赶忙跑过来，更是谦恭地说，快进去吃早餐！说完就对服务员喊，来份红豆稀饭两个肉包子一份咸菜。

老板压低声音说，我今天就到法院，九点半有趟班车。

甘路长问，我今天想到下边转转，哪个村子最远我去那个村子。老板说，刘羊村最远，就是路不好走，拖拉机颠得厉害！

吃过饭，老板把甘路长领到一辆小四轮拖拉机跟前，车厢上有篷子，两边是座位，为了防止把乘客颠倒，在头顶的篷子上还焊有手抓的铁条。司机等车上坐满了六个人，才发动着车，还扭头对他们喊，都把扶手抓好，要是把你们颠爬到车厢里，摔个鼻青脸肿，我可不负责任。

车子一上路，就肆无忌惮地疯狂起来，上下颠簸，左右摆动，造成极不安定因素。车厢不宽，相对而坐的乘客膝盖顶着膝盖。甘路长对面坐的是位二十多岁的姑娘，他不好意思自己的膝盖顶人家的膝盖，但又不能挪开，挪开了就要把自己的膝盖插进人家两腿之间，那样更不文明。突然，坐在他旁边的老太太吐了，吐到对面的妇女身上。妇女对着老太太吼，你怎么对着我吐，我又不是你家的茅房！甘路长一边给老太太捶背，一边替老太太道歉，说，我昨晚做了个梦，有个白头发神仙给我说，今天谁要是让老人吐到身上，以后就大福大贵！妇女看了他一眼，一边收拾身上的呕吐物一边嘟囔，敢情没吐到你身上，骑驴没压你腰杆子痛！

司机一边驾驶拖拉机，一边唱着流行歌曲，歌里充满幸福。一首歌唱完，又扭头对着车厢里喊，都坐好，前边的路更颠，颠出麻达了我可不负责任！一个小伙子接着他的话说，要是把婆娘肚子里的娃颠出来了，人家要你赔，你可咋办？司机高着喉咙说，我要看她漂亮不漂亮，还要看我高兴不高兴。她漂亮了我高兴了，再补种一个就行。

满车的人都笑，甘路长等他们不笑了，就说，这路都烂成这样子了，早该修了！对面的中年男人看了他一眼说，兄弟你是外地人吧？这路是去年修的，还没有用过一年！甘路长不相信地说，才修不到一年的路能烂成这样子？汉子说这年头的工程，有几个没腐败？

甘路长不说话了，心里琢磨这路是要好好查查。

坑坑洼洼的路顺着一条小河朝着上游延伸。甘路长接到调令的当天，就上网搜索了保阳镇的情况，知道这条小河叫侯江。他心想江一定比河大，想不到却是比溪流大不了多少的小河。河水清晰透底，遇到跌宕的地方荡起小浪花。河的两边是山，山势不陡，起起伏伏，山上没有庄稼，能看出是过去开垦的坡地，被种上了树木。有成材的松树，更多的是不成材料的杂木。甘路长就琢磨，这一带的农民靠什么生活？琢磨了一会儿，也没有琢磨出什么。就掏出香烟，抽出一支递给中年男人。中年男人看了他一眼，不相信是给自己的。甘路长又把香烟朝他跟前一送，他才确定是送给自己的，迟迟疑疑地接过香烟，把牌子看了一下，才放在嘴唇上。他掏出打火机，替中年汉子把烟点着，问这山上啥都不长，乡党靠啥过日子？

中年男人说，受着。

甘路长又看了汉子一眼，问，乡党是哪个村子的人？中年汉子说，刘羊村的人。甘路长说，我就要到你们村子去，刚好一路。中年汉子看了他一眼说，俺村可是穷山恶水一毛不拔之地，镇上的干部几年都不到俺村来一趟。

甘路长说，咱又不是干部，我想到你们村子看看有没有投资项目。

中年汉子说，中午饭在我家吃，咱没有七碟子八碗，杀只鸡炖了也能吃饱肚子。

拖拉机在刘羊村口停下，甘路长在小卖部买了一瓶西凤酒，给孩子买了两斤点心，随着汉子朝他家走去。

全村没有一栋水泥楼房，全是过去的土坯房。甘路长跟着中年汉子走进大门，院子里盖了两间厦房一间厨房，离地一米多高的地方是砖砌的，再上边是土坯。红砖的颜色变成了灰墨色，墙的泥皮脱落了很多，露出一块一块的土坯，挨着地面的地方，碱得很厉害了，凹进去很深，砖上有很多粉末。

汉子走进院子，对着厦房喊，骟骡子他妈，来客啦！一个中年妇女从厦房里跑出来，看见甘路长，脸上立即有了笑容，闪到门边指着房门说快进家。汉子把甘路长让进屋子，就指着妇女给甘路长说，这是我娃他妈。又对妇女说，快泡茶，这是我在路上认识的兄弟！一会儿把鸡杀了，咱请兄弟好好吃一顿。甘路长把酒和点心送到她手边，说到了你们村子才买的这些东西，算我的一点心意。妇女接过东西，嘴里却说到家来了，还带东西干啥。甘路长说，我是第一次来看嫂子和娃们，咋能空着手来。

甘路长把房里的东西瞅视了。桌子旁边砌的是炕，炕上铺的是席片子，席片子磨得油光瓦亮。有一床薄被子，两个石膏枕头，炕头放着两个大箱子，岁月使箱子暗淡失色。除此之外，再没有什么东西。

甘路长和汉子喝茶的时候，知道他叫省省，就说，你家也不富足。省省说，有的人家连买粮食的钱都没有。甘路长问，人家村子都折腾富了，咱村为啥就折腾不起来？省省说，上头封山育林，说是环境保护，还把过去开的荒地都种上树。靠山吃山靠水吃水，咱这村子靠着山靠着水，却不让吃山吃水，不受穷咋办。

甘路长问，上头不是给了补贴？省省说，那是啥时候的事情，都十年了，每个月给补助二十斤粮钱。那时候粮食多少钱一斤，现在粮食多少钱一斤？标准还是十年前的。甘路长说，可以到城里打工呀。省省说，兄弟你说得容易，俺村子的人最多上到初中，大部分小学都没毕业，跑到城里能干啥？

甘路长琢磨省省说，的话，觉得有道理，就不再说啥。省省却接着说，咱村穷还有一个原因，就是路不行。过去没有路，从村子到镇上得走半天，种点菜养只鸡杀头猪要弄到镇上卖，难肠得不行。去年修路的时候说，只要把路修好，就有老板来投资。这路修好没过一年就变成这个样子，确实有几个老板来考察过，还没到村子就折回去了。说修这种路的干部肯定腐败，和腐败干部打交道只能亏损！

省省婆娘把炖好的鸡肉端上来，两个娃子站在一边，直直地看他们，朝肚里咽唾沫。甘路长把两条鸡大腿撕下来，给他们一人一条。娃娃直朝后退，眼睛却看着鸡大腿。省省把桌子一拍，对着娃娃就吼，嘴馋，滚一边去！娃娃转身就要跑，甘路长挡在门口，给他们说，拿上，这是叔给你的！娃娃看着他爸不敢接，甘路长又对省省说，，你叫娃拿上，咱都是大人了，吃点鸡肉有啥意思。娃娃正是长身子的时候，营养不行就发育不好。咱这辈子还指望啥哩，不就是自己的身体好、娃的学习好就行了。省省听甘路长这么说了，就对娃说，你叔给你的，你就接下，滚一边吃去！

4

天快黑的时候，甘路长回到旅馆。老板娘还在和网友热聊。他走到楼梯跟前，老板娘才发现他，停下键盘的敲击，仰着红扑扑的脸说，我明天到县城去一趟，后天回来。我妹子来替我照看旅馆，你有啥事就给她说。他说，其实我也没啥事情，明天一大早还要出去。

老板娘琢磨了一会儿问，你早上出门的时候，我看你把胡子刮过了，才过了一天都长成这样子了？甘路长在脸上搓了一下，又搓出一条垢痂，说我这人吃了饭不长智慧净长胡子。

老板娘笑着说，你很幽默，要是会上网聊天，很招女人喜欢。甘路长说，那我以后就上网聊天，看有没有那艳福。老板娘说，你昨天一来就问我能不能上网，肯定也是个网虫。甘路长说，我是喜欢上网，但不聊天。老板娘说，上网不聊天干啥？你要是上网聊天了，就把我加上，我陪你聊，我的QQ号是290321978，网名是多情天使。甘路长说，我要是学会聊天了，就专门陪你聊。老板娘高兴地说，你这人很专一，现在的男人都花得不得了，吃着碗里看着锅里手还在旁的地方扒拉。你要是想上网聊天了，我送你一个QQ号，我申请了好几个QQ号，你把密码修改一下就行了。甘路长笑了笑说，我最近很忙，等我不忙了再陪你聊天，说着就上楼了。

他回到房间，打开电脑，神经官能症果然在上边。他还没来得及问候，对方就发来文字：今天了解到什么问题？

他回答：今天了解到两个问题，一个是从镇上通往刘羊村的公路，才修了一年就烂得坑坑洼洼用不成了，又得重修。再一个是刘羊村的人太穷，国家搞环境保护封山育林，农民没地方生产，政府发的那点补贴根本不管用！

神经官能症问：你打算怎么解决这些问题？

他回答：我想向上头反映公路的情况，请上头拨款重修一遍。刘羊村的情况，我还真没办法！

神经官能症说：上头去年才款拨修了路，今年又要上头拨款，同一条路一年修两次，上头能给你们再拨款？再说，你给上头要钱修路，这路就是管修路的人修的，里面肯定有腐败。他们不敢把才修不到一年的路再修一遍！

他问：你有什么高招？

神经官能症说：把情况直接反映给新华社，新华社用内参把情况直接反映给中央，只要中央领导一批字，下边就得调查处理，修路的款子就好落实。

他琢磨了一会儿，觉得是个好办法，就说：我今晚就写情况反映，要是上头真的有了批示，恐怕要有一批贪官倒霉！

他又问：刘羊村的贫穷问题，你有高招没有？

神经官能症停了一会儿，发来文字：你原来工作的镇比较富足，镇上有几家企业。当地农民嫌工资低，不愿到企业上班。但对刘羊村的人来说，还是有很大的诱惑力……

他一阵惊喜，感慨地说：你真有办法，以你的能力和谋略，当个省委书记都没问题！

对方立即送来：呵呵，你以为当领导的水平都高？

好友栏里的QQ头像闪动了，他看了一下网名，是老婆上来了。他点了一下老婆的头像，就看到老婆发来的问候：你今天跑了几个地方？

他回答：只跑了一个村子，这个村子很穷。

老婆问：吃晚饭没有？

他回答：还没有吃，马上出去吃。

老婆问：吃药没有？

他问：吃什么药？

老婆答：治你的内分泌紊乱的药。

他说：哎呀，忘了，我马上吃！

老婆说：快点吃去，我要下了，辅导亮亮复习功课。

他关了电脑，到卫生间洗了澡，又刮胡子。他把刮胡液涂在脸上，镜子里的黑脸又被雪色的泡沫覆盖，脸上有种凉飕飕的感觉，很是清爽。他闭着眼睛，用心品尝着这种令人舒意的凉爽，过了一两分钟才开始刮胡子。刮胡刀在黑乎乎的脸上刮一下，脸上就出现一道洁净，像是收割机在麦田里开过。五六分钟以后，满脸的黑胡子没有了，镜子里的男人一下子年轻十多岁。

他走下楼梯的时候，老板娘敲击键盘的欢快停下了，看着他说，你把胡子一刮，还真是帅哥一个！他开玩笑说，我不刮胡子像什么？老板娘说，像土匪刀客，专抢良家妇女的土匪刀客。他哈哈一笑说，我要真是土匪刀客也不抢良家妇女，专抢金银财宝。有了金银财宝，啥样的良家妇女不用抢都找上门来！老板娘说也是，这年头要是有了钱，啥样的女人都能得到。难怪人人都在弄钱，谁把钱弄到腰包谁就有本事。老板娘说完又问，你一会儿回来上网不？他说不一定。老板娘又说，晚上不上网干啥，那么早就上床睡觉，能睡着？他说咋睡不着，在外边跑了一天，早就累得不行了，倒在床上就睡着！

5

第四天，到了初夜时分，甘路长才回到镇上。这个时候是镇子一天中最热闹的时候，白天的酷热把人们都逼到房里。到了初夜，一轮很大的圆月孤孤地升到半空，人们感觉月亮洒向人间的光都是清爽的，就从闷了一天的房子里走出来，在街道上散步。还有的坐在家门口，摇着芭蕉扇，抿着酽茶谝着闲传，享受着炎热过后的凉爽。饭馆、茶馆、店铺、网吧、发廊，所有的生意铺面全都开张。有的铺面为了招揽生意，把音箱搬到门口，歇斯底里地吼着流行歌曲，越发增添了小镇初夜的热闹。

他回到旅馆，见老板娘一个人坐在厅里，面前摆了两个菜，还放了一瓶西凤酒。见他进门，就站起来问，你回来啦？甘路长看了她一眼，觉得她满脸沮丧，朝她跟前走了两步问，你也回来啦？老板娘又问，吃饭没有？他说刚下车，还没有吃饭。老板娘说你就不要到外边吃了，快回房间洗个澡，洗完出来陪我喝两杯！甘路长犹豫了一阵说，这不好吧，我怎么能占你的便宜？老板娘说，这算啥便宜，不就是几口酒的事情。甘路长琢磨了一会儿，觉得陪她喝几口酒也算不上啥事情，就说我洗一下就下来。

甘路长跑到饭馆买了两样凉菜打包回来，就坐在老板娘对面。老板娘给他杯子里把酒倒上。两个人啥话都没说，把酒杯一碰，把酒干了。喝过三四杯之后，老板娘才说，你说现在这世事咋变成这样子啦？

甘路长把酒杯放下问，遇到啥事情了？

老板娘说，一个跟我聊了一年多的网友，我觉得他一定是个充满浪漫情调的男人，很快就爱上他了。我们无话不谈，在网上把什么事情都做了，上个月“结了婚”，刚刚度过“蜜月”。我们约定昨天在县城见面，我怎么都没想到，和我谈了一年多恋爱，刚刚和我度过“蜜月”的男人是个十五岁的孩子！

甘路长不相信地问，那么大点的孩子懂得什么？

老板娘说，我没见到他以前，怎么也不会相信和我相爱了一年多的男人，竟然比我的孩子大不了几岁。我真不好意思给你说，那么大点的孩子竟把男女的事情说得那么顺畅，那么激情，比三四十岁的男人都老到，把我挑逗得整夜失眠。我昨天见到他的时候问他，你这么小的年龄，怎么知道这么多大人的事情？

甘路长看着她，不相信十五岁的孩子能把三十多岁的女人引诱得整夜失眠。

老板娘接着说，他说这有什么难的，到街上买几片光碟，回家一看就明白了。他还说他在网上不止和我一个人“结婚”，起码和五六个女人“结过婚”了，他都不知道我是他的第几个老婆。你看看，这是孩子说的话不？

甘路长不知道该怎么回答，心里却在思考，网络这东西真是无奇不有，就对老板娘说，那是网络，你怎么可以相信网络上的东西？老板娘又给他杯子倒上酒，说，我也骂自己，怎么能相信网上的东西？但回到现实又能咋样，现实中的东西就能相信？

甘路长想说，你男人就是你的感情寄托呀。但是，他觉得老板娘能这样做，必定有这样做的原因，要不是荡妇，就是弃妇，一个感情生活正常的女人不会这样做的。又觉得自己和她只是一面之交，犯不着问这些问题，弄不好会招惹是非。自己今后要在这个镇上当一把手，男女之间的绯闻足能把人打倒！于是，又喝了两杯酒，就推说在外跑了一天，疲劳得受不了，就上楼回到自己房间。

他打开电脑，神经官能症还在网上等他，见他上来立即发出文字：你今天遇到什么情况了？

他就把老板娘和网友相会的情况说了。

神经官能症说：这是社会的第四者现象。

他问：什么是第四者现象？

神经官能症说：现在有一些男女，进行非婚姻的感情和性交往，互相在对方身上寻求爱和性的刺激，又不承担任何责任，合得来继续交往，合不来就分手，谁也不追究谁的责任。人们就把这种现象称作第四者现象。

老婆的头像在好友栏里动起来，他用鼠标点了一下，老婆问候的话就跳出来：今天顺利不？

他回答：还行！

老婆又说：吃药没有？

他回答：马上吃。说完就跑到卫生间给热水器里加上水，插到电源上。又从箱子里取出维生素 B_1 和谷维素，等着水烧开后吃药。

老婆在网上不能多聊，要给孩子辅导功课。老婆下线以后，他又琢磨当今的女人活得也不容易，男人在外边干事业，把家里的一摊子扔给老婆。男人把事业干成了，老婆的脸也成了核桃皮。事业成功的男人身边围满了年轻女人，辅助男人把事业干成的老婆却被打入冷宫。好的男人在外边彩旗飘飘，家里红旗不倒。不好的男人就像当年的还乡团，把红旗彻底拔掉，没有任何包袱地挥舞彩旗。

神经官能症下线以后，他又在网上看了一会新闻和时评，吃了治内分泌纷乱的药，就脱衣睡下。

镇子也睡觉了，没有一点声音，路灯的晕光无法穿透窗帘的阻挡，房子里一团黑暗。时间长了，瞳孔就适应了黑暗，能朦胧地看清房里的东西。他精神格外兴奋，思维也特别活跃，控制不住地琢磨这几天的事情……

到了凌晨两点多钟，甘路长才有了睡意，觉得瞌睡像四面八方漫洇过来的雾瘴，把自己包裹了起来……

突然，楼下传来男人女人的吵架，随之就是男人殴打女人的声音，还有女人哭喊的惨叫。估计是老板娘夫妻吵架，甘路长不想下去劝解。又一想，万一他们打出了人命，镇书记在跟前却不去劝架，要是在网上曝出去，网民会把自己恶心死！于是，就穿好衣服，朝楼下走去。

楼下，一个四十多岁的男人正在殴打老板娘，老板娘也不示弱，拼尽全力反抗，回击男人的进攻，整个战场的形势是四六波，男方虽然占优势，但优势并不明显，还有几次由进攻转为防御。但总体来说，女方没有占领主动权，只是靠顽强的意志坚持战斗。男方揪住了女方的头发，就像占领了战场的制高点，战场局势瞬间发生了变化。男方气势汹汹，节节逼近。女方防不胜防，节节败退。甘路长急走两步冲到跟前，大吼一声：不要打了，再打我就报警啦！还把手机在空中举了几下，摆出报警的架势。激战双方被突兀而来的彪形大汉震撼了，见站在他们面前的汉子满脸黑须，像钟馗转世，又听吼声如雷，立即刹住手脚，痴痴地看着甘路长。

甘路长走到他们跟前，把男的朝后一推，说看你多有本事，深更半夜打老婆，明天全镇人民都知道你创造的新闻！男人把甘路长看了一眼，心里有了胆怯，却壮着胆子说，老板睡你的觉，俺这地方男人打老婆是天经地义的事情！甘路长又把他朝后推了一下，大声说，放屁，打人还有道理！男人把脖子一拧，声音更大地说，你问问她，我为什么打她？我在外边拼死拼活地干，她在家里上网勾引男人，和人家谈恋爱、“结婚”……

老板娘冲到男人跟前，指着他的鼻子哭诉，你在外边养女人，我上网跟男人聊个天你都吃醋。你是人我就不是人，我只是在网上聊聊，又没有来真的。

甘路长把男人拉到自己房间，等老板娘情绪平静了，才对男人说，回去吧，好好把老婆哄哄，女人还是要哄的。不过，公粮该交还是要交的，交公粮是男人的责任和义务，长期不交公粮就是你不对了。今晚好好表现一下，把公粮交了，明天的日子就好过了。

男人走后，甘路长躺在床上，心里又琢磨，男的在外边养女人，女的在网上找男人，一家人的日子咋能过下去？

6

七个常委连三个不是常委的中层领导聚在会议室里，县委组织部刘副部长宣布过对甘路长的任命，随着就是大家表态拥护县委决定，支持新书记的工作。大家嘴上说着好听的，眼睛都看着甘路长，胡子怎么硬得跟钢针一样，要是跟小蜜二奶温存，人家那粉脸咋能招得住钢针扎？

突然，保安推门进来，拿着一封信。周镇长看了他一眼，说我们正在开常委会，你咋能随便跑进来，连这点规矩都不懂！保安说县法院来人了，说送的是传票，要我马上交给镇领导。周镇长走过去，从保安手里要过传票，嘟囔说法院也胡来哩，咋把传票送到我们这里来啦！

他回到座位上，把信封撕开，只看了一眼就骂起来。别的常委都看他，连正在表态发言的都停住嘴巴。周镇长接着说，凤源春的老板起诉咱们啦，下个月 5 号法院开庭，让咱们出庭应诉。

邝镇长把桌子一拍，吼骂起来，反天了，竟敢跟政府叫板！一会儿开过会，所有的执法机关都去枫原春，查查有没有聚众赌博，有没有偷税露税，有没有播放黄色淫秽，食品合不合卫生要求。就是钢板也要给它楔进去个钉子，看他以后还敢不敢给政府作对！

甘路长故意问周镇长，枫原春起诉咱们的啥？周镇长把传票送到他手里说，起诉咱们欠他的饭钱不还！

甘路长问，咱们欠没欠他的饭钱？

周镇长不说话了，邝镇长说欠他的饭钱是没啥说的，很多是上一任班子欠的。再说，经费越来越紧张，接待任务越来越繁重……

甘路长看了刘副部长一眼，刘副部长马上明白他的意思，说我把县委的任命宣布完毕就赶回去，下午有个会议要参加，中午饭就不吃了。在座的干部立即接上话，这咋能行呢，领导下来一趟多不容易，我们好不容易有个表示心意的机会……

甘路长见大家都把殷勤献过了，就说刘部长下午确实有重要会议，领导把咱们的心意领了就是了。县委对我的任命会到这里就结束了，下来讨论枫原春起诉咱们的事情。

甘路长和刘副部长离开会议室，朝着院子里的轿车走去。甘路长给刘副部长说，不是我不留你吃饭，你看为吃饭都打起了官司，咱犯不着蹚这浑水。以后我到县上的时候，专门请你吃饭！

刘副部长能干到这个职务上，啥事情没经过？刚才听到枫原春起诉镇政府欠饭钱不还，就知道这事情要闹大，弄不好会惊动省委，就打定主意不在这里吃饭，免得给自己仕途上竖障碍。见甘路长出面为自己解围，心里就有了感激，说你要是到县上，提前给我打个电话，我订上一桌，咱好好喝一场。

两个人握分别手的时候，一个比一个用力，所有的心思都在握手中表示出来了。

甘路长回到会议室，常委们还在讨论，内容不是如何给人家还钱，而是怎么收拾枫原春，杀鸡给猴看。要不以后谁都敢告政府，把政府的脸当屁股踢，让政府咋管理？

甘路长等大家说得差不多了，才干咳一声表示自己要说话了。二把手三把手四把手五把手们见老大要说话了，急忙刹住话头，做出认真聆听指示的样子。年轻的六把手七把手八把手们都打开了笔记本，拿出钢笔，做出记录领导指示的架势。

甘路长故意停了一分多钟没有说话，充分显示过自己的威严之后才说，我说三件事情。第一件是枫原春起诉咱们欠人家饭钱不还，这是人家依照法律主张公民权益的正当行为，任何人不得在这事情上对人家打击报复；第二件是镇政府必须做好应诉准备，这件事由周镇长亲自抓，最好在开庭前进行调解。咱们主动找枫原春，请求他们撤诉，杀人偿命，欠债还钱，这官司打到天边咱们都赢不了；第三件是镇上给我准备的接风酒取消，人家已经把咱们起诉了，咱们再继续大吃大喝，说好听点是不接受教训，说难听点是顶风作案！如果大家实在要表示心意，咱们就打平伙，一个人五十块钱，我除了五十块钱，酒钱也归我掏！

甘路长的话刚一说完，邝副镇长立即掏出一千块钱，拍到桌子上说，给咱们一把手摆接风酒，说啥都不能取消。这饭我包了，算是我对领导的一点心意！随着邝副镇长的豪言壮语，所有的领导都掏出钱朝桌子上拍，个个都是一千块，一个比一个牛气。甘路长看着桌上堆的一万多块钱说，这么多钱也用不完。

邝副镇长说用不完就存在饭馆，下次请你吃饭的时候再用。

甘路长琢磨了一会儿说，我有个意见，不知道大家同意不同意?

所有的人都说，你是一把手，你说咋办就咋办！甘路长说，中午的接风酒控制在300块钱以内，剩下的钱先还给枫原春老板，表示咱们还款的诚意。

常委和扩大常委们犹豫了，一千块钱毕竟不是小数字，刚才朝出掏的时候心里还琢磨，一顿接风酒最多三四百块钱，花不完肯定退给自己，既在书记面前表了忠心，又花不了多少钱，何乐而不为。但要把这些钱替政府还债，心里就不乐意了，政府欠人家的钱，凭什么要私人还?

甘路长见大家都不说话，就说，我这是征求大家的意见。这样吧，同意我意见的人就把钱留在这里，不同意的就把自己的钱收回去，咱们这是绝对自愿，不强迫！

没有一个人把钱拿回去，大家心里都明白，甘路长嘴上这么说，要是真的把钱收回去了，领导以后不把他老婆的鞋朝你脚上穿才怪！

周镇长把桌子一拍，又从口袋里掏出一千块钱，大声说甘书记也是为咱镇上好，咱过去拉的稀屎，甘书记一来就给咱擦，咱还能不出点血！

邝副镇长见周镇长这么说了，也从口袋里掏出九百块钱，也用力拍在桌子上，牛气十足地说我是老四，出的钱不能超过前边的几个哥。我再出九百块！剩下的人见排名在自己前边的领导都这么做了，也都纷纷朝桌子上拍钱。

甘路长又觉得脸上发痒，知道是内分泌紊乱发作了，又无意识地搓起来，搓出一溜垢痂，搁在指头上看了一眼，扔到地上，问做记录的秘书，我宿舍能不能上网？秘书说还没有装网线，不知道您有上网的习惯。甘路长从口袋里掏出600块钱，说我打听了，上一年宽网带600块钱。你现在就去帮我把手续办了，让他们今天就把网带给我装上。

7

晚上，甘路长把宿舍门一关，打开电脑，神经官能症还在线上等他了，立即发来文字：上任第一天的感觉如何？

甘路长回了一串文字：官场习气积重。

神经官能症：发生了什么事情？

甘路长把今天发生的事情说了一遍。

神经官能症：镇政府没有钱，你怎么还枫原春那二十二万的欠款？

内分泌紊乱：我不但要还枫原春的二十二万欠款，还要立下规矩，以后坚决不能再用公款吃喝！

神经官能症：你有什么具体打算？

内分泌紊乱：那二十二万欠款，谁打的欠条谁处理。我只有一个原则，谁也不能动用镇上的钱。我打算再定下制度，以后接待上级领导，每个领导由镇上补助五十块钱，镇上陪同的干部费用自理……

神经官能症：你一旦把这个提议交给大家讨论，就会变成孤家寡人！

内分泌紊乱：所以我上来请你支着！

神经官能症思考了一会，发来文字：现在的官是畏上威下，你要用上边的权力压他们屈服！据我所知，省委郭书记是四川人，他的秘书小赵是河南人……

会议室里，甘路长主持召开党委扩大会议，讨论如何处理枫原春二十二万欠款问题，再就是以后如何杜绝公款吃喝。甘路长把自己的想法一说出来，没有一个人响应，都拼命抽烟。党委扩大会属于保密范畴，窗户和门都关得严严的，烟又散不出去，会议室里的烟雾越来越浓。甘路长就起来把窗户和门打开，加上电风扇的旋转，烟雾很快就稀释了。

周镇长把烟屁股在烟灰缸里掐灭，为难地对甘路长说，甘书记是一片好心，想尽快把人家的钱还了。但当初请人吃饭都是为了工作，人家把工作干了，现在又要他们掏钱，于情于理都说不过去。还有以后上级下来检查，咱不好好接待，人家就说咱工作不合格。这年头工作干得好不好，只有上级说了算。咱招待得好，人家就说咱干得好；招待得不好，人家就说干得不好……

周镇长刚说完，邝镇长就接着说，等于把周镇长的话重复了一遍。邝镇长刚说完，另一个副镇长又接着说，又等于把邝镇长的话重复了一遍。

甘路长用手机发了几个信息，而后就把手机放在桌子上，微笑着听大家发言，一边听还一边点头。甘路长的手机突然响铃，会议室里的人听得清清楚楚。

甘路长：哪位？

手机里传出来河南人的声音：我呀，省委赵秘书！

甘路长一阵惊喜，急忙道歉：哎呀，是赵秘书，我真该死，连你的声音都没有听出来，真是忙昏头了。郭书记可好？

赵秘书：郭书记让我拨你的电话，他有话给你说，你不要收线。郭书记正在接电话，接完电话马上给你说话！

甘路长：我不收线，等着郭书记的指示！

甘路长捂着手机对大家说，都不要说话，省委郭书记要通电话。所有的人都震惊了，堂堂正部级省委书记亲自给小小科级镇书记打电话，要是没有奥妙鬼都不相信。抽烟的马上把刚刚点着的烟掐灭，好像这里的烟能呛着远在千里之外的省委书记。瞬间工夫，会议室里一片安静，都坐得端端正正。

甘路长的话刚说完，赵秘书又说话了：甘书记，郭书记请你接电话！

甘路长立即双脚并拢，上身微微倾斜，恭敬地说，郭书记，我是甘路长，您有什么指示？

省委郭书记的四川口音：你到保阳镇报到没有？

甘路长：已经报到了！

省委郭书记：我在内参上看到你们镇政府欠人家饭馆二十二万饭钱，人家都起诉到法院啦！这像什么话，堂堂一级政府欠老百姓的饭钱不还，怎么构建和谐社会？

甘路长：郭书记，您批评得很深刻。我们现在正在召开党委扩大会，研究给人家还钱的事情。镇上的领导都表态了，谁打的条子谁负责还，就是掏自己的钱也不能给政府丢脸，让我感动得不行！我们还要研究下一步如何从制度上杜绝公款吃喝……

省委郭书记：我把你从和传县调到保阳镇，就是希望你在那里为全省创出一条经验。你在工作中有什么困难和阻力，就直接给我打电话！

甘路长：郭书记放心，我到了保阳镇以后，觉得这里的干部素质都很高，很配合我的工作……

甘路长刚放下电话，周镇长说我刚才的话还没有说完，只说了一半。我的意思是尽管谁打的条子谁还款，有点不合理，但更多的是有利于工作。咱欠老百姓的饭钱，咱不还谁还……

周镇长发言的时候，邝副镇长说喝了一上午茶，把尿泡喝胀了，出去排泄一下。邝副镇长刚排泄回来，另一个副镇长又出去排泄。不大工夫，除了担任记录的秘书，所有的人都出去排泄了一次。

甘路长一直微笑着听大家发言，还不停地搓着脸上的垢痂，还从口袋里掏出谷维素和维生素 B_1，吃了。

周镇长关切地问，甘书记身体不好？甘路长淡淡一笑说，内分泌紊乱兼神经官能症，吃的好东西不少，就是不长智慧净长胡子，精华都从脸上冒出来了，刚才那药就是平衡神经的。

邝副镇长说内分泌紊乱兼神经官能症虽说不是大病，但很烦人，要抓紧时间治疗。

甘路长的手机又喧哗起来，他拿起手机，是县委书记打来的。县委书记在电话里说，小甘呀，你大胆地干，干出成绩是你的，干出问题是我的，我是你的坚强后盾。谁要是捣蛋就给我说，我替你打扫战场。

县委书记的电话刚打过，县长的电话又打来了，基本上把县委书记的话重复了一遍。县长的电话刚接过，县委常务副书记的电话也打来了。一会儿工夫，九个县委常委连几个局长都给甘路长打了电话。会议不能正常开下去了，甘路长摘下电池，对大家说咱们排除干扰接着开会！

甘路长的提议没有任何阻力就通过了。

晚上，内分泌紊乱感慨地给神经官能症说：你真是诸葛亮转世！

神经官能症：如果没有刘备，世上就空有诸葛亮，你是刘备！

8

甘路长正在办公室看文件，猛然觉得门口一暗，本能地抬起头，看见门口站着一个人，觉得有点面熟，又想不起来在哪里打过交道。

“甘书记！”那人很恭敬地打了招呼，站在门口没敢进来。

甘路长站起来，指着沙发对他说：“进来坐，站在门口干啥？”

那人走进房子，没敢在沙发上坐，又给甘路长躬了下身子，说：“甘书记，我是镇工商所的所长，姓师。想请你晚上吃个便饭，不知道书记忙不忙？”

甘路长把他按在沙发上说：“有啥事情就说，只要我能办的，不吃饭也给你办！”

那人说我没事情让你办，就是想请你吃顿便饭。其实，咱们不是第一次见面，那天晚上我和老婆打架，还是你劝的架，我是来表示感谢的。

甘路长立即想起那天夜里的事情，给他泡了杯茶，端到他身边的茶几上，问，最近还打了没有？那人说没打，屁婆娘老是没事找事地闹火！甘路长说，男人不在外边找野婆娘，家婆娘就不会闹火，不论谁的领土被侵占了，都要进行反侵略的保卫战。人家在网上跟网友聊了几天，你就不高兴了，你都知道保护自己的资源，人家就不知道保护自己的资源，世上哪有这道理？

那人尴尬地笑了一下，啥话都没说出来。

甘路长把脸一垮，牛眼一瞪，满脸的黑毛像要奓起来，再说出来的话就不悦耳动听了：“你好好给我听着。你以前养没养野婆娘，我不知道，也就不追究你了。从现在起，你要是再养野婆娘，我先摘了你的官帽，再收你的党票。你当一般老百姓，养一百个野婆娘我都不管。哪头轻哪头重你看着办！”

那人赶忙说，我一定听从甘书记的教导，痛改前非，再不养野婆娘了。

甘路长又不依不饶地说，那是两个人的事情，我不能成天监督你养没养野婆娘。我只要求你一点，除了出差，每天晚上都回家和老婆睡觉。要是晚上不回家睡觉，我就视同你养了野婆娘！

师所长连着说，我以后每天晚上都回家和自己婆娘睡觉，不和别人婆娘睡觉！

甘路长又端起茶几上的杯子，递到他手上，神气也温和下来，关切地说，兄弟，我也是男人，男人都想干那事情。可咱们是政府的人，弄得不好了，老百姓不但骂咱，也骂政府。你想想，政府发钱养着咱们，咱们再给政府招骂，你要是政府干不干？

师所长赶忙说，政府也不傻，咋能干光吃亏不占便宜的事情。

新华社把保阳镇至刘羊村的公路发了内参。

省纪检部门专门组织了调查组，经过一个多月的调查，从县上到镇上双规了七八个人，周镇长、邝副镇长，还有一个副书记被双规了。处理过这些人，县交通局又给省上打了重修保阳镇至刘羊村公路的报告。

两个月以后，甘路长原来担任镇长的那个镇的企业，开来一辆大轿车，把刘羊村首批输出的劳动力拉走了。甘路长也坐在车上，他要亲自送这些刚离开山里的农民到大地方去。

司机见甘路长走下大轿车，跑步迎上去，接过他的拉杆箱说，你在这里的时间，这辆车归你使用。甘路长坐在越野车里，又习惯性地在搓脸上的垢痂，又搓下一条黑泥。司机看了他一眼，说内分泌紊乱还没好？他心里一惊，有道灵光在眼前一闪，天庭一片通亮，说不仅仅是内分泌紊乱，还兼神经官能症。

司机哈哈一笑，啥话都没说，只是把车子开得又快又稳。

马号里的抗战史

日本鬼子到底没打进咱陕西。

——一个陕西老军人的话

20 世纪 60 年代末 70 年代初，我还没迈进十岁的门槛，这是个对世事似懂非懂的年龄。吃过夜饭，笼罩在村子上空的炊烟还没有散去，吸进鼻孔的还是烧苞谷秆的苦辣。我把碗朝锅台上一丢，给我妈吼了一声：我到马号去了！我妈顺嘴扔过来一句：马号勾你的魂哩！话音没落，我就跑出大门。

马号有三间教室那么大，喂了二三十个头牯。到了晚上，所有吆马车的人，都要到马号里谝闲。年龄大的六七十岁，小的五六十岁，都有过舞马长枪的经历，说起自己的过去，比皇上他爷都牛。我就在这个马号里，知道了甘肃的河西走廊，新疆的大漠孤烟，汉中的拜将台武侯墓，安康的水陆码头，黄河的风陵渡，秦晋交界的中条山，还有陕西军旅在中条山抗击日本鬼子的事情。

贫协主席单驴娃

我知道生产队领导班子的组成：支书、队长、贫协主席。下来是会计、出纳、妇女队长、团支部书记。贫协主席必须由新中国成立前最穷的人担任。新中国成立前俺村一家比一家穷，选贫协主席时就比穷，会场选在马号。

日头快落山的时候，拉车的犁地的头牯都回来了，支书刘志轩挡在马号门口，给牵头牯的车户说：先把头牯拴在院子里，开完会再牵进来。全村的大人都聚在马号里，男人多，女人少，女人没主见，大小事都听男人的。再就是年龄大的人多，年龄小的人少，人家比新中国成立前穷，年龄小的啥都不知道，去干啥。尽管圈里没拴头牯，还是充满头牯的屎尿味，还有人的口臭味，鞋窠篓里的腐臭味，身上的酸臭味，不加控制的屁臭味，混杂在一起。要是城里人走进这里，肯定被熏个大跟头。庄稼人习惯这种气味，取下旱烟袋，装上旱烟末子，吧嗒吧嗒吸开。吸进了旱烟的刺激，也吸进了马号的臊臭。我刚好放学回家，路过马号，看到这么热闹的场面，就钻进去看热闹，管不上回家晚了扫帚揍屁股的疼痛。

开始选举了，刘志轩宣布说先由个人自荐、再行群众评议。刘志轩宣布过后，单驴娃第一个站起来，他快六十岁了。在十岁少年的眼里，四十岁以上的人都可称为老人。他把旱烟袋朝腰上一别，干咳几声，结结巴巴说：俺说。刘志轩说：你说。单驴娃又说：俺说。支书说：你说。单驴娃又说：俺说。有人不耐烦了，吼叫起来：单驴娃，你有屁就放，有屎就屙，磨蹭啥哩！单驴娃这才说：俺在老社会，家里穷得连一根头牯毛都没有。守中条山以前，家里就我跟俺爸，俺爸穷得娶不下婆娘，俺都二十八了，也娶不下婆娘……

有人吼起来：单驴娃你胡说哩，你爸娶不下婆娘，你是从石头缝子蹦出来的？

单驴娃就辩解：俺妈在我六岁那年死了，俺爸再没给我娶后妈。

刘志轩说：这一条不能证明你最穷，那时候娶不上婆娘的人多了。不管咋说，你爸都娶过一次婆娘了，有的人连一次婆娘都没娶上。你爸要是再娶一房婆娘，不是地主也是富农，贫下中农哪有钱娶两个婆娘？你爸要是娶两个婆娘，你这阵就是专政对象，哪能轮上竞争贫协主席。

单驴娃还不死心，站着，不肯坐下。

刘志轩说：你先坐下，考虑好了再说。让别人先说。

单驴娃就坐下，从腰带上取下旱烟袋，又装了一锅子烟丝，又抽，吧嗒了两口，吐出两股白烟。

张二马坐在他跟前的电灯下边，利用灯光捉虱子。他解开裤带，翻开裤腰，脑袋凑在棉裤上，眼睛瞪如牛眼，寻找裤缝里的寄生虫。裤裆里的臭气汹涌地朝出冒，跟前的人都把脑袋扭到一边。他捉住一只虱子，骂上一句：驴日你先人，比日本鬼子都可恶，竟敢吃你爷的血！单驴娃嘴里喷出的白烟，一股一股朝他鼻子里钻，他没觉得不对头。他捉了一阵虱子，觉得把“日本鬼子”消灭得差不多了，就提起棉裤，用裤带绑好，恢复常态，才觉出一股一股苦辣涌进鼻子，又吼叫起来：驴娃你抽的啥叶子，能把人呛死！单驴娃就笑，笑得很尴尬。有人说：你问问单驴娃，他这些年抽过旱烟叶子没，知道不知道抽旱烟叶子是啥滋味，他抽的全是棉花叶子。又有人喊叫：单驴娃确实是穷得干㞗打得胯骨响，别说当咱村的贫协主席，当全公社的贫协主席都有资格！

刘志轩说：都甭胡说。贫协主席要选新中国成立前最穷的，不是现在最穷的，这可是上纲上线的大原则。谁犯了原则，被弄到公社批斗，甭怪我没提前给你们打招呼！

单驴娃把一锅子棉花叶抽完，在地上磕去烟灰，又站起来，说：志轩，我还要发言。刘志轩说：你发言。单驴娃又说：我要发言。刘志轩书记说：知道你要发言，不要再啰唆了，快发言，旁人还等着发言哩。早点把贫协主席选出来，早点散会，婆娘们还等着回家做饭哩！单驴娃又说：我要发言。这回再没人搭理他。他停了一会儿才说：我家那时候穷，老辈人说人穷的时候就说穷得干尿打得炕沿子响，我跟俺爸就穷到干尿打得炕沿子响了。

张二马喊：驴娃，你跟你爸用干尿打炕沿子，声音大不大？有没有咱村的锣鼓家伙的声音大？

单驴娃就嘟囔：你才是干尿把炕沿子打得比锣鼓家伙都响。老辈人说人穷的时候都这么说。再穷的人也不会用干尿打炕沿子，人的牛牛又不是鼓槌，咋能打响？我都二十八岁了，睡觉都没有盖过被子。光身子朝炕上一倒，把老羊皮袄一盖就行了。炕上只铺了一张席片子，还破了几个大窟窿。有一回，席篾子扎到牛牛上，牛牛就溃脓，溃了三四个月，把我疼炸了！

单驴娃刚说完，张二马就喊叫起来：驴娃说的不算！那时候穷得盖不起被子的人多了，不只你单驴娃一个。你说牛牛上扎了席篾子，溃脓了三四个月，谁是证人？没证人的事情咋能算数。你想当贫协主席了，瞎编的。

单驴娃把沟子一拍，喊叫：我没瞎编，谁瞎编谁家的先人叫驴……

刘志轩见单驴娃急眼了，就出面打圆场，说：驴娃叔，你甭急，张二马是个倔尿，你不是不知道。你说的没被子盖，确实是事实。张二马说的也有正确的一面，那时候没被子盖的人多了，不可能都当贫协主席。你再琢磨琢磨，啥地方穷的旁人比不上，才能当上贫协主席。

单驴娃瞪了张二马一眼，坐下来，气得胸脯大起大伏，嘴角都有了白沫。

张二马乜了他一眼，又想跟他开玩笑，说：你把眼窝瞪得那么大，想把我吞了不成。

单驴娃刚要回嘴，刘志轩说：二马你有完没完，驴娃叔脑子受过伤，你不是不知道，还逗人家！

张二马一愣，把脑袋一拍，说：把他家的，我咋把这事忘了！说完，取下腰上的旱烟袋，烟锅在烟袋里挖了一下，又挖了一下，用拇指压实，又挖了一下，直到烟锅装不下了，才递给单驴娃，说：驴娃兄弟，抽锅子旱烟，这是我在自留地里种的小叶子烟，上的鸡粪，劲道大得很！

单驴娃愣了，问：你让我抽你的烟？

张二马说：我让你抽我的烟。

单驴娃又问：你凭啥让我抽你的烟？你的烟也是地里长的，不是天上掉下的，你家的烟又不是多得抽不完。

张二马说：叫你抽你就抽，就凭你脑袋上的伤，在咱陕西地界，你抽谁的烟都应该！

单驴娃更迷糊了，又问：凭啥说我在咱陕西地界，抽谁的烟都应该？

张二马说：当年要不是咱们守中条山，日本鬼子说不定会打进潼关，要杀咱多少人，强奸咱多少妇女。你们是咱陕西祖祖辈辈的功臣，抽一锅子旱烟有啥说的！

单驴娃这才接过张二马的旱烟袋，张二马又赶忙敲火镰子，火镰子上的火星把硝纸筒点着，再用嘴一吹，硝纸筒顶端冒出一点火苗，送到烟锅跟前，替单驴娃把烟点着，表现得十分恭敬，和刚才判若两人。

有个高中学生问张二马：咱村当年给中条山送军火的马车帮，是不是中条山战役？

张二马说：不是中条山战役是啥？

高中生说：俺的历史老师讲了，中条山战役就是中原大会战，以咱们中国军队彻底失败告终。1941 年 5 月 7 日，日军在飞机大炮的支持下，对中国军队进攻。历时一个多月，中国军队大部溃散，蒋介石都称为“抗战史上最大之耻辱”，你们咋说中条山战役以陕西军旅全胜而告终？

张二马不说话了，他说不清当年上战场是哪一年。

刘志轩朝高中生跟前走了两步，问：你老师懂不懂历史？高中生说：俺老师是陕西师范大学历史系毕业的，咋不懂历史？刘志轩猛地提高声音：你老师懂得把他爸的婆娘叫妈。你明天到学校，让老师查查历史，中原会战是哪一年，咱陕西部队坚守中条山是哪一年？咱陕西部队打的中条山战役，咋能和蒋光头的中条山战役是一回事情？

高中生不敢说话了，又不甘心，怯着声音说：课本上就没讲咱陕西部队坚守中条山的那场战役，弄不好俺老师也不知道。

刘志轩说：估计你老师不知道，这事情还要咱村的老辈人说。他们亲身经历的事情，就是历史，不管书上写进去没有，谁都不能说没有！刘志轩说完，给圪蹴在马号拐角的历史反革命周天棋说：天棋伯，你讲讲咱陕西部队坚守中条山是哪一年的事情，跟蒋介石的中条山战役是不是一回事情？

周天棋都六十多岁了，当年是国民革命军第五十五师的少校营长，他曾率领国军一个营，跟随孙蔚如军长奔赴中条山，跟日本鬼子血战了两年多。周天棋在鞋底上磕去烟锅里的废烟，站起来，一米八几的个子在马号里很扎眼。他弯曲身子，摆出历史反革命的恭顺架势，谦卑地说：我是历史反革命，咋能在这场合乱说。

刘志轩说：你是不是历史反革命，咱村的人心里都有底。当年就是你们保卫了咱陕西的门户，没让日本鬼子打过黄河，咱陕西人都敬重你们。历史反革命是公家定的，咱村里谁敢说你一句不是，我让队长不给他派活，挣不来工分，饿死他。你大胆说，我是书记，代表一级组织，我说你没事，谁说你有事都不行！

周天棋干咳了嗓子，对高中生说：你老师只知其一，不知其二。咱陕西部队坚守中条山是民国二十七年六月至民国二十九年十月，国民革命军第三十八军在孙蔚如军长的率领下，东渡黄河，保卫中条山，历时两年四个月。你老师说的那个“抗战史上最大的耻辱”的中条山战役，是民国三十年五月。此时，陕西军旅已经离开中条山，调往河南，在广武、汜水、偃师一带，抗击日军。

高中生不好意思，说：俺老师也是按课本上教，课本上没有的东西，老师不敢教，教了就是错误。

刘志轩给高中生摆了下手，说：你老师什么都不懂，还给你们上课。下来接着开会，继续竞选贫协主席。

单驴娃把张二马的一锅子旱烟抽废，心里琢磨，到底是正经叶子，用鸡粪上的，劲道就是大，味道就是厚，比棉花叶子不知道好上几万倍。张二马见他把烟丝抽废了，还在干抽，问：味道咋样？单驴娃又干抽了一口，说：那有啥说的，我一辈子都没抽过这么好的烟。张二马说：

你要是觉得好抽，再抽一锅，自家地里种的，又不是啥值钱东西。单驴娃不好意思，说：咋能老占你的便宜，你让我抽了一锅，我不能再抽第二锅。张二马接过他手里的旱烟袋，给烟锅里装烟末子。单驴娃接过旱烟袋，张二马又替他点着，他又抽开，一边抽一边琢磨：当上了贫协主席，一个月补贴五十个工分，十个工分是一个劳动日，等于不干活白拿五天的工分，凭啥不竞选？想到这里，把烟袋朝张二马手里一塞，站起来，说：我还有证明我新中国成立前最穷的办法。刘志轩说：你有证明就说，谁也剥夺不了你的发言权。单驴娃说：我这回说的绝对真实，咱村五十岁以上的人都能证明。刘志轩说：没人说你不真实。单驴娃说当年因为穷，到了二十八岁还娶不上媳妇。就是因为上中条山抗日，才娶上了媳妇。

民国二十七年六月，我已经二十八岁了，媒人给我张罗了隔壁村的一个女子，那女子还不咋得，脸有磨盘大，腰比老瓮粗，满脸都是苍蝇屎，疙里疙瘩全是包包，门牙朝出龇，啃西瓜不发愁。我说这话你们要是不相信，你驴娃奶还活着，不信到俺屋里看看，我说的对不对？我心里不太愿意，咱就是穷点，也不能找太差的呀，把这媳妇娶回来，让村里的人咋说？俺爸却十分愿意，给我唠叨：驴娃呀，咱家就是这样了，穷得炕上只有席片子，席篾子扎到牛牛上都化了脓，都没钱找先生看。咱就不要弹嫌人家的长相了。人家不嫌咱穷，咱就烧了碌碡壮的香了。再说，娶媳妇图啥哩，不就是图给咱家传宗接代。壮实女人能生，要是给咱生下十个八个，咱家人丁兴旺，下一代出个团长县长，咱就翻身当老爷了。咱愿意了，人家却不愿意了，啥理由都没有，就是嫌咱家穷。要是把女子嫁到咱家，连床被子都没有，咋好过日子？就这样，媒人的腿跑细了一大截，人家才答应了，又提出了条件，炕上要三床被子，一床褥子，一床毛毡，被子要里外三新，毛毡要榆林产的。还要春夏秋冬四季衣裳，每季两套。人家还算大方，没要彩礼。按理说，人家要的不多，可咱穷，置不起这些东西，就把媳妇娶不回来，这事情就搁起来了。

孙蔚如看上咱三家庄马车帮了，把差派到咱村，要咱给中条山送弹药。来人说得很清楚，这回到中条山是打仗，不是平常的征调，能不能活着回来，就看个人的造化。谁要是怕死，家里是独丁，可以不去，部队绝不为难。

你们说，国家到了这关头，日本鬼子打到咱门口了，咱能贪生怕死不上战场。咱死了就死了，人活一辈子迟早都是死，就是咱还没娶媳妇，要是死在中条山，单家一门都绝后了。不孝有三，无后为大。我琢磨再三，自古忠孝两难全，咱只能为忠不顾孝了。队伍上的长官问我的时候，我把胸脯鼓得老高，说：谁家都有难念的经，国难当头，就顾不上那么多了。你下军令吧，咱要是耽误一寸时间，都不是中国人日下的！

谁知，我刚一报名，媒人就领着媳妇他爸跑来了。媳妇他爸进门就说：驴娃，我老汉不识字，忠孝两字却知道。你就要上战场了，咱不能让你万一有个好歹，断了你家的香火。我定下了，晌午把女子送过来拜天地，今黑就入洞房。

我愣了，家里猪没一头，羊没一只，连个下蛋的老母鸡都没有。再有一个多时辰就拜天地，拿啥招待媳妇家的人和乡党？再说，炕上连床被子都没有，新媳妇进门了，总不能光着身子摆到炕面上？我不敢答应媒人的话，也不敢抬头看老丈人。老丈人说话了：驴娃，我知道你没钱，也知道时间太紧了。我晌午送女子过来的时候，把被子褥子带过来，我还养了一只羊，回去就叫人杀了，晌午一块儿抬来，煮上一锅羊肉，让乡党吃上一顿，就算把婚事办了。

这时候，咱村的大财主冯忠财来了，他家光车都置了十多挂，还有上百亩水地，西安城里还有三间铺面。这人品性不好，霸道，糟蹋村里的大姑娘小媳妇，乡党都恨他，又不敢招惹他。谁知，他一下子像变了个人，给我爸说：驴娃的事情需要我干啥？我爸还没说话，媒人把女方家的意思说了。冯忠财把眼睛一瞪，冲着女方家的长辈说：你这不是恶心俺三家庄？不就是一场婚事的事情！俺村还张罗不起，让你外村的出水。娃过两天就要上战场了，保家卫国，咱还能让娃在婚事上犯难？说完，对跟在身后的管家说：派人骑上快马到西安城里，买上三床被子一床褥子一床毛毡，再扯上给新媳妇的四季衣裳，都要最好的杭州绸缎。再派人到集上的风源春饭馆，包上一天，全部上柳林镇的西凤，让两个村的乡党美美吃一天，不要耽误新人入洞房。

我愣了，媒人愣了，女方的老爸愣了，跟前的乡党愣了。谁都没有想到，一贯吝啬的冯忠财会做出如此的忠义之举！

冯忠财看着自己的高门楼子，看着很大很阔的院子，说：如果日本鬼子打过黄河，过了潼关，几辈子人积攒的这些家当，还不都化为灰烬？啥叫有力出力，有钱出钱？这就叫有力出力，有钱出钱。我老了，不能像驴娃这样上战场了。我要是再年轻二十岁，绝对赶上一辆马车，给咱的队伍送军火。

这一天，女方村的人，三家庄的乡党，都在风源春饭店吃了一天。有几个吃的滑肠，连着朝茅房跑，稀屎窜完了，跑到席面上接着吃。就这样，三家庄最穷的我，却办了最隆重的婚事。

单驴娃说完，指着自己脑袋上的伤疤说：乡党给咱这么大的恩情，咱绝对不能给乡党丢脸。马车帮给中条山送弹药时，过了风陵渡，朝中条山进发，把弹药送到咱们部队的阵地。当兵的都趴在战壕边，忙着开枪打鬼子，卸货的事归我们干。有个副官指挥我们搬弹药。这个副官是东北人，姓史，东北大学的学生，东北被小日本占领后，他们跑到咱西安，投笔从戎当了副官，说起来还算是文科状元哩。就是他，后来差点把石头兄弟枪毙了。我们把弹药卸下后，又赶着马车朝风陵渡赶，过了风陵渡，在咱陕西地界把军火装上车，再朝中条山进发。拉到第四趟的时候，离咱们阵地还有一里多路，日本鬼子的大炮飞机对着咱马车帮轰炸起来。天上炸，地上轰，抽几锅旱烟的工夫，一百多挂马车被炸得只剩下七八十挂了，路也被炸塌了，一个坑连着一个坑，坑都有一人多深，车根本不过去。这时候，前方阵地上的枪炮声，密得根本听不出来鼓点，像刮风样，一阵一阵。

史副官望着前方的阵地说：我们的弹药最多打半个时辰，这些弹药要是运不上去，日本鬼子一个冲锋就漫过来。他急得跺脚，又没办法。志轩他爸是马车帮的头领，把腰带一勒，给史副官说：人扛！史副官这才灵醒过来，说：人扛！没有炸死的车户，一人扛两箱军火，就朝阵地上跑。日本鬼子的飞机大炮还在轰炸，一颗炸弹落在满道他爸跟前，把满道他爸炸飞了，连个骨头渣子都没留下，只有半只胳膊挂在树杈上。我们顾不上收殓满道他爸的遗体，志轩他爸对着天上吼骂了一声，跑到满道他爸丢下的弹药箱跟前，把一箱弹药朝另一个胳肢窝一夹，就朝前边跑去。我看地上还有一箱弹药，也朝胳肢窝里一夹，跟在志轩他爸后面冲上去。旁人都是只扛两箱弹药，我和志轩他爸扛了两箱，胳肢窝分别还夹了一箱。

我们冲到阵地跟前时，阵地上没有一点枪炮声，炸弹扔光了，子弹打光了，当兵的把刺刀都别在枪上了。阵地对面不到五六十丈远，日本鬼子密密麻麻地朝我们阵地上涌。密得跟咱的苞谷地一样，闭着眼窝开枪都能打中一两个。志轩他爸第一个跑到阵地上，可着声音吼：俺三家庄马车帮把弹药送来了。我第二个冲进阵地。随后，咱村的车户都扛着弹药冲进来。

咱们的枪声响了，枪声像刮大风样朝着小日本刮去，还有密密扎扎的炸弹朝着小日本扔过去。小日本像咱庄稼地里的麦子，倒下一茬，又倒下一茬。小日本就是硬气，那么多人冲锋，没有一个逃跑。俺这些车户，不会打枪，也不会扔炸弹，就撇石头，满战壕都是拳头大的石头，咱这些整天抡鞭子的胳膊都有工夫，能把石头撇出去二三十丈远，比当兵的扔的炸弹都远。有的砸上了小日本，有的没砸上，落到他们脚下，吓得他们赶忙趴下，冲锋的速度慢了许多。我们正撇得得劲，史副官对我们说，赶快去扛弹药，这里由军人负责。咱们扛上来的弹药，最多顶上一个冲锋，要是小日本再组织冲锋……

单驴娃讲得结结巴巴，很多地方讲不清楚，在场的车户就补充，一个比一个能说。

刘志轩见单驴娃摆功的时候，始终把他爸摆在前边，心里就有了得意，觉得老爸给他把面子挣下了，给子孙后代把面子挣下了，胸脯鼓得老高，脊梁杆子挺得邦硬，满脸都是笑容。

单驴娃见刘志轩高兴，讲得越发起劲：运送最后一趟弹药时，小日本的炸弹落到了志轩他爸跟前，把三头骡子连人都炸飞了。志轩他爸可是咱西安北乡找不来的好头领，那三匹骡子也是好骡子，可惜了。现在想起来，我就想日小日本他先人。说完，把屁股一拍，一蹦三尺多高，可着喉咙骂。

刘志轩朝他跟前走了几步，说：驴娃叔，咱先不急着日他小日本的先人，快点把贫协主席选出来，都等着回家吃饭哩！

单驴娃又接着说：我的车紧挨着志轩他爸的车，把志轩他爸连人带车炸飞了，还把我吆的冯忠财的一头稍骡炸死了，一片炸弹钻进我的脑袋，我就死过去了，醒来的时候躺在部队医院的床上。从那以后，我脑子就不灵醒了。要不是小日本那片炸弹，凭我这功劳，当个公社书记都绰绰有余，说不定还能当上七品县官。

刘志轩又喊：驴娃叔，不要扯得太远，咱是竞选贫协主席，比谁在新中国成立前最穷。

单驴娃说：你看我这脑子，刚说的就忘了。我接着说中条山。中条山战役结束了，咱三家庄马车帮也班师回村了。半个月以后，陕西军在西安新城广场召开庆功大会，陕西省行政公署长官、三十八军军长孙蔚如，给俺这一百二十多个车户都颁发了一级军功章，连死的都发了奖章，还给俺一个人奖励五十块银元。志轩他爸按烈士对待，给了一百块银元，说是啥抚恤金。奖章和银元是我上台子领的，回来交给志轩他妈。当时我动了心眼，怕人家认为部队奖的多，我拿回来的少。志轩他爸为了打日本把命都牺牲了，咱咋能黑人家的钱，良心还能叫狗吃了？我就叫上德厚他大、狗娃子他叔，还有文祥他爷，一块儿把银元奖章送给志轩他妈。那时候，志轩才五六岁，孤儿寡母，多可怜。我把部队奖给我的银元，拿出十块送给志轩他妈，德厚他大、狗娃子他叔、文祥他爷，见我把自己的银元拿出来给了志轩他妈，也从怀里掏出银元，放到志轩他妈手里。我们还给志轩他妈说：刘大头领为国捐躯，以后家里有啥事情，给俺张个嘴，单驴娃说到这里，停下来，给刘志轩说：志轩，你那时候还小，不知道是咋回事情。文祥他爷不在了，你妈还在，德厚他大、狗娃子他叔还在，你问问他们，是不是真的。我要是讲一句假话，你把屎屁到俺家的祖坟上，我屁都不放一个。

单驴娃刚讲完，德厚他大、狗娃子他叔都站起来，说：驴娃脑子受伤了，人一点都不糊涂，讲的都是真的，没一句假话。

刘志轩他妈哇的一声哭起来，农村婆娘哭起来连哭带说：志轩呀，你当了书记，千万不能忘了乡党对咱家的恩德呀。要不是你驴娃叔，你德厚大、你狗娃子叔，还有你忠财爷，咱娘俩早就饿死了……

刘志轩见他妈哭了，赶忙跑到跟前，用袖子给他妈擦眼泪，说：妈，我咋能忘了乡党的恩德，我当这个书记，就是为乡党办事，报答乡党的恩德！

志轩他妈一哭，又扯出了大财主冯忠财。单驴娃接着说开：那天，我跟德厚他大、狗娃子他叔、文祥他爷还没有离开，冯忠财也来了。说老实话，咱村的乡党都不待见这个人，他做的坏事太多了。但中条山一开仗，他就赢得了民心，为啥哩？他和咱想到一块了，拿出了很多家产银元，资助马车帮上前线。俺这些车户就不再计较他的过去了。咱和冯忠财的事情，是自家弟兄的事情，关起门咋折腾都行。咱和小日本的事情，是国家与国家的事情，是你死我活的事情。这阵儿，小日本打到咱门口了，咱弟兄们就不要闹仗了，彪着膀子齐心打小日本。冯忠财带着管家，管家端着盘子，盘子里装着五十块银元。冯忠财进门就给俺几个作揖，俺们赶忙还礼，说：忠财爷，你是长辈，咋能给俺行礼？冯忠财说：按辈分，我不该给你们行礼。但你们是抗日英雄，是保护咱陕西的好汉，谁见了都应该行礼！

冯忠财走到志轩他妈跟前，让管家把银元送上，说：志轩他爸是为了咱陕西百姓不受小日本的糟蹋牺牲的。这些银元先拿上，补贴家里用。我已经给管家交代了，以后每个月，给咱村阵亡的车户发一块银元。咱村阵亡伤残的车户的地，全由我的长工包了。

我跟德厚他大、狗娃子他叔、文祥他爷计算了一下，咱村那次阵亡了二十多个，一家送五十块银元，就是一千多块，一个月再给一块银元，又是二十多块。尽管他是大财主，这么折腾也受不了。

文祥他爷和冯忠财是平辈，敢在他面前说话，就劝他：忠财兄弟，你是有钱，但多少钱也架不住这么折腾呀！

冯忠财严肃了脸，说：话可以这么说，但事情不能这么做。人家把命都牺牲了，咱还能舍不得那点钱！

这时候，高中生又问：驴娃伯，孙蔚如颁发给你们的奖章呢？

单驴娃说：叫公家没收了，说奖章是国民党颁发的，有政治问题。不但没收了奖章，连孙蔚如给咱村马车帮颁发的军旗、奖匾，都没收了。这事情问你志轩叔，他领着上头的人没收的。

刘志轩就喊叫：驴娃叔，你甭冤枉人。上头来的人拿着花名册，领奖章的人名册上都有，人家要没收，我能挡住？甭说你们的奖章被没收了，连俺爸的奖章都被没收了。刘志轩说完，又问大家：俺驴娃叔说的可是真的？

立即，四五十岁以上的人都齐声回答：真的，没一点错！

刘志轩又问：选单驴娃当选贫协主席，大家同意不同意？

又是齐声回答：同意！

刘志轩又说：同意的举手！

唰的一声，马号里长出一片手臂的森林。

饲养员张天保

寒冬腊月，关中道上的西北风，一天连着一天刮。比指甲盖都大的雪霰，隔三岔五地下，常常是旧雪还没消，新雪又盖下来。马路上的雪，被人和头牯一踏，比钢板都硬，比玻璃板都滑。马号的房檐下，吊着长长的冰溜子。马号的房顶是麦草铺的，雪下到麦草上，消成水，顺着麦草朝下流，流不到地面就冻冰了。瓦房的冰溜子都是清亮的颜色，马号的冰溜子是淡黄颜色。娃们敲下冰溜子，用冻得红肿的手捧着啃，就有大人吼骂：看你妈咋打死你！这时候的马号，门口挂着草帘子，出粪的窗孔也用木板挡住。饲养员的热炕旁边，盘了一个很大的炉子，烧的块子煤，生产队掏钱买的。头牯是生产队的命根子，死上三五个人，一点不影响生产。要是死上三五个头牯，谁来耕地，谁来拉车，谁来碾场？所以，夏天怕头牯热了，冬天怕头牯冻了，给头牯烤火理所应当。人民公社的男社员吃了夜饭，离上床和婆娘睡觉还早。那些上了岁数的就是睡到婆娘跟前，下边也是死鸡娃一个，没多大倔劲。家里没有快活，就跑到马号找快活，马号里云集了人民公社的老龄社员。炉子上坐着烧水的铁壶，能盛三四斤凉水。水烧开了，饲养员给里面捂上一把粗茶，熬上一阵，充满头牯尿臊味屎臭味的马号里，又增加了砖茶的苦涩味。熬上十多分钟，饲养员就把熬好的黑汤倒进大茶壶里。喝茶不掏钱，社员就过上了共产主义。一把大茶壶从这个人手里传到那个人手里，这个哧溜一阵，那个接着哧溜。哧溜上半个时辰，把肚子哧溜胀了，跑到头牯圈跟前，从裤裆里掏出圆柱体，喷射。于是，头牯的屎尿味中，又增加了人尿的臊臭味。每个男性人民公社社员腰上都别着旱烟袋，抽着旱烟喝着粗茶，说的全是新中国成立前过五关斩六将的牛屁。新中国成立前过来的车户，没有一个没逛过窑子。于是，这些车户就说开在窑姐肚子上的英武。说到这时候，有社员憋不住了，找个借口朝家里跑，遭到大家嘲笑。最憋不住的是张天保，人家刚说上一半，他就朝外头走，腿上有伤，走得一拐一拐。

单驴娃冲着他的脊背喊：天保，又憋不住了，小心把炕面子砸塌！

张天保就嘟囔：我搞我的婆娘，骑驴又不压你的腰杆疼，你屁干（多嘴）啥哩。

张二马等张天保走出饲养室门，说：不管男人女人，越瘦瘾头越大。你看天保瘦成啥了，连骨头带肉不到一百斤。再这么折腾下去，婆娘再尼出几个娃娃，咋能养过来？

饲养室的人看着门上的草帘子，想着张天保的苦难岁月，都叹气。

刘志轩发话了：张天保家的日子不好过，人家还没说啥，你们替人家操啥心哩，真是尼屎屎动弹——出闲力气。

其实张天保还不到五十岁，看起来跟六十岁的人差不多，显老。咋能不显老呢，婆娘是风湿，日头出得明晃晃的她的腿都疼，都得用火烤。天气稍微一阴，就疼得下不了炕，刚过了中秋，自家烙的月饼盒子还没吃完，她家的炕就烧起来了，裹着被子坐在热炕上。这婆娘关节的部件不好，生娃的部件特别好，加上常年不下地干活，风吹不上，日晒不上，雨淋不上，霜打不上，滋养得细皮嫩肉，比城里工作的婆娘都好看。张天保白天在人民公社的土地上耕种，夜里在老婆的肚皮上耕种；白天给人民公社干活肯出力气，夜里给老婆干活更出力气，舍不得浪费一点资源。精耕细作，就获丰收。婆娘的肚子一年半大一次，像一年的四季轮回，很有规律，十年生了七个。大的十多岁，还没到挣工分的年龄；小的一岁多，都是能吃不能干的岁数。就苦了张天保一个人。

刘志轩念他当年跟随父亲上中条山送弹药，被日本鬼子炸伤了一条腿的功劳，照顾他，给他按全劳算。人民公社的工分有规矩，不是谁想拿多少就拿多少。最好的男劳为一级，干一天拿十分，二级拿八分，三级拿六分。如果真按规定算，他最多拿二级。生产队评等级的时候，年轻社员主张给他评二级，理由是瘸子啥活都干不了，能拿到二级就不错了。刘志轩说话了：给天保叔评一级。年轻人不服气，问：凭啥？刘志轩说：就凭人家那条腿！再争辩：他那条腿是跛子，干不了啥活！刘志轩说：要不是天保叔那条腿，日本鬼子打进咱陕西……

年龄大的社员都支持刘志轩，指着年轻人的鼻子骂，单驴娃骂的更难听：要不是你天保叔那条腿，日本鬼子打进咱陕西，说不定把你家的人都奸了，哪还有你这个崽娃子！

张天保拿上了一级劳，还是挣不来大工分。生产队时兴包工，干多少活拿多少分。队长有时候指着一堆活给社员说：把这些活干完，多少工分。于是，有的人一天能挣到三四十分，不行的一天也挣二十来分。唯有张天保一天只能挣十分，一个月最多三百分。要是遇到下雨，还挣不到三百分。家里的日子是王小二过年，一年不如一年。

五黄六月，天上下火，地上架火，人夹在天地之间，上边晒，下边烤，能把人烤成肉串。苞谷长得有一人高了，地里长满草，社员排成一列横队，钻进苞谷地里，锄草。张天保腿有毛病，使不上劲，人家锄三下，他锄不了一下，人家锄到头了，他还没锄过一半。早就锄到头的刘志轩就在这头接他，他把最后一下锄完，一屁股蹾在地上，喘气的力气都没有。

刘志轩看着倒在地上的张天保，脑子一灵醒，说：天保叔，有件事情，你要是弄成了，就不会这么受可怜了。张天保忽地从地上爬起来，问：啥事情？刘志轩说：你的腿是打日本鬼子受伤的，给国家做了贡献，国家必须照顾你的生活。张天保问：该谁管？刘志轩说：你现在就去找公社，我给队长说派你到公社办事情去了。

张天保扛着锄朝人民公社走去，一边走一边思想刘志轩的话，越琢磨越觉得有道理，老子的腿是打日本受的伤，是国家的功臣，国家凭啥不管？管得不好还不行。想到这里，胸脯里就腾出一股豪气，浑身充满力气，那条跛腿比往日颠得欢实了许多。他走进公社，把门的老头问：你找谁？他放下锄头，擦了脸上的汗，说：我当年打日本的时候，把腿打断了。现在日子过不下去，该哪个领导管？看门老头说：这事归民政干事管，还给他指了民政干事的办公室，告诉他干事姓啥叫啥。他离开的时候，看门老头还追着他的屁股叮咛：这人喜欢戴高帽子，你甭叫他干事，叫主任。

张天保走到民政干事的办公室门口，把锄头靠着墙放好，敲门。人家在里面喊：进来。他就进去，给人家躬了下腰，叫：龚主任。龚干事抬起头，脸上有笑容，问：老同志，啥事？回答：我的腿受伤的事情。问：你的腿咋受伤的？答：当年打中条山的时候，被日本鬼子的大炮炸伤的。问：当年在中条山打日本是共产党还是国民党？答：咱陕西的部队，军长叫孙蔚如。问：孙蔚如是干啥的，我咋没听说过这个人？答：孙蔚如是国民革命军第三十八军军长，陕西行政公署主任。龚干事说：你说了半天，才是为国民党卖命把腿炸伤的。张天保说：俺村的人都说了，不管是国民党还是共产党，只要是打日本，都是国家的功臣，国家就要管。龚干事说：你们村的人都是农民，农民不懂政策。你当年要是跟着朱德、彭德怀，哪怕是三五九旅的王震，只要找到证明人，我马上给上头打报告，给你按残疾军人对待。可惜你跟的是国民党，绝对不能按残疾军人对待，这是立场问题。甭说我不敢，区长省长都不敢。

张天保还想磨蹭，龚干事又说：我看你是老实人，给你说句不该说的话。你以后再不要说你吆车给国民党送军火，知道底细的人说你为了抗日，不知道底细的人，以为你支持国民党，要是把这个罪名扣到你头上。到那时候，天天开你的批斗会，罚你扫马号，还不给你工分。我看你这身架，招不住两次批斗会，就毙蹬了！

张天保走出公社大门，觉得浑身的骨头都被啥东西泡软了，两条腿比往常重了许多，踏在地上，像踏在猪尿泡上，刚走进村门，就碰见刘志轩。刘志轩老远就高着嗓子问：天保叔，找公社没有？张天保说：找了。问：咋样？答：㞞都不顶。刘志轩一愣，说：咋能㞞都不顶？张天保又说：人家说了，我吆车给国民党送弹药，不能给待遇，这是立场问题。刘志轩过了好一会儿，才说：你回去吧，我再想办法！

这夜，张天保破例没在婆娘肚子上犁地。婆娘摆好了姿势，见他没动静，问：咋不弄啦？张天保说：待遇没弄上，哪有心思弄？婆娘说：我这些年一直拖累你，啥活都干不了，就能干这点活，你又没心思了，我心里咋能过意？婆娘这几句话，把他的积极性调动起来，下边有了动静，婆娘伸手一摸，惊喜，说：有心思了？张天保说：我怕你过意不去。人一辈子啥都不怕，就怕欠人情，两口子也一样，我不能让你觉得欠了我的人情。说罢，抖擞精神，占领了床上的高地。事毕，婆娘猫样地偎在他怀里，亲亲地说：天保，你真好，下辈子我还嫁给你，就是县长省长想娶我，我都不跟他。张天保说：你对我的心思绝对没啥说的，要是县长省长肯娶你，你就跟了人家，当上了县长省长的婆娘，一拃长的大肉块子，红糖白糖随着心思吃。女人一辈子图啥哩，就图跟了男人。

婆娘更紧地抱住自己男人，宣誓似的说：甭说一拃长的大肉块子、红糖白糖，就是吆一群猪到咱家，让咱随便杀着吃，我都不跟他，非守着你过一辈子。为啥哩，跟着你踏实，不怕你找野婆娘，不怕你跟我离婚。那些追着县长省长的女人，能编一个军打中条山，还一个比一个年轻，一个比一个漂亮，我成天担惊受怕，人不踏实哪来的福分？

晌午时候，天晴得很好，有风，却不大。饲养员正在晒黄土，头牯夜里要吃要喝，吃了就要屉，喝了就要尿，屎尿就要用黄土盖，黄土晒得越干，吸水越好。黄土是从两丈多深的土壕里挖的，黄得没有一点杂质，散发着淳厚的黄土气息。刘志轩走进来，饲养员停下忙活，给他打招呼：志轩闲下了？刘志轩说：闲下个屖，烦人的事情海了！饲养员说：也是，当个大头领，一个村子几百口人，娃娃要吃奶，小伙子要媳妇，女娃要嫁人，老汉要旱烟，女人要纳鞋底子，人死了要抬埋，肚子饿了要吃饭，嗓子渴了要喝水，哪一样考虑算不到都不行。

这些话钻到刘志轩耳朵，比蜂蜜流进去都舒坦，就应着饲养员的话说：咱当上这个书记，就要好好给人家干，不能让乡党指着脊梁杆子骂。我这两天为张天保一家的日子，愁得睡不着觉，舌头都长疔疮。饲养员问：天保家咋了？刘志轩说：一下子生了七个娃娃，再加上一个病婆娘，他又跛着一条腿，这日子咋能过下去？饲养员也说：也是，天保那婆娘也能生，比鸡下蛋都快，扑哧一个，再扑哧又是一个，就不考虑考虑生那么多，咋养活。

刘志轩从房檐下拿过铁锨，帮着饲养员摊黄土，说：现在说这些话也不管用了，已经生出来了，总不能再塞进去，也塞不进去了。饲养员说：那咋办呢，已经够照顾他了。他一条腿有麻达，身小力薄，干不了重活，都给他定一级劳了。刘志轩说：话不能这么说，人家把一条腿贡献给了国家。饲养员说：把腿贡献给了国家，国家就应该管人家。刘志轩说：国家管不管是国家的事情，咱不能昧着良心不管。说完，把话锋一转，说：你前些日子给我说，饲养员的收入不如吆车的好？饲养员说：饲养员的辛苦我就不说了，谁都知道。甭说整夜不能睡觉，一年三百六十五天都睡在饲养室里，白天回家吃饭，婆娘都吊个脸，甭说人家受不了，咱也受不了。咱仔细算下账，人家吆车的出去一天，队上补助四毛钱的出差费，一碗羊肉泡才两毛钱，还能节省两毛钱。一个月出去二十天，就是八块钱的出差费，天天吃一顿羊肉泡，还能节省四块钱，一年将近五十块钱，顾住了一家人的油盐酱醋零花钱，还能给娃买作业本。还有工分也分钱。我只有工分，一个月也就四十多个劳动日，一个劳动日三毛多钱，就是十二块多钱，一年下来，不到一百五十块钱。人家吆车的光出差费都五十块钱，还不算工分的钱。

刘志轩说：我有个想法，你去吆车，吆车是你多年的盼头。我给队长说好，保证你一个月吆上二十天车，要是有零星的拉脚活，首先派你去。让张天保当饲养员，这家人的日子过得太烂包了。再说，人家把一条腿贡献给国家了，咱不照顾谁照顾。

饲养员说：你要照顾张天保，就直说，还拐了那么大个弯，好像我不通情理似的。这个饲养员，让给张天保，我屁都不放一个。人家为了打日本，把腿都贡献了，我还能舍不得这个饲养员？其实，我过去说的是气话，饲养员有饲养员的好处，冬天有热炕，夏天不晒太阳，工分全村第三名。吆车有啥好的，冬天五更起床套车，天不亮就上道，风吹，霜淋，雪打，冻得像三孙子。夏天太阳晒，马路上不长树，连个阴凉都没有，晒得像王八。遇到暴雨，躲没处躲，藏没处藏，浑身上下淋得精湿。

饲养员还在诉苦，刘志轩已经离开了。他要赶紧通知张天保来饲养室交接班，夜长梦多，万一饲养员变卦了，又得浪费很多唾沫星子。

历史反革命分子周天棋

三家庄是个自然村，行政级别是生产大队，还有一个党支部、团支部、贫协、民兵连。这些部门都没有办公室，开会办事都在饲养室。于是，饲养室大门两边挂了很多木牌，上边用红漆黑漆写着：三家庄生产大队饲养室、三家庄党支部、三家庄团支部、三家庄贫协、三家庄民兵连、三家庄妇联，一边三块，很对称，饲养室的牌子挂在第一位。公社一个年轻领导下来检查工作，觉得牌子挂得有问题，到底哪里有问题，他也说不出来，琢磨了好几分钟，他给刘志轩说：这牌子的顺序排的有问题，饲养室是喂牲口的地方，咋能排第一位？

刘志轩还没有说话，新任饲养员张天保见领导贬低饲养室的地位，贬低饲养室就是贬低饲养员，自己刚当上饲养员，说啥也不能让他贬低，就一歪一趔地迎上去，问：饲养室咋不能排第一位？年轻领导乜斜了他一眼，不高兴地问：你是干啥的？张天保把胸脯一挺，硬着口气说：我是饲养员。刘志轩赶忙走过来，给年轻领导说：他叫张天保，当年给坚守中条山的陕西军队送弹药，被日本鬼子把腿炸断了！

别的领导都知道轻易不要招惹三家庄，这个村子的马车帮当年给中条山送弹药，死了二十多个车户，伤了二十多个，虽说政策上不承认他们是功臣，但群众没有一个不认账。三家庄村口没有竖“文官下轿，武将下马”的牌子，但经过三家庄的车辆行人，走到村口，都收敛了张狂，扁起的袖子裤腿都放下来，吆车的从车辕上跳下来，牵着辕骡的缰绳，缓缓而行，很有礼性。

年轻领导刚从外地调来，不知道三家庄的底细，说：牲口的地位怎么能超过党政工团贫协妇联？

单驴娃正好在饲养室起粪，把牲口头天夜里的屎尿，从窗口扔出去，垫上干土。他见这人竟敢在三家庄高声说话，态度还不恭敬，把铁锨朝牲口粪上一插，走过去把这人端详了好几遍，说：这位同志眼生，跑到俺村弄啥哩？年轻领导说：我是公社武装部的，刚调来。你是干啥的，我给你们的领导谈话，你不要乱插嘴。

刘志轩说：他是俺三家庄的贫协主席，当年吆车给中条山送弹药，被日本鬼子把脑袋炸了个窟窿，脑子不太灵醒。

年轻领导见单驴娃是贫协主席，口气软和了，说：我就觉得把饲养室的招牌挂第一位，不妥当？

单驴娃说：妥当得很哩，党支书提拔了，再派一个，啥事情都不耽误。团支书嫁人了，再选一个，也耽误不了事情。贫协主席死了，再选一个，更甭说屎用处都没有的妇女队长。要是头牯死了，谁来犁地，谁来拉车，谁来碾场？没有头牯就没办法搞生产，头牯比支书书记贫协主席妇联主任重要一万倍。你要是不相信，今黑就开社员大会，让大家评评理，我说得对不对？

他们正在争吵，又来了更大的领导，问了争吵的原因，就批评年轻领导：以后下基层，不要随便说话，很多文件上的东西，到下边就不一样，要灵活对待。

刘志轩趁机说：邹干事和我们讨论问题。今天武装部一下子来了两位领导，黄部长还亲自下来了，一定有紧要的事情？

黄部长说：我是无事不登三宝殿，真有非常重要的事情！

刘志轩说：啥重要事情，值得黄部长亲自下来？

黄部长说：市上要举行民兵大比武，参赛的单位由市上统一点名，就点上你村的名字了。从现在起，两个月以后比武，比赛内容有：队列、刺杀、投弹、射击，参加人数是十二人，前三名发奖旗领导接见，记者采访。

刘志轩说：一下子抽十二名精壮小伙子，生产还搞不搞？

黄部长说：你说的这个问题，市上都考虑了，市上给每个人每天补贴四块钱，三块钱给生产队，一块钱给个人，生产队和个人都不吃亏。如果拿上名次，市上还要奖励，奖励多少不知道。我现在就给你们说，要是拿上了名次，上头所有的奖励，公社绝不截留，全发给生产队和个人。

刘志轩很快就组织了十二个精壮小伙子，有了补贴，拿上名次还有奖励，大家的积极性极高。月亮升起来了，月光像个大灯泡，把天地间照得跟白天差不多。十二个小伙子排成一列横队，刘志轩站在前边，喊一声：立正，再喊一声稍息，还喊向右看齐、向左看齐，民兵跟着他的口令做。他讲不清这些动作的要领，民兵不知道怎么做。齐步走的时候，有的迈左脚，有的迈右脚，还有的迈左脚抬左臂，迈右脚抬右臂，五花八门，乱七八糟。一个礼拜下来，积极性天高，出的力气不少，收获甚小。别说拿名次，不垫底就不错。

黄部长带着邹干事来检查训练成果，极度失望，没好气地给刘志轩说：你还是复员军人，就训练成这个样子？刘志轩申辩：我当了两年兵确实不假，从闷罐子车里一出来，就上了大卡车，跑了一天拉到农场，休息了一天，就开始喂猪，喂了两年猪，就复员了，连枪都没摸过。让我训练民兵，真是让老母猪上树，打死也上不去。黄部长为难了，这事情还不能顶替，人家点名要三家庄参赛，十二个民兵一个指挥员，必须是三家庄的人。到时候人家拿着户口本对着人头查，谁也冒充不了。

黄部长问：你们村子，除了你是复员军人，还有谁是复员军人？

刘志轩说：还有一个叫周天棋，当年是国民革命军第三十八军五十五师的少校营长，听说枪打得很准，刺杀、投弹，都非常了得。参加过中条山战役，他一个人就击毙了四十多个日本鬼子，要打你的左眼，绝对不会打你的右眼，按政策规定，划成历史反革命。

黄部长问：戴帽子没？刘志轩说：没戴。黄部长说：没戴就好。刘志轩不知道他说这话的意思，没敢吭声。黄部长又问：他现在啥地方？刘志轩说：在平整土地，要不要我派人把他叫来？黄部长说：不用，咱去找他。

周天棋正在平整土地，把高处的土挪到低处，土地平整了，水就能浇上去。他和五六个男劳，用两辆架子车，把高处的土装到车上，拉到低处，再卸下来。他有一米八几的个子，比一般人高小半个脑袋，还膀大腰圆。旁人把架子车拉到低处后，再用铁锨把车厢里的土卸下来。他把架子车拉到低处后，两手抓住车辕，用力朝上一举，就把车厢里的土倒出来，节省时间。

刘志轩走到他跟前，指着他给黄部长说：他就是周天棋。黄部长朝周天棋跟前走了两步，周天棋见公社领导看他，急忙停下忙活，站在黄部长面前，身子挺得笔直。黄部长把他看了一两分钟，猛然大吼一声：周天棋！周天棋条件反射似的大声回答：到！同时把两个脚后跟并拢，胸脯一挺，做出标准的立正姿势。黄部长当过兵，当到野战部队的营长级别，后来调到公社武装部了，吃过猪肉也见过猪走。他见自己只喊出周天棋的名字，周天棋就立即做出立正姿势。没当过二十年兵绝对达不到这素质，有了对他的欣赏，又发出口令：稍息。周天棋改成稍息姿势，胸脯还挺得邦硬，浑身都是精神。黄部长还想进一步考察，问：听说你当兵的时候，是神枪手？周天棋说：感谢长官抬举。黄部长又问：

你跟共产党打过仗没？周天棋回答：本人从未和共产党打过仗。黄部长说：没打过仗就好，起码没有罪恶。又问：你最好的射击成绩是多少？周天棋回答：只要是目光可以看到的东西，枪支的射程可以达到，我都可以击中目标。黄部长说：没有吹牛？周天棋答：军种无戏言。黄部长问：投弹技术如何？周天棋答：八十米以内，可以投进直径一米的范围内。黄部长又问：刺杀技术如何？答：当年在中条山，曾经面对四个日本鬼子，全被我刺死。黄部长问：怎么可以证明你说的这些？周天棋回答：我是历史反革命，不能动用枪支武器。黄部长拿起一把铁锨，给周天棋说：咱们用铁锨当步枪，练习一下对刺，如何？周天棋答：卑职不敢和长官对刺，刀枪无情。黄部长说：我必须检验你说的真实性？周天棋琢磨了一会儿，从地上捡起一把铁锨，说：你刺，我防守，你能刺中我就算你赢。说完，端起铁锨，摆出刺杀的姿势。黄部长却没有摆刺杀姿势，说：你没有戴防具，我这一枪刺出去，你要是防不住，起码断几条肋骨。周天棋笑，说：长官放心用枪，如果卑职被您刺中，是卑职技术不精，应该受罚，不会埋怨长官。黄部长说：我只是点到为止，尽量不让你受伤，你做好准备，我开始了。说完，端起铁锨，大吼一声：杀——，铁锨对着周天棋的胸脯刺过来。周天棋看着他的眼睛，黄部长刚喊出“杀——”，手里的铁锨还没有动作，他的脚步就疾快后移。黄部长的铁锨刺出的时候，他已经退后一米多远。黄部长也不是软蛋，见第一枪没有刺中，就没有后退，连续做了几个冲刺动作，迫使周天棋连续后移。黄部长第三次突刺，周天棋后退不及，只好做出防突刺动作，对着黄部长的铁锨用力一拨。黄部长觉得手里的铁锨猛地一震，差点脱手，手掌都有了麻木。行家一搭手，就知有没有，知道自己遇到了刺杀高手，就退后几步，收势，把铁锨插在地上，说：果然是老军人！周天棋也收势，说：承让了。长官连续做出的几个突刺动作，没有十年功夫，练不到这个档次。黄部长说：我还败在你的枪下了。周天棋说：有句不该我说的话，但确实是真实的。黄部长说：你说，我不给你上纲上线。周天棋说：共产党兵的单兵动作，比不上国民党的兵；国民党兵的单兵动作，比不上小日本的兵。黄部长说：你说的没错。我当连长的时候，招来的兵训练一个星期，有的连一个星期都没有，就学着开枪，连三点成一线都整不好，就上了战场。照样把国民党反动派消灭了，残渣余孽跑到了台湾。照样把小日本打得投降了，你说这是为啥？周天棋说：共产党的兵打仗不怕死，国民党的兵打仗怕死。黄部长又问：小日本的兵打仗也不怕死，咋也输了？周天棋琢磨了半晌，说：卑职愚笨，请长官明示。黄部长说：咱们不谈这些，咱们都是军人，文人都说军人是莽夫，很多事情咱们说不清楚。从现在起，你担任三家庄民兵连的教官，参加全市民兵大比武。要是拿不上前三名，我给你戴上历史反革命的帽子。要是拿上前三名，我调你到武装部帮忙，训练全公社的民兵，生产队给你记工分，武装部给你补贴，比两个社员挣的都多。

黄部长朝回走的时候，刘志轩跟在他屁股后边。黄土路上，有马车吆过，马蹄和车轮荡起一团黄尘，落在他们身上，应了风尘仆仆的名词。有灰尘落进嘴里，刘志轩就呸呸地吐，没吐出灰尘，也没吐出吐沫。黄部长说：灰有啥吐的。刘志轩说：灰里有马粪末子，人尿晒干后的末子，牲口蹄子踏人脚踩，脏得很哩。黄部长说：当了两年兵，立正稍息都不会做，还嫌马路不卫生。我给你说清楚，这次比武一定要拿下名次，咱们公社已经连续三年没拿下名次了，再拿不下名次，我这部长都当不成了。

刘志轩赶忙紧走两步，和黄部长并了肩，说：要是让周天棋训练，拿上名次绝对不成问题。他是历史反革命，把共产党的武装力量交给阶级敌人，上头追查下来，就是上纲上线的重大问题。你是公家的干部，万一犯了错误，让人家撸了，划不来。

黄部长看了刘志轩一眼，心里涌出感激的热浪，觉得刘志轩是好人，替自己着想，以后有了机会一定把他弄到自己身边，让他混个好前途，就说：我没有金刚钻，就不揽瓷器活。你说这事情，我早就考虑算了。周天棋是不是历史反革命，谁说了算，就是我俩说了算。我俩说他是历史反革命，他就是历史反革命。我俩说他不是历史反革命，他就不是历史反革命。现在是用人之际，我们要团结一切可以团结的力量，拿下名次。你今天就用三家庄党支部的名义，给公社党委打个报告，说过去给周天棋的定性不准确，应该取消历史反革命的身份。我头上除了武装部长的官衔，还戴着人民公社副书记的帽子，分管阶级斗争。你把报告交上来，我批个字，他头上的帽子就摘掉了。

刘志轩脸上有了笑，说：我听俺村的老车户讲过，周天棋是一员猛将，当年在中条山和小日本打仗，他端一根步枪，冲到敌人群里，扑哧一声，戳死一个，再扑哧一声，又戳死一个，一口气戳死六七个，吓得小日本转身就跑。要是没有他们这些陕西军，日本鬼子打过黄河，咱陕西就完了，多少老百姓要受遭害。按理说，他们应该算是国家的功臣，咋能算是历史反革命？

黄部长说：这事情，你给我说说就行了，给旁人不要乱说。现在啥都讲阶级斗争，弄不好把咱都斗争进去了。

刘志轩说：我脑子又没被驴踢，咋能给旁人说这些。我觉得你是自己人，才给你说这些。

十天后，黄部长带着干事，又下来检查三家庄民兵连的训练情况。

周天棋正在碾麦场上训练民兵，碾麦场有五六亩大，十二个壮小伙子分成两拨子，一对一地练习刺杀。都端着木枪，戴着护具，一队刺杀，一队防守，刺杀的气势汹汹，喊声震天，出枪、突刺，利索有力。防守的进退有序，有板有眼。当了二十多年兵的黄部长，一眼就看出周天棋的训练很有成效，脸上有了满意的表情。

周天棋老远看见黄部长走过来，可着喉咙喊了一声：立正！正在捉对刺杀的民兵，立即收势，呈立正姿势。周天棋用标准的军人姿势，跑到黄部长跟前，啪的一个立正，敬礼，报告：报告黄部长，三家庄民兵连正在训练刺杀科目，请指示！黄部长还礼，说：按照训练科目，进行单兵动作表演，从队列、刺杀开始。周天棋回答：是！又敬礼，跑回民兵跟前，大声发布口令：面对我，成一列横队。

随后，他们表演了队列的基本动作：立正、稍息、齐步走，跑步走……尔后，又表演了单兵刺杀。黄部长问跟随的干事：你们觉得怎样？口气充满得意。干事说：就是正规部队也不过如此，看样子在队列、刺杀这两个课目上，拿上名次没一点问题。

刺杀表演结束后，黄部长以首长的名义，走到队列前边，大声问：同志们辛苦了！民兵们把胸脯一挺，大声回答：首长辛苦！黄部长更是满意，就开始接见民兵，和他们一一握手。接见完毕，黄部长给周天棋和刘志轩说：你们前一阶段的训练很有成效，我很满意。下一步就要开始射击训练，你们有没有更好的打算。

刘志轩说：我对这事情是大姑娘挨㞗头一回，摸不清路数。俺忠义伯咋说就咋来？

黄部长又把脸转向周天棋，见周天棋还胆怯，说：公社党委已经把你的历史反革命的身份摘掉了，你可以大胆工作，不要有丝毫顾虑。

周天棋说：我们会严格要求，刻苦训练，但刻苦训练只是一个方面。还要看枪支的质量，要是枪支的准星、缺口存在问题，再刻苦也不起作用。咱们比赛使用的枪支质量非常重要，甚至可以说是取胜的关键。

黄部长一下子灵醒了，过去连续三年没拿上名次，都是射击拖了后腿，参赛的民兵都吃了烧饼，有几个还是正规部队的复员军人，比赛时都刷了光头。他一直没找到原因，原来是枪支有问题，就说：咱们公社的枪支都是汉阳造，部队淘汰下来的。

周天棋说：正式参加射击比赛前，要校枪。把枪校准确了，射击才能有保证。

黄部长问：你会校枪？

周天棋说：会，三发子弹校一支枪，绝对没问题！

比武前两天，黄部长让周天棋把民兵带到土壕。这个土壕有一百多米长。周天棋在土壕前边一百米的地方栽上胸环靶，在靶前边挖了个深坑，让一个民兵躲在里面。他和黄部长、刘志轩趴在射击线上。周天棋打出一发子弹，躲在坑里的民兵报出弹着点。周天棋根据弹着点调整准星。尔后，又打出一发子弹，深坑里的民兵又报出弹着点，周天棋再调整准星。第三发子弹打出去，果然在靶心正中间。十三支步枪校完，黄部长又有了兴趣，问跟随来的干事：还有多少发子弹？干事说：还有五十多发。黄部长说：每人三发，测验一下训练效果。练得再好，打不到靶心里，屎用处都没有。说完，大声问民兵：都娶媳妇没有？民兵大声说：没有！黄部长说：好好打枪，打中十环了，拿下名次，我让你们娶上媳妇。有个民兵说：人家现在讲自由不能强迫，你也不能强迫人家跟咱结婚！黄部长说：我说你脑子不灵醒，你还说你比猴子都聪明。我不强迫人家给你当老婆，人家就当不上你老婆了？你们要是拿上第一名了，我再组织一个女民兵班，条件是没有找到主家的黄花大姑娘。让你们当教练，一帮一，一对一，你手把手地帮她练习射击，帮她练习刺杀，还能不产生感情。她们跟你有了感情，不让你给她靶心射击让谁射！要是拿不上第一名，我绝对不组织女民兵让你们训练，还想打人家的靶心，对着墙缝打吧！

于是，男民兵们在给女民兵当教练的感召下，更认真训练，每人三发子弹，打得好的中了二十六七环，打得不好的也中了二十一二环。

三家庄民兵连果然拿上了第一名，扛着锦旗回到公社，在公社里炫耀了一圈，又回到村里，把锦旗挂在马号的墙上，全村的男女老少都来看。周天棋还得了一张优秀民兵的奖状，奖了一个笔记本。

入夜，村子上了岁数的男人和往常一样，吃过夜饭就跑到马号，蹭不掏钱的粗茶喝，听不掏钱的故事。周天棋带领这十二个人拿上了比武的状元，又拿上了奖状，全没了过去戴帽子的猥琐和压抑，正儿八经地坐在炉子跟前，胸脯挺得邦硬，脑袋仰得老高，比当年孙蔚如给他颁发奖章还牛气。茶熬好了，一个民兵把茶倒进大茶壶里，端起茶壶就要喝。刘志轩对着他就吼：德厚，驴日你先人，懂不懂规矩？这个叫德厚的民兵愣了，不知道自己咋不懂规矩了。刘志轩说：你师傅在这坐着，头壶茶不知道敬师傅，有人生没人教的东西！德厚赶忙把大茶壶捧到周天棋跟前，满是歉意地说：忠义伯，喝茶！周天棋就有了不好意思，很谦虚地说：大家都喝。刘志轩接着说：忠义伯，你给咱三家庄立下了日天的功劳，你不喝头壶茶，谁敢喝头壶茶？于是，茶壶从周天棋开始，又传到刘志轩手里，一个挨着一个朝下传。不管嗓子干的还是不干的，都要哧溜上一口。他们不在意喝茶，在意捧上大茶壶的身份。

刘志轩说：忠义伯，给咱讲讲当年中条山的事情。

周天棋把大茶壶朝旁边的人手里一搁，说：肚子喝胀了，尿泡尿再给你们讲。说着，站起身子，走到头牯圈跟前，解下裤带，裤裆里掏出那东西，对着圈里的马粪马尿射击。一头二骡子的水机关枪也从大腿间伸出，足有二尺多长，毛毛糙糙，一点都不光滑，也开始射击，增加了射击的气势。周天棋尿毕，把老套筒塞进裤裆，绑了裤带，走到火炉跟前，刘志轩赶忙把旱烟袋递过去，旁边的人把烟包包递过去。周天棋把烟锅在包包里挖了几下，拿出来摁实在，又伸进去挖了几下，又拿出来摁实在。单驴娃看他贪的样子，有了感慨，说：国民党要是不倒，你恐怕都当上军长了。

刘志轩立即吼起来：驴娃叔你不要命了，这话咋能随便说。忠义伯刚摘了帽子，你想再给他戴上？

单驴娃赶忙说：这是我说的，与忠义没有一点关系。谁要是出去胡说，我让驴日他八辈子先人！

刘志轩又给周天棋贡献了一个笑脸，说：忠义伯，开始吧，你看这帮人，早早就把耳朵支起来了！

周天棋这才说开：那是1939年6月的事情，陕西军旅已经在中条山坚守了一年，击毙日军四万多人，到底没让小日本跨过中条山半步。小日本急了，纠集了山西、河南，甚至山东、河北的兵力，说啥也要拿下中条山。拿下了中条山，就控制了黄河，进入潼关。咱陕西的地形你们都知道，过了潼关就一马平川，最多就是地里埋的帝王将相妃子美人的墓疙瘩，军事上没有防守价值。小日本要是进了潼关，就等于占领了整个关中，大半个陕西就完了。他们再以关中为根据地，朝甘肃、青海进军，整个中国就沦陷了。日本鬼子知道中条山在军事上的重要性，中国军队也知道中条山在军事上的重要性，双方都拼上血本，争夺中条山。那一天，仗打得残酷极了，我从军二十多年，还没有经历过如此残酷的战斗。小日本像水漫金山似的朝咱们阵地上涌，打倒一拨，连着冲上来第二拨。我的枪法有了用武之地，日本鬼子都戴着钢盔，低着脑袋朝上冲，一般的射手很难打中他们的脑袋，最多在他们身上钻了窟窿。我不朝他们身上打，瞄准他们钢盔下边的眉心，一枪一个，让他们当场毙命。孔从洲是我们师长，我给他当过卫兵，他知道我的枪法和刺杀、投弹，全师挑不出第二个。你们知道孔从洲现在是干啥的？

马号的人都摇头，单狗娃说：人家是干啥的，又不给咱草民百姓汇报，咱咋能知道。

张二马对单狗娃说：你算个屁，人家凭啥给你汇报。

刘志轩又训斥他俩：你俩见面就掐，要是再斗嘴，出去斗，我们还想听忠义伯讲中条山呢。

周天棋接着说：孔从洲现在是咱们国家的二炮司令员。

张二马问：二炮是啥部队？

单驴娃摇头，说：你问我，我问谁，国防部长又不给我汇报二炮是干啥的。

张二马趁机报复单驴娃：你是国防部长裤裆里的毛，人家凭啥给你汇报。

刘志轩又想训斥他们，见单驴娃没反击，没再训斥他们。

周天棋接着说：二炮的全称是中国人民解放军第二炮兵部队，用的不是炮弹，是导弹。你们知道导弹是干啥的？

饲养室没一个人知道导弹是干啥的，都睁着牛眼看周天棋。周天棋心里有了满足，胸腔里装满得意，说：导弹是种新式武器，隔上几百里几千里，把按钮一摁，导弹嗖的一声飞过去，一个屁没放完，就把目标炸中了，孔从洲就是这个部队的司令员。

刘志轩觉得不对，共产党的新式武器，咋能让国民党的军官当司令员，就说：咱的部队咋能让国民党当司令员，不讲阶级成分了？

周天棋说：你年轻，有些历史你不懂。孔从洲是干啥的？人家是延安派到孙蔚如手下当师长的，是共产党的人。你看，这一扯就扯远了，咱言归正传，讲中条山的事情。战斗太激烈了，弹药根本供应不上，汽车过了风陵渡，就没有公路了，全靠马车送。马车吆到离我军阵地一里多路的时候，路被日本鬼子炸断了，而且一直用炮火封锁道路。只要切断我军的弹药供给，就能冲破我军的阵地。很多次，我们到了弹药打光的紧要关头，咱三家庄的人把弹药扛上来了。

刘志轩说：绝对是俺爸带着咱三家庄的车户把弹药送上去的。

单驴娃和张二马、张天保抢着说：就是，每次都是志轩他爸带着我们冲上去的。

刘志轩心里涌满得意，口气很大地说：都甭乱插嘴，听忠义伯说。

周天棋接着说：孔师长给部队下命令，弹药再紧张，都要给我充分供应。弹药只要到我手里，扔出去的手榴弹，肯定落在八十公尺开外的敌人堆里，随便炸死四五个，顶一门小钢炮。只要抠一下扳机，射出去的子弹绝对击中鬼子的眉心。孔师长到前沿巡视阵地，见我一枪一个，弹不虚发，给我伸了下大拇指，说：夏营长，你这么好的枪法，打一般士兵亏了，你拣他们的指挥官打。日本鬼子的指挥官有个特点，都挎着指挥刀，离我军阵地越远，官衔越高，最远的离我军阵地两三百公尺。击毙一个指挥官，比击毙一个士兵的作用大多了。仗打到最激烈的时候，人都打红眼了，只要是日本鬼子就开枪，没想到先击毙他们的指挥官。这时候，我才明白，人家的师长不是混上去的，师长就是比营长会打仗，咱考虑的是咋击毙敌人，人家考虑的是咋取得整个战役的胜利。我按照孔师长的命令，瞄准二百多公尺外的一个日本军官。这个距离，一般射手能击中目标就很不错了，我要求自己必须击中眉心，一枪毙命。小日本有个特点，只要还有一口气，就跟我们拼命。你把他的腿打断了，他用手射击。你把他的胳膊打断了，他还朝你阵地上冲。所以，我要求自己每一颗子弹都射中眉心。眉心实在隐蔽，就射心脏，总之要一枪毙命。我闭住呼吸，只瞄了两秒钟，就扣动了扳机，随着子弹出膛的声音，孔师长举起望远镜，看到目标的眉心有个血洞，仰面倒地。就这样，我专门打敌人的军官，一个一个日本军官在我的枪口前倒下。敌人失去了指挥，进攻的决心动摇了，速度放慢了。但小日本的军事素质真不敢低估，尽管没有军官督战，仍然一个劲地朝上冲。

我击中了五六个日本军官后，又开始打鬼子的士兵了。当我的准星和缺口瞄准一个鬼子的时候，我惊讶了，枪口指向的目标竟是个娃娃，估计有十四五岁，脸上的娃娃气还没有蜕掉。他没有基本的战术动作，只知道端着枪朝上冲。小日本的战线拉得太长，兵员不足，把娃娃都征兵了。我已经抠下了第一道火，再轻轻一使劲，这个娃娃兵就没命了。在那一瞬间，我犹豫了。我当过二十年兵，经历了无数的战场，从来没有像那天那样。我脑子里突然冒出，这个娃娃的父母可能已经衰老了，他们期待着战争结束，儿子回家孝顺他们。战争结束了，这个娃娃还要回家种地，做工，孝养父母。战争是大人的事情，和娃娃没有关系，我要是把他一枪毙命了，他的父母谁来奉养？战争的罪过不应该由娃娃来承担。我迅速做出决定，留下他的性命。我朝右边跑了十多公尺，寻找好角度，瞄准他的右手食指开了一枪，剥夺了他的射击能力。但是，他停顿了不到两分钟，又端着枪朝上冲。我又瞄准他右边的小腿肚子开了一枪，随着枪声，他倒在地上，挣扎了几下，再没爬起来。这是我在中条山战场，唯一没有击毙的日本鬼子。

小日本的冲锋又一次被打退了。卫生兵和大学生组成的救护队，从山后边跑上来，救护负伤的战士。那个日本娃娃兵疼得直叫，好几个救护兵从他身边走过，都没有搭理他。这也不能怪他们，伤员太多了，药品又少，自己的人都顾不过来，咋能管小日本的伤员。我走到那个娃娃跟前，还是觉得他太年轻了，说啥也不该把娃娃送上战场。这时候，我突然有了对世事的感慨：啥社会好？让老百姓过安宁日子最好。不管为啥事情，打仗都不是好事情，吃亏倒霉的都是老百姓。刚好有个救护兵走过来，我对他说：你把这个娃娃的伤口处理一下。救护兵说：他是日本鬼子？我说：他是个娃娃，也是个伤员，我命令你救护他！救护兵很不情愿地说：是！

救护兵把这个娃娃的伤口处理完毕，我叫来翻译，给这个娃娃兵说：你要是想回自己的部队，现在就可以回去，我命令部队不向你开枪。你如果不愿回自己的部队，可以到我们的俘虏营。这个娃娃说，他想回自己的部队，非常感谢我们帮他绑扎了伤口。他说着就站起来，我找了一根炸断的树枝，用匕首削成拐棍，让他拄着。他刚一转身，我就对部队下命令，谁也不许开枪。

其实，日本鬼子并没有退远，离我们阵地只有二百多公尺，正在集结部队，准备再次发起冲锋。我们看着这个娃娃，一拐一拐地走向自己的部队，站在一个日本军官面前，诉说着什么。我们怎么都没有想到，这个日本军官竟掏出手枪，对着这个娃娃的心窝开了三枪，这个娃娃身子一歪，倒在和自己父亲年龄差不多的日本军官面前。我枪下留命的娃娃，我们救护兵绑扎的娃娃，没有死在我们的枪口下，却死在他们同胞的枪口下。我大吼一声：畜生！端起步枪，瞄准那个日本军官的眉心，射出一颗子弹。我在缺口里看到，这个日本军官倒在那个娃娃的身边。

周天棋说完，马号里一片寂静，没人说话，连屁哧溜到尻门子跟前，都夹得紧紧的，不敢发出声音。一匹没有眼色的二马子，不顾人们的情绪，扬起硕大的脑袋，发出一阵嘶鸣。

一个车户端起大茶壶，刚送到自己嘴跟前，琢磨了一下，又递给周天棋，说：忠义伯，我这人没眼色，咋能抢到你前头喝茶呢？

周天棋说：谁喝都一样，我的出身还有问题，不敢在你们面前摆架势！

刘志轩马上说：公社都下了文件，证明你的历史没问题，你咋把屎盆子朝自己头上扣？说完，又对马号里的人说：你们要是再说忠义伯的历史有问题，我停你工，挣不来工分，冬天喝西北风去！

张二马把旱烟袋递到周天棋手里，说：忠义兄弟，好人呀，人善到你这个份上，比观音菩萨都善几百倍哩！

男破鞋郑石头

马号院子的拐角，盖了间房子，比一间厦房大，比两间厦房小，名字叫铁匠房。房里盘了个火炉，火炉右边是个风箱，风箱很大，有半人多高。左边支了个铁砧，铁砧也很大，两个人都抬不起来。这个厦房是人民公社盖的，归铁匠郑石头使用。郑石头名义上叫铁匠，但啥都不会打，就会打头牯的铁掌。城里人只知道马会跑、骡拉车、驴拉磨，不知道它们的蹄子上还要钉掌。头牯的蹄子不是骨头，也不是肉，是比骨头软比肉硬的东西，经不住长时间地拉车拉磨，要给上边钉个铁掌，要是不钉掌，就会把蹄子走坏。郑石头会钉头牯掌，打头牯掌不要太大的手艺，一般的铁匠都能打，钉头牯掌绝对要好手艺。钉掌要先把用废的铁掌取掉，再把铁钉钉在掌上的烂软骨铲去，修平，再把新掌钉上去。磨烂的软骨铲不干净，钉上的新掌走不了几天就掉，等于没钉。铲得过了，伤了软骨，头牯就疼，钉上新掌也走不了路。有的头牯钉掌老实，有的不老实，不老实的头牯见人就胡蹦乱跳，踢人。给头牯钉掌的时候，都要把头牯牵进木架子里，前后左右的木杠把头牯夹紧，再用绳子把头牯的后腿绑住，才敢钉。郑石头给头牯钉掌，先走到头牯跟前，用刷子在头牯身上刷。头牯的鬃毛下边容易发痒，给那地方刷毛像给人掏耳朵。头牯享受了郑石头给予的受活，却没有发现他包藏的祸心。警惕性逐渐减退消失，随之增加了对郑石头的感激，感激的情愫从大大圆圆的眼睛里溢出，还用脑袋在郑石头的胳膊上蹭。郑石头觉得时机到了，从腰带上抽出一根麻绳，麻利地绑住头牯的一条腿，嘴里念叨：给你钉掌了，乖乖地，钉完掌给你豌豆吃。说完，用绳子拉起头牯的蹄子，助手赶忙把凳子放过去，他把蹄子放在凳子上，开始操作，头牯不躁不恼，温顺听话。

生产队规定，给本生产队的头牯钉一副掌，生产队给记十个劳动日，就是一百工分，打掌的熟铁归郑石头买。还允许他给外生产队的头牯钉掌，收费多少生产队不干涉，少上一天工给生产队交三块钱。不交钱也可以，只要他每个月能挣三十个劳动日，收入的钱完全归他。对于郑石头来说，一个月挣三十个劳动日，确实不是难事，钉三个头牯就有了三十个劳动日。三家庄有二三十个牲口，一个头牯四五个月钉次掌，这么多头牯一年要钉多少掌。周围四五个村子的牲口都要找他钉掌，他给别的生产队钉一副掌，收十五块钱，收入比国有大企业的八级工都高。郑石头有了钱，出手就大方，只要到铁匠房来的人，肯定摔给一支红宝成。他还供应茶水，茶叶比马号里的茶叶高级多了。马号里的茶叶是满山跑，到了入冬季节，把茶园地上的茶叶扫起来，把里面的土块石子筛掉，论麻包买。铁匠房供应的是茉莉花茶，把泡茶的大茶壶揭开盖子，半个院子都飘逸着茉莉花的香味。

夏天时，男人都不钻马号了，马号里的气味太难闻了，都蹴在铁匠房前边的空地上。有人给那里搬了十多块石头，人坐在上边，喝不掏钱的茉莉花茶，抽郑石头贡献的“红宝成”，又说起各自过五关斩六将的辉煌，这里就成了三家庄的说书场。乡党们喝着人家的茶，抽着人家的烟，自然不敢抢人家的风头，这里最出风头的当然算郑石头了。打牛后半截的能说啥闲传，国家大事有毛皇上和朝臣操心，轮不上咱农民操心，操也是白操，弄不好被封个狼子野心，想篡党夺权。作家写书都是写自己熟悉的生活，农民谝闲也说自己熟悉的事情。啥最熟悉，男女荤事最熟悉，说得再多也不会上纲上线。于是，这里又成了男女荤事的论坛。有些刚结婚的小伙子，就在郑石头这些人跟前，吹嘘自己屎头的刚强，骑在马上颠簸一个时辰不歇气的英武。吹起这些，手舞足蹈，唾沫星子乱溅，狂妄不可一世，好像他是全世界最生猛的男人。他们的牛屁还没有吹完，张天保就冷笑，说：你们在郑石头跟前吹屎头子厉害，真是鲁班门前耍斧头，孔子面前弄文墨，不知道天高地厚。你石头伯像你这个岁数时，把窑姐折腾得给他倒贴钱，让他快点下马。他弄过的窑姐，不睡上三天三夜就回不过元气。年轻人不相信，问：是不是吃了金枪不倒丸？单驴娃说：咱这些吆车的，长年累月在外头跑，又不能带婆娘上道，身上的毒火憋得能爆炸；要是再用金枪不倒丸，还让人家活不活了？年轻人又把目标转向郑石头，问：石头伯，他们说的可是真的？

郑石头眯缝着眼睛，嘿嘿地笑，啥话都不说。

张天保劝郑石头：给这帮娃们说说咱当年的英武。要不，他们还认为咱们啥事都没经过。

郑石头说：现在是新社会，讲文明，给娃们讲这些，给他们教瞎（坏）哩。

张天保说：咋能是教瞎呢。不管啥社会，都离不开男人戳女人挨，要是没有男人戳女人挨，人都绝种了。话说过来，骡子马驴牛狗，鸡羊鸭鹅，哪一样生灵不是靠公的戳母的挨繁衍下来。就是皇帝大臣，要不是他爸戳他妈，哪来的他们，总不能从石头缝里蹦出来！

郑石头把嘴唇上的烟屁股摘下来，端起大茶壶，哧溜了一口茉莉花茶，拿模捏样地说开：我这辈子啥嗜好都没有，就是喜欢女人。年轻时三五天不找女人，心里都冒火，烧得人难受。为这事，我在中条山差点被孙蔚如的部下枪毙了。

有个小伙子问：你找女人，碍着孙蔚如的屌事了，他凭啥枪毙你？

张天保不高兴小伙子打断郑石头的话，说：你少言传，听你石头伯讲他咋搞女人，学着点，不要到时候把婆娘娶回家了，不知道咋摆腾。

郑石头又点着一根香烟，抽了一口，把架子摆够了，刚要说开，老婆跑来，老远就吼：死人，还不回家吃饭，又给年轻娃们吹你的舞马长枪。你除了那点破本事，还有啥能耐！

郑石头站起来，把大茶壶送进铁匠房，把房门锁了，给小伙子们说：今儿个讲不成了，领导让回家吃饭，哪天闲下了再讲。

第二天，晌午时分，日头正毒，天上晒地上烤，人像焖在铁锅里干炒。郑石头囚在铁匠房里，没有生火打铁，也不想到地里挣工分。人有钱了，凭啥不享受？他泡了一茶壶茉莉花茶，根本不渴，在品，享受富贵闲人的滋润。又点着一根“金丝猴”，抽上一口，又抽上一口。他的衣兜里装着两种烟，给乡党抽的“红宝成”，自己抽的“金丝猴”。社员都上地挣工分了，饲养员张天保把要晒的黄土摊过了，回家睡觉了，空荡荡的马号里只剩下郑石头一个人。他把椅子搬到老槐树下，茶喝饱了，烟抽够了，就眯着眼睛打瞌睡，猛然听见一个女人的声音：石头哥的日子真舒坦！

郑石头睁眼一看，是隔壁村的婆娘，不知道跑到三家庄的马号里弄啥呢？坐起身子说；大妹子咋跑到俺村马号来了？这婆娘见偌大的马号，除了郑石头，空荡得没有一个人，又想起人们传说郑石头的英武，心里有了骚动，就骚眉骚眼地看郑石头，话里有话地说：石头哥熬夜了，白天打瞌睡。

郑石头是何等男人，一辈子都在风月场上走动，这婆娘就是不说话，光看那臊狐子眼就知道此女不懂贞节，就顺着她的话说：两个人都过了一辈子，哪还值得熬夜，没新劲了！说完，端起大茶壶，送到人家跟前，说：大妹子喝茶。婆娘接过大茶壶，把壶嘴含在嘴里，噘着嘴唇，哧溜一下，再哧溜一下，眼睛却朝郑石头瞟，眼光把郑石头挖一下，再挖一下。

郑石头诱敌深入，说：大妹子慢慢喝，我这是上等的茉莉花茶，要把壶嘴咂着慢慢品。婆娘又把壶嘴咂了一下，斜眼看着郑石头，说：茶壶是不小，不知道里面装的水水多不多。要是旁人喝过了，里面没有多少水水了，我白捧这么大的茶壶了。郑石头说：这茶叶我买来都没舍得喝，今天刚泡上，我还没喝一口，你就来了。你看不到里面满满的水水，端在手里总能觉出来吧。婆娘又哧溜了一口，说：石头哥有这么好的手艺，挣那么多的钱，不能老喝一种茶，要换个口味呀。郑石头心里的喜浪一阵一阵地朝出涌，更露骨地说：现在就换，现在就尝尝新茶叶的味道。说着，从口袋里掏出两块钱，塞到婆娘手里，说：大妹子给自己扯件衣裳，这么漂亮的人胚子，得好衣裳衬着才行。老人都说了，人配衣裳马配鞍。说着，就朝铁匠房走去。婆娘朝四周瞅视了一遍，跟着走进铁匠房。就在平常打铁的砧子上，郑石头使出了打铁的本事，把婆娘整得嗷嗷直叫唤。

那天是星期天，学生娃娃不上学，跑到马号玩耍，听见铁匠房里的吼叫，凄惨得跟杀猪差不多，就趴在窗户跟前看。刚好婆娘的娃娃也在里面，看到他妈和旁的男人弄那事，知道自己的亲爹吃了大亏，就跑去找他爹汇报。他爹正在人民公社的田地里耕作，离三家庄不远，跟在儿子的屁股后头跑来捉奸。

郑石头还在兴头上，虽然过了半个钟点，威力丝毫不减。婆娘的男人一脚把门踢开，郑石头一惊，翻身下马，提上裤子，说：事情还没完哩，急啥，先到外边喝茶，刚泡的茉莉花茶，香得很哩。又从衣兜里掏出“金丝猴”，抽出一支塞到他手里，说：要是旁人，最多给抽“红宝成”，你是第一个抽我“金丝猴”的乡党。说着，又从衣兜里掏出两块钱，晃了下，塞进人家的衣兜里，说：买条“红宝成”，够你抽半个月。

男人抽了人家的“金丝猴”，又接了人家两块钱，被郑石头连推带劝地摁在椅子上，又把大茶壶送到他跟前，就没话可说了。趁这个工夫，婆娘穿好衣裳，还从口袋里掏出梳子，把头发梳了，走到自家男人跟前，从衣兜里掏出郑石头给的两块钱，说：加上你那两块钱，刚好给你做件小大衣，你过年就有啥穿的了。

男人喝了茉莉花茶，觉得就是好喝，喝到嘴里，简直不是水水，比城里女人身上的香气气都好闻，把茶壶捧在手上舍不得丢下。还有“金丝猴”烟，就是比旱烟好，抽到嘴里，那么绵软、醇香，一点都不打喉咙。他喝着好茶，抽着好烟，就把郑石头搞他婆娘的愤怒淡化了。郑石头也没话找话地说：兄弟你也别怪我，世上就是这事情，你搞人家的婆娘，人家搞你的婆娘，不足为奇。我一辈子挣的钱，不知道有多少，都花在这上头了。新中国成立前给人家吆车，我车上都带着头牯掌，走到半路上，谁的头牯掌掉了，磨薄了，就碰到财神爷了。咱要价也不低，钉一个头牯的四个掌二块银元，顶给人家吆一个月车的工钱。路上挣下钱，车吆进马车店，吃过饭就朝窑子跑。咱西北五省的千里古道上，有马车店的地方都有窑子。吆车的常年在外，谁也不能把婆娘带上，憋急了咋办？朝窑子里一钻，身上的毒火一出，出来时身上轻松得不得了。嗨——可惜了现在的小伙子，这么受活的事情享受不上。

郑石头给人家说了一阵，抬头看太阳，快晌午了，就说：你两口子甭回去了，我让你嫂子擀臊子面吃。男人也看了下日头，说：算了，哪天你闲下了，到我家吃臊子面。不是吹的，我媳妇擀的臊子面有三尺多长，一碗连一根都盛不下。郑石头说：咱说定了，那天我去你家吃臊子面，我也不让你们吃亏，我把粮票钱都带上，顺便再提瓶西凤酒，咱三个好好喝一伙。

天下没有不透风的墙，连天上飞过去个鸟都有影影，何况搞野婆娘。而且那么多学生娃娃都从门缝里看到了，到处说石头伯在解放他妈的肚子上打铁。刚好上头下了文件，要抓阶级斗争新动向。三家庄没有阶级，也没有新动向，郑石头搞野婆娘的事情一传出，公社就来人调查。郑石头根本不把这当回事，老社会过来的吆车的，谁没逛过窑子，谁没搞过旁人的婆娘？千里古道两边的村堡老镇上，有多少车户播下的种子，难道把所有的人都打倒不成？上头的人找他谈话，他一口承认，毕了还说，可惜这帮学生娃娃，打搅了我们的好事情，弄了半截再弄不下去了。

讨论给他定性的时候，刘志轩考虑郑石头当年跟着父亲走南闯北，在中条山差点让国军枪毙，有心保他，给公社的人说：一个村一个风气，俺三家庄新中国成立前都是吆车的，干这事情跟吃饭喝水一样正常。再说，他在中条山时，差点被国民党枪毙了。

公社的人听说郑石头差点被国民党枪毙了，就问：人家为啥要枪毙他。

刘志轩说：还是为女人的事情，你们要想听，就让郑石头说。

公社的人说：要交代详细，一个细节都不放过。交代详细了，处理就轻。不认真交代，加重处理。

马号铁匠房前边的老槐树下，郑石头把势摆得老大——不就是搞了旁人的婆娘，还是你情我愿的事情，能把老子的㞗咬了？他知道这些人想听稀奇，就说：我说的时候，要喝茶。公社的人说：准许你喝茶。郑石头把汽子的水烧开，把茉莉花茶泡上，先把茶壶递给公社的人。公社的人喝了一口，就是好茶叶，问：你天天都喝这茶？郑石头说：天天都喝这茶。他又从衣兜里取出“金丝猴”，给人家敬了，人家看了牌子，问：你天天都抽这烟？郑石头说：天天都抽这烟，有时候还抽“大前门”呢。公社的人就感慨：过上共产主义了，比书记的日子都过得好！

公社的人见这事情交代得差不多了，还想听郑石头为搞女人差点被国民党枪毙的事情，就说：这事情交代到这就算了，下来交代你差点被枪毙的事情。

郑石头又点着一根纸烟，品了几口茉莉花茶，说：那根本不是我的错误，我是为了替咱中国的妇女报仇，没想到违犯军规。接着，说了差点被枪毙的根根底底。

咱的部队在一次偷袭中，俘虏了一个日本的随军妓女。我想起日本鬼子糟蹋咱中国妇女的事情，就琢磨报仇的办法。日军妓女抬起头，看了我一眼，给我磕头。我把鞭子提起几回都没有落下，我要用更解馋的办法报仇。猛然，我想出好办法，对日军妓女说：你们日本鬼子糟蹋我们中国妇女，我们也糟蹋你们日本女人，这叫冤冤相报。说完，对车户二货说：扒了她的衣裳！二货犹豫着没有上去，我煽动他：你还不快点上，平常弄的都是土窑子，这阵弄东洋女人，过了这个村就没这个店了，一辈子都遇不上这么好的事情。你们打头阵，你们不行了，我再上，非日死她不可，给咱中国妇女报仇！

几个年轻车户被我鼓动起来，冲到日本妓女跟前，压胳膊压腿地扒她的衣裳。日军妓女挣扎着不让他们脱衣服，二货抓住她的衣领像提鸡娃样提起，几下就扒光了衣服，把她摔在地上。她赤着雪白的皮肉，夹紧大腿，上身俯在膝盖上……

郑石头交代完，公社来的人满心都是敬佩，琢磨了半晌，给刘志轩说：郑石头搞人家婆娘的事情，已经调查清楚了，对方是贫下中农，郑石头也是贫下中农，贫下中农搞贫下中农，人民内部矛盾，不用戴坏分子帽子，戴上男破鞋的帽子，不归黑五类。你们觉得啥时候合适了，就把这个帽子摘了。于是，全中国唯一的男破鞋的帽子，戴在了三家庄社员郑石头的脑袋上。

中条山保卫战的史料解释

史料对中条山战役的记载：中条山战役（日方称为“中原会战”）是抗日战争进入相持阶段后，正面战场国民党军队在山西范围内的唯一一场大规模对日作战。1941 年 5 月 7 日，中条山外围日军在空军的支持下，由东、北、西三个方向开始全面进攻。中条山战役前后历时一个多月，中国军队被俘虏 3.5 万人，遗弃尸体 4.2 万具，日军仅战死 673 人，负伤 2292 人。蒋介石称此役为“抗战史上最大之耻辱”。

小说中的中条山保卫战，描写的是 1938 年 6 月至 1940 年 10 月，陕西军旅在孙蔚如将军的率领下，东渡黄河，保卫中条山，历时二年四个月。被蒋介石称为“抗战史上最大的耻辱”的中条山战役，则发生在 1941 年 5 月，历时一个多月。此时，保卫中条山的陕西军旅已奉命调往河南，在东线广武、汜水、偃师一带，抗击日军。毛泽东在评价中原战役时（即中条山战役）说:“只有杂牌军还能打一下。”说的就是孙蔚如领导的第四集团军。

著名作家陈忠实先生，为陕西作家徐剑铭、郭义民、张君祥创作的长篇纪实文学《立马中条》的序中写道: 20 世纪 30 年代末到 40 年代初，中国军人与日本侵略军进行过一场两年多的战争。他们把不可一世、妄言三个月占领中国的日本鬼子拒阻于潼关以外，使其进入关中掠占西北的梦想死于胎中。日本鬼子不仅未能踏进潼关一步，而且付出了惨重的代价，仅“六六”会战一役，日军排长以上军官的尸骨就层层叠叠堆了一千七百多具。这是十四年抗战中取得重大战果的战区之一。这个战役发生在山西境内的中条山。

《立马中条·引言》中高度评价中条山保卫战:“率三万关中子弟,在三百里中条山筑起钢铁防线,拒日本侵略者于黄河北岸,经三年浴血苦战,力保黄河天险不失、关中沃野无虞、大西北父老乡亲免遭日寇铁蹄践踏——孙蔚如将军指挥的中条山保卫战是中国抗战史上悲壮而辉煌的一页,也是陕西军民用鲜血和生命谱写的一首气壮山河的英雄史诗。”

洗车场

1

三个人一阵忙活，把一辆轿车洗好了。老板张富贵掂来一块塑料垫子，铺在驾驶员那边的车门地上，哈着腰对司机说：老板，这车洗得咋样，啥地方不满意说一声，我们再洗。司机围着车转了一圈，目光全是挑剔，才从钱包里取出十块钱塞到张富贵手里，在塑料垫子上蹭了鞋底，钻进驾驶室。张富贵又对着钻进车里的司机哈了几下腰，更是谄媚地说，欢迎下次再来。打工的刘狗顺和黄天朝也恭敬地给司机摇手，嘴里说拜拜。

轿车离开，张富贵把钱装进腰包，对刘狗顺和黄天朝说，快到屋里烤烤，把你们冻日塌啦！四十五六岁的刘狗顺晃荡着短了一条腿的身子朝张富贵跟前走近，说老板你到屋里烤火，我来招呼生意。二十二三岁的黄天朝也朝张富贵跟前走了几步，也说老板你们到屋里暖和，我来招呼生意。张富贵说你们快进去烤一阵，说不定啥时候来车了，又得受冻。

刘狗顺跟黄天朝没有回屋里烤火，清理过洗车现场，才给黄天朝招了下手朝屋里走去。洗车场上就留下张富贵一个人，他站在洗车场跟前的公路边，看到有轿车开过来，打出很交警的手势让人家朝洗车场里拐。轿车毫无表情地从他身边开过，他眼里就溢出失望。又看见远处过来的轿车，失望又变成希望，又很交警地打出手势，还是企图让轿车拐进洗车场。

刘狗顺在炉子跟前烤了一会，晃荡着身子从屋里颠出来，走到张富贵跟前说：老张你也进去烤一阵，我来招呼生意。张富贵说：你烤你的，我穿得比你多，你又没有练过交警，打的手势司机看不懂。张富贵的手势确实打得无可挑剔，身体立得端正，胳膊伸得笔直，动作果断有力，连转身都是军人动作，就是真正的交警也不一定有他的手势标准。

刘狗顺走到张富贵跟前说：老张看看你的手，血都流出来了。张富贵看了自己的手，说你的手也好不到啥地方，生就的受苦命，就甭说啥。他们正说着，黄天朝也走出来，站在他俩跟前，一句话都不说。张富贵说天朝你也跑出来干啥，趁没车的时候把手烤烤，一会儿有车了又要受冻。黄天朝说：你们都不烤，就让我一个人烤，我咋好意思？

张富贵说：你把手保护好，说不定有电脑公司让你去上班，把手弄成这样子咋给人家干活？

刘狗顺又说：咱们三个都进去烤烤，这阵是早上，洗车的不多，开车的都赶路办事哩。张富贵琢磨了一会儿，就朝屋里走去。

这是个土屋子，中间支着一个蜂窝煤炉子。三个人围着火炉坐下，六只手伸向炉口，手上全是冻疮，裂得像老树皮，颜色发黑，龇着很多口子，口子里流着脓血。在火炉上一烤，痛得钻心，黄天朝就咧着嘴说：不烤还好点，烤了痛死人。张富贵说：手冻得太厉害了，烤烤就暖和了，暖和了就好得快点。

刘狗顺说：今年冬天就别想好，等开春暖和了不用烤就好了。张富贵说：我这条件太差，让你们受委屈了。刘狗顺说：省长的办公室有暖气，可咱没有朝那坐的命，咱就是这命就甭说条件好不好？黄天朝一句话都不说，手在火炉上烤着，眼睛却望着屋子外边，射出的全是毒气。

刘狗顺说这已经很感谢你了，我一个残疾人走到哪里都没人要，唯有你收留我，月月给我开工资。要不是你，我儿子在北京的书就读不下去。刘狗顺是安康平利人，那地方穷，只好出来打工挣钱给儿子交学费。

张富贵看着黄天朝说，天朝你好赖也是技校毕业，咋也跑到我这洗车？黄天朝说现在的本科生满街道都是，怀里揣着学位本本找不来工作，我们这些技校生算个㞞。黄天朝是陕南商洛山里人，家里的亲戚朋友凑钱让他读了技校，指望他毕业后留在西安挣大钱。三年技校读下来，怀里揣着红皮皮的毕业证，在西安转了两个月找不来工作，只好到张富贵的洗车行打工，干了一年多没有挪窝。

刘狗顺接着张富贵的话说，老张咱们都留神着，看哪里需要搞电脑的人，给咱天朝说一下。娃还年轻，不能跟咱洗一辈子车。张富贵说我一直留神着哩，我还给在北京上学的儿子打了电话，让他给天朝留神着。北京比咱西安大，需要的技术人员多，天朝要是到北京上班了，就成了皇帝跟前的人，牛旮着哩。黄天朝看了两个长辈一眼，叹了口气说北京是比西安大，也比西安需要的人才多。但全国各地的人才都朝北京跑，我要是跑到北京，就凭那个技校毕业证，连洗车场都进不去。

风刮得很厉害，刮到人身上像锯齿在骨头上拉。张富贵站在公路边，又充当起临时交警，渴望有车在洗车场停下来。几年前，五十岁的张富贵接到厂里的通知，让他下岗，工龄一次性买断，说是上头的政策，谁有情绪都不行。算了两万多块钱买断了他三十年的工龄。这点钱要是吃喝，用不了几年就花完了。他用这钱开了这个洗车行。一个月下来，除去给工人的工资、租金、水电费、杂七杂八的成本，也能挣一千五到两千块钱，勉强供给在读大学的孩子的花费。

终于，他打了不知道多少个手势之后，一辆轿车到洗车场跟前时减慢了车速。他急忙更殷勤地打出手势，人朝着洗车场跑过去，引导司机朝洗车场开。又对屋子里喊：车来啦，快出来洗车！刘狗顺黄天朝兔子样地从屋里蹿出来，都对司机哈了下腰，脸上贡献出殷勤的笑容。

2

轿车停进洗车场，三个人就忙活起来。张富贵打开车门，从里面拿出脚垫子，抱到一边用刷子洗。他蹲在地上屁股撅得老高，刷子在垫子上发出唰唰的声响。刘狗顺一歪一趔地围着轿车转了一圈，检查车门车窗关好了没有。他把车门车窗检查完毕，给黄天朝打个手势。黄天朝拿起高压水枪，对着轿车扫射起来，细细地高压水流冲去了车上的泥巴。高压水枪射到轿车上迸溅的水花落在刘狗顺身上，他身上就有了潮湿，被冷风一吹，冻成一层厚厚的铠甲。把车上的泥巴冲完，黄天朝关了高压水枪，又拿起高压泡沫枪给车上喷泡沫。泡沫雪白，喷到轿车上像一堆一堆的雪花，遮蔽了轿车的颜色。这时候，司机就不在屋里烤火了，站在轿车跟前看喷出来的泡沫。张富贵站在司机跟前，说老板你放心，我的泡沫绝对不掺洗衣粉。

黄天朝关了高压泡沫枪，三个人就围到轿车跟前，用塑料泡沫擦。他们擦车有分工，刘狗顺擦车头和一边的车门，黄天朝擦车尾和另一边的车门，张富贵擦四个轮子，连轮胎都要擦干净。张富贵一边擦一边对两个打工的吆喝，擦干净点，不能马虎。其实，刘狗顺和黄天朝已经擦得很认真了，根本不需要他吆喝。他是吆喝给司机听的，向司机表决心他们一定把车擦干净。

把车外边擦干净了，就开始清洁车里面，车里一般都有零钱。黄天朝就对司机喊，老板你车里有钱，要不要我们帮你整理。司机都会走近车跟前，黄天朝把散落在车里的零钱整理到一堆，按面额的大小叠好，送到司机手里。司机看着他长满冻疮流着脓血的手，说你们老板也太黑心了，连手套都不给你们买。黄天朝说老板给我们买了手套，我们嫌不方便没戴。刘狗顺指着张富贵说他就是我们老板，他手上的冻疮比我们还多。司机看了黄天朝手里的零钱，又看了他们的手，说这么冷的天干活，也够可怜了，这钱就给你们做小费吧。黄天朝坚持把钱朝人家手里送，说你让我们洗车就照顾了我们的生意，我们不该再拿你的小费。司机故意很大方地说，我让你们拿上就拿上，啰唆啥哩！

三个人把车洗完，把觉得还需要擦的地方补上几下，才对司机说，老板觉得咋样？司机满意地从钱包里取出钱。张富贵赶忙说，不要了，刚才都给了那么多的小费，洗一辆车咋能拿你那么多钱？司机说那是小费，这是洗车钱，老婆小姐两码事。张富贵双手接过人家的钱，又连着给人家躬了几下腰。

人家一走，张富贵就从皮包里取出刚才挣的小费，对刘狗顺和黄天朝说这是人家给的小费，咱们三一三余一分了。刘狗顺说你是老板，要多拿一点。张富贵说我已经拿了洗车费了，这是人家给的小费，就应该给大家分。咱们以后要注意服务态度，态度好了人家就给小费。刘狗顺说我们是想多挣点，但也不能亏你呀，你当老板拿的跟我们的一样，开洗车场图啥哩？张富贵说我图咱们齐心协力把洗车场经营得兴旺起来，以后挣大钱。

十点多钟，来了一辆白色丰田车。张富贵老远看到减速的轿车，一边打着交警手势，一边对正在清理场地的刘狗顺和黄天朝喊，来了辆丰田车。丰田车拐进洗车场，张富贵才看清开车的是个二十五六岁的小姐，穿着狐狸皮大衣，很华贵。她钻出轿车就对他们说，快点洗，我还有事情哩。张富贵跟在人家屁股后头，哈着腰说我们快点洗，小姐到屋里暖和一会儿，这天太冷了。小姐就朝屋里走去，一只脚刚迈进屋子就停下来，说我就站在外边，你们快点洗就行了。张富贵知道人家嫌他们屋里肮脏，就对刘狗剩和黄天朝说，快点洗，小姐还有事情哩。于是，他们按着洗车的程序一道一道做开，做得一丝不苟。把所有的工序做完，这辆车就洗完了。张富贵给车门跟前铺了垫子，让人家踏着垫子钻进轿车检查擦干净没有。

突然，小姐从轿车里钻出来，生气地说你们搞的，把血弄到我方向盘上了，恶心死人！张富贵赶忙跑到人家跟前，故意装糊涂地问哪来的血能弄到方向盘上？小姐指着方向盘上的护套说，我前天才买的护套，刚才还干干净净，你们擦了一会车就弄上血了。张富贵一看就知道是怎么回事情，那种脓中带血、血中有脓的冻疮血，只有他们洗车的人才有，但还是装着糊涂地说，这血从哪里来的？俺们三个都是男的。小姐说你说血从哪里来的，看看你们那狗爪子，不是你们手上的血是哪来的血？

三个人都不说话了，偷偷看自己满是冻疮的手，算是承认了罪责。张富贵还给人家赔着笑脸说，你看这事情，咋弄成这样啦！小姐还是不依不饶地说，我的方向盘护套三十多块钱哩，你们洗次车才多少钱，我给你们付洗车钱，你们给我陪护套钱，多退少补？张富贵就给人家赔起笑脸，嘿嘿地笑，笑得比哭都难看，还双手抱拳给人家作揖，说小姐高抬贵手，我们不收你的洗车钱了，你也不要我们赔你的护套了。

小姐拉开车门钻进轿车。他们看着开远的轿车，半晌没有说话，忙活半天一分钱没挣下，还让人家训了一顿。过了好一会儿，刘狗顺才颠着一条好腿，对着丰田开去的方向蹦了一下，骂："你这辈子非得艾滋病不可！"

张富贵看着人家驶去的方向说，二十几岁就开这么好的车，不是二奶就是腐败分子，迟早都是坐牢的货。刘狗顺又接着说肯定得了淋病梅毒尖锐湿疣，要不也不会这么着急去医院。黄天朝也看着人家驶去的方向，啥话都不说，眼睛里透着贼亮的光。

黄天朝上厕所的时候，张富贵给刘狗顺说天朝这娃眼睛里有毒气？刘狗顺说那小姐跟咱天朝的岁数差不多，凭啥她开轿车咱天朝给她洗轿车，还受她数落？别说天朝想不通，我也想不通！

3

中午饭由张富贵老婆送来吃。张富贵老婆提着菜篮子，里面放着饭菜，急急慌慌朝洗车场走来。他们住的地方离洗车场有一里多路，走得不快饭菜就凉了，这么冷的天再吃凉饭，生了病咋办？张富贵看见老婆提着饭菜走过来，就对刘狗顺和黄天朝喊，把手洗了准备吃饭。又迎着老婆跑过去，接过老婆手里的菜篮子，一块儿朝屋子走去。

张富贵老婆把饭菜摆在桌子上，他们拿过自己的碗筷，把米饭朝碗里盛。张富贵老婆是大方人，尽管只有一荤一素，但量多肉多，米饭也做了满满一盆子，他们吃的时候饭菜还有点温乎。张富贵老婆问，味道咋样？刘狗顺一边扒拉饭一边说，香，好吃。张富贵老婆又问，凉不凉？刘狗顺说，不凉，还热乎着哩。张富贵老婆就说，不凉就多吃些，这么冷的天，这么重的活，吃不好就顶不下来。说完又摸着黄天朝的脑袋说，天朝娃你多吃些，这么冷的天在这里受罪，你爸你妈知道了肯定难受。

黄天朝看着她，眼睛里有了泪水水，还是啥话都不说。刘狗顺说天朝是金嘴银牙的皇上，说出来的话都是圣旨，话金贵着哩。

张富贵老婆又给自己男人说，天朝跟咱友良娃一样大吧？张富贵说，一样大，都是1987年生的。张富贵老婆长叹口气，不再说啥了。张富贵又问刘狗顺，我记得你娃也是1987年生的？刘狗顺说，是的，属兔。张富贵又问你娃今年也读大二了？刘狗顺说，读大二了，后年就该毕业了，熬到娃毕业就好了，起码不用再负担他了。张富贵就点着头说，熬吧，熬到娃毕业我们就解放了。

他们说起了儿子，眼睛里都有了亮光。张富贵老婆问刘狗顺，你娃学习咋样？刘狗顺脸上就开了黑牡丹花，说学习是没啥说的，娃想本科毕业后考研究生。我说爸大力支持你，你读到啥地方爸支持你到啥地方，别说读研究生，就是读博士生爸也供你。张富贵老婆说我娃也想考研究生，可我跟老张为娃的学费发愁哩，本科生都要花那么多钱，不知道研究生得花多少钱？刘狗顺吃了一口米饭，说不管花多少钱我都要让娃读，就是砸锅卖铁也要供娃读书。张富贵说咱当老人的就是砸锅卖铁也得供娃把书读完，可就是把锅砸了也卖不了几个钱，咋办？

刘狗顺不吭声了，停了好一会儿才说，咱这辈子完了，就指望娃给咱出头，娃要把书读不下来，咱几辈子都赶不到人前头去。张富贵长叹口气，再没有说啥。张富贵老婆说物价越来越高，去年一个月给娃三百块钱生活费就够了，现在得五百块钱，尽管娃没说不够，我觉得确实不够，过去一斤猪肉五六块钱，现在一斤猪肉十六七块，翻了三个跟头，娃那点钱哪够吃饭？

刘狗顺接着说，嫂子我们啥都明白，现在物价上涨，我们的饭菜还是和过去一样，肯定得多花好多钱。以后的饭菜就不要弄这么好了，都是下苦人，吃饱肚子就行。张富贵老婆说，狗顺兄弟你说是啥话，咱这洗车场靠着大家才能撑下来，咱就是少攒点也不能亏了你们的肚子。

刘狗顺感激地看了一眼张富贵老婆，不再说啥了。

晚上是洗车场最愉快的时候，张富贵老婆送来饭，他们吃过就坐在屋子里，烤着炉子，炉子上蹾着铁壶，壶里烧着水。水开了以后，张富贵老婆就抓起一把茶叶放到茶壶里，把铁壶的开水倒进茶壶，几分钟工夫茶就泡得很酽了。一把茶壶从张富贵手里传到刘狗顺手里，再传到黄天朝手里，又传到张富贵老婆手里，轮着把茶壶吸得吱吱响。屋子外头的风呼呼刮着，有时候还飘着雪花，行人极少，车辆也不多，没有紧要事情的人不会在这么冷的晚上出门的。张富贵就和刘狗顺、黄天朝喝着酽茶说开闲传。刘狗顺能说，黄天朝不能说，就听张富贵和刘狗顺说，一天中难得说几句话。

张富贵问刘狗顺，你这腿是天生的还是后来受伤的？刘狗顺放下茶壶，狠狠地说受伤的。张富贵问是不是人打的，刘狗顺说是人打的也不是人打的？

张富贵又问，到底是怎么回事情？

刘狗顺装了一锅子旱烟，在炉子上点着吧咂了几口，说那是七八年前的事情，我的一个在区上工作的同学给我说，上头来了政策要减轻农民负担，政策还详细列举了减收的项目。我们乡里照样收这个税那个费。那天，乡长领了二十几个人到我们村子里收钱，我身就朝山上跑，乡长带着人在后边追，把我追了二里多路，逼到一个两丈多高的崖畔上头。乡长走到离我五六步的地方说，你跑呀，这回我要加倍罚你；又对手下的喽啰说，把他绑了，回去开村民大会，杀鸡给猴看，我就不信把钱收不上来。喽啰们在他的指挥下，高呼着“抓活的”就冲上来。我把心一狠像当年的狼牙山五壮士一样，闭着眼睛从崖畔上跳下去，把腿摔断了。

张富贵说，你就这样白白地摔断腿了，咋不告他们？刘狗顺说，我咋不告他们，上头来调查的人说人家又没有动手，要是乡长让人把你推下崖畔，我们马上处理他。你是自己跳下去的，我们只能批评他不坚决执行上头的政策，不能说他打人致残。

张富贵说，这世道还有没有讲理的地方？

刘狗顺说，上头见我不停地上告，怕我跑到省上汇报他们，更怕我跑到北京上访，就给我把腿治好，把那个乡长降成副乡长，调到另一个乡去了。

黄天朝还是一句话都不说，咬着牙，眼睛瞪得滚圆，腮帮上的咬肌都鼓起来老高。张富贵老婆坐在黄天朝跟前，见他的肩膀上有块衣服破了，就说天朝你的衣服破了，我给你缝缝。黄天朝说，不用缝了，这衣服也穿了好多年了，明年挣到钱了换件新的。张富贵老婆说，小洞不补大洞吃苦，我闲着没有事，放个屁的工夫就补好了。你坐着甭动，我给你补，说着就从胳膊上取下针线，俯在黄天朝肩膀跟前，一针一针补起来。

黄天朝的眼睛里又有了晶亮的泪珠。

刘狗顺说，那个乡长让我断了一条腿，我让他降了一级。我这条腿一辈子好不了了，他一辈子也别想升官了，打了个平手谁都没有吃亏。我娃考上了北京的名牌大学，他娃才考到宝鸡的一个大专。我这辈子拼不过他，我娃能拼过他娃，到时候我娃干成了世事，让他娃给我娃洗车！

刘狗顺的话让张富贵两口子想起了自己的娃，也有了感慨，说，咱们这辈子就是这么回事情了，可咱娃有出息，指望娃给咱争口气。

铁壶里的水又开了，张富贵又给茶壶里放了茶叶，又把铁壶里的水倒进茶壶，说，都喝，啥时候咱洗车场兴旺了，我买好茶给咱们喝。说完又对刘狗顺说，你给咱吼段秦腔，冬里的夜太长，睡不着更难受。黄天朝站起来，从墙上取下刘狗顺的板胡。刘狗顺把弦调整好了，问唱啥哩？张富贵说，你想唱啥就唱啥。刘狗顺说，我给咱唱段《闯宫抱斗》，说完就干咳一下，拉开过门，过门拉完猛地把头一仰，嘴巴张得老大地吼唱起来：

> 放大声哭不出满腔怨气，恨昏君竟斩了杜辉首级；可怜你七尺躯今遭惨死，可怜你为国家死得冤屈。无故地杀忠良残暴无理，难道说你不怕丧亡社稷。

刘狗顺的嗓子沙哑但不失恢宏，在板胡嘹亮的伴奏下，在小屋子里喧哮起来。又顺着门缝窗户飘溢到屋外，随着北风漂荡，不知道能漂荡多远。随着板胡的停止，刘狗顺也停下吼唱，情不自禁地说，把他家的，咋一张嘴就是苦戏？梅伯炮烙而死，纣王凶残无道，一代江山就这么完了。张富贵把茶壶递到刘狗顺手里，看着他抿了几口茶，也感慨地说心里苦了唱的戏就苦，就是想唱喜剧也唱不出来。

4

中午，张富贵老婆把饭菜送来了，几个人就坐在屋子里吃饭。从来不说话的黄天朝突然说，张老伯，咱们洗车场不能老这样下去，要想办法发展。张富贵一愣，说不这样下去怎么下去？我也想发展可怎么发展？刘狗顺也停住吃饭，像进了动物园地看黄天朝。

黄天朝说我这几天打听了，给车做一次美容收一百二十块钱，时间也就是一个多小时。给车打一次蜡收一百六十块钱。要是学会了封釉技术，一次收一千多块钱。洗车是纯力气活，吃苦多还不赚钱，要做些有技术含量的活，收入就高。

张富贵、刘狗顺，连张富贵老婆都愣住了，谁都没有想到黄天朝能说出这些话。张富贵说，天朝说得没错，可咱没那条件，一没有技术人员，二是咱这地方也不行，谁愿意在咱这烂洗车场美容打蜡封釉？

黄天朝不再说啥了，刘狗顺却说，皇上日猴——色重一点，百人百性，咱也不能说每个司机都不愿在咱这美容打蜡封釉？现在城里人把五星级酒店的山珍海味大鱼大肉吃烦了，专门到咱乡下吃苞谷面窝窝头，说吃的是生态食品。

张富贵这下就明白过来，说咱也搞个生态食品洗车，先把牌子打出来，让城里的车到咱这生态食品生态食品。可咱没有技术咋办？黄天朝说我去学技术。张富贵说谁也不会把技术教给你，同行是冤家。黄天朝说我装着去应聘，不管他们开多少工资都行，只要我把技术学到手。

张富贵琢磨了一会儿说，天朝要学技术是好事情，也是为了咱这个洗车场。以后天朝在人家那里上班，要是收入比咱这低，不足的部分咱给补上。以后学成了，美容打蜡封釉挣的钱，天朝提百分之十五，狗顺提百分之十，钱挣下了就是大家的。

一个月后，黄天朝回来了，洗车场外边的广告牌也换了，写着很大的红字：生态洗车。旁边写着：美容打蜡封釉更换轮胎加机油。

还是和往常一样，张富贵站在公路上冒充交警，要是有轿车拐进来，三个人就欢欢地忙活起来。黄天朝还是攥着高压水枪冲车上的泥巴，刘狗顺、张富贵还是用塑料泡沫擦冲不干净的泥巴。喷上雪色的泡沫以后，黄天朝就凑到司机跟前殷勤地说，老板要是有时间，可以做个美容。司机们一般都不搭理他，他也就知趣地干自己该干的事情。终于，他在一次一次失败之后，有个司机掏出手机看了一下时间，问，多少钱做一次美容？黄天朝赶忙说别的地方做一次是一百二十元，我们只收你一百元。于是，人家就点了下头。他们高兴得差点跳起来，把车洗净以后，又把车里的卫生打扫了，就开始给车美容。刘狗顺颠着瘸子腿给司机搬来凳子，放在人家屁股后边，很殷勤地说，老板坐，我们马上就抛光。所谓的抛光就是把亮光蜡擦干净后，用人造麂皮在车上快速擦拭。他们快速地在车上舞动着麂皮，先是车上涂的亮光蜡消失了，再就是光泽一点一点地亮起来，越擦越亮，一个小时后，竟亮得能照见人影了，车子也焕然一新。张富贵走到司机跟前问，老板还有不满意的地方没？司机当然没啥不满意的地方，当下就掏出一百块钱。

轿车开走后，张富贵取出钱，给黄天朝十五块，给刘狗顺十块，说这是提成奖，工资是另外的，以后咱都当场兑现。

洗车场的生意越来越好。凡是在这里洗过车的司机，再次经过这里的时候都要停下来，把车洗了再进城。又一个给一个传说西安北郊有个生态食品洗车场，洗出来的车就是不一样。于是，听到别人说的司机经过这里，也要把车停下来消费一番。洗车场有了发票，公家的车也开来洗。做一次美容一百块，张富贵开发票的时候就问司机开多少，司机一般都要说个高出实际付款很多的数字，张富贵照开不误。所以，公家的司机来了一次还来二次。

这些司机走后，张富贵就给刘狗顺和黄天朝说还是要端公家的饭碗哩，多少都能搂点。刘狗顺说权力大的大搂，权力小的小搂，照这样下去国家咋办？

5

中午，黄天朝攥着高压水枪冲洗车辆，突然一阵昏厥，脑袋像爆炸一样，浑身一点力气都没有了，身子一软就瘫在地上。张富贵急忙跑过去抱起黄天朝，在他额头上摸了一下，烫手，就对刘狗顺吼，天朝病了，快点送医院。又对司机说，能不能用你的车把我们的人送到医院？司机犹豫了一会儿，说，你们的人要是有传染病怎么办？最好的办法是打120，要救护车过来。你们要是没有电话，可以用我的手机打。张富贵对刘狗顺说，你到公路上拦出租车，我把天朝抱到公路边。又对司机说，用你的手机给我家打个电话，让我老婆把家里的存款拿出来。司机从皮包里取出手机，问，你家的电话号码是多少？张富贵说了家里的电话号码，司机把电话拨通以后，把手机交给张富贵，说，你家的电话通了，快给你老婆说。张富贵就对着手机喊，娃他妈，天朝昏过去了。老婆说肯定是病了。张富贵说，你说的是屁话，没有病能昏过去？老婆说，快点送医院呀。张富贵说，狗顺正在挡出租车哩，你把咱家的存款全拿出来，就在咱家门口等我，我过去把钱取了。

老婆在电话那头犹豫了，说，咱家就剩下三千块钱了，是给娃准备的学费。张富贵说，学费以后再想办法，先把天朝的命救过来再说。张富贵把手机还给司机，刘狗顺也挡了一辆出租车，他就抱起黄天朝走到出租车跟前，对刘狗顺说，你留在这里看家。刘狗顺说，弄到钱没有？没有钱送到医院也白搭。

张富贵说，我家有三千块钱，老婆答应全拿出来。刘狗顺琢磨了一会儿，说我还有六百块钱，是前天开的工资，你先拿上。张富贵接过钱，说，算是我借你的。刘狗顺说，不说这话，先把人救过来要紧。

出租车一口气把黄天朝拉到医院，张富贵抱着黄天朝跑进急诊室，对着医生就喊，这娃早上还好好的，咋一下子就昏倒了。医生让他把黄天朝放到病床上，量血压听胸脯又翻着眼皮看了一阵，说初步诊断是急性肝炎，要化验肝功，化验室就在旁边。张富贵又背着黄天朝化验室跑去，把化验单从窗口递进去，里面的女护士接过化验单，在上面写了个数字还给他，说，交费去。张富贵说，你先给他化验，我马上就去交费，他都昏过去了。护士说，我给你化验了，你不交费跑了算谁的？先交费后化验，这是规矩，谁来都得执行。

医生看了化验单，说就是急性肝炎，这种病发病很急，抢救慢了就有生命危险。张富贵说，你们快点抢救呀。医生没有搭理他，在收费单上写了一行字，说，病人需要住院，先交五千块钱的押金。

张富贵一愣，说，交那么多，我身上就四千块钱。医生说，这是最少的，有的病人交过五十万。快去交费，耽误的工夫大了病人就有生命危险。张富贵说，我真的只有四千块钱，能不能先让我交四千，剩下的明天再交？医生琢磨了一会儿说，你就先交四千。

张富贵跑到交费处，给人家交了四千块钱，把收据给医生看了，医生才开了处方让护士挂吊针。连着挂了两瓶吊针，黄天朝才醒过来。张富贵看着醒过来的黄天朝，说，你把人吓死了，好好地就死过去了，医生抢救了几个小时才活过来。

黄天朝看着张富贵问，我咋跑到医院了？张富贵说，我把你送到医院的。黄天朝说，进医院要花好多钱哩，你哪来那么多的钱？张富贵说，把我娃下学期的学费拿来了，刘狗顺把刚开的工资也拿出来了，还有今天洗车的钱，凑了四千块，还差一千块，明天我再去借。

黄天朝挣扎着要坐起来，张富贵急忙摁住他，说，你都是死过去的人了，千万不敢动弹，把身上的病治好再说。

黄天朝说，老板你们那点钱是家里的养命钱，给我治病了你们咋办？张富贵说，钱是人挣的，只有人活着就能挣来钱。再说，你给我打工，你有病我不管谁管？咱总不能和旧社会的地主资本家一个样吧？

黄天朝再没有搭理张富贵，对医生喊，大夫你过来，我有事情咨询你。

医生走过来问，你有啥事情咨询我？黄天朝问，我的病还有没有生命危险了？医生说，已经度过了危险期，这种病发作得快，治愈得也快。

黄天朝说，我没有钱，治病花的钱都是老板的，老板把他娃下学期的学费都拿来给我治病了。你看我能不能不住院，把吊针打过了就让我回去，最多给我开点药，能省一点是一点。医生琢磨了一会儿，说你就在这里再观察一天，到了明天早上没有事情就可以回去了，回去坚持治疗一段时间就好了。

黄天朝回到洗车场，从银行取出两千块钱，交给刘狗顺六百块，又交给张富贵一千四，说，我就这些钱了，剩下的我拿工资还。

张富贵和刘狗顺都说，天朝你这是弄啥哩，你身体有病需要营养，我们又不急着花钱。

黄天朝说，你们家里情况我还不知道，这是你娃的学费。就这我都感谢你们哩，要不是你们，我都把命都丢了。

张富贵老婆听说，黄天朝病了，跑到菜场买了只老母鸡，在炉子上炖了两个钟头，盛了满满一大碗，又撕了条鸡大腿，端给黄天朝，说，你快把鸡汤喝了，死过去的人活过来，要好好补养补养。这锅鸡汤谁都不能动，专门给你一个人做的。黄天朝端着鸡汤，眼睛里又有了泪水，说，老板跟狗顺叔都那么大岁数了，也该补养补养。张富贵老婆说，吃你的，不要管他们。以后把洗车场经营大了，我天天给他们炖鸡汤喝。

中午的时候，来了一辆奔驰车，离洗车场老远就减慢了车速。张富贵见是奔驰，更起劲地打起手势，又不抱多大希望。他们的洗车场从开张到现在，别说奔驰，就是凌志宝马这个档次的车都没有来洗过。奔驰车在洗车场停下后，司机从里面钻出来，张富贵看着眼熟，就问，老板在我们这洗过车？司机说，我原来开的本田，在你们这儿打过一次蜡。张富贵问，我们的质量咋样？司机说，质量不好我还会再来找你们，就是你们干的活质量最好，我才把这辆新奔驰开来让你们封釉。

张富贵他们就围着奔驰看，高档豪华车就是气派，停在那里像一个豪华房子，充满高贵之气。司机充满得意地问他们，你们洗过奔驰车没有？张富贵说还真没有洗过。刘狗顺问，这辆车恐怕得五六十万吧？司机走到他跟前，说我给你两个五六十万你给我买一辆回来。

刘狗顺更是惊奇地说，这辆车得一百多万？司机说，一百五十万，还不算车牌钱，连车牌钱算上得一百六十五万。刘狗顺说，一百六十五万，把俺一个村子卖了都值不了那么多钱。张富贵接着说，一百六十五万，能盖一栋教学楼。

司机不耐烦地说，你们快点干活，说那么多废话有啥用处，领导干到一定的级别上，哪个屁股下边不是几十万上百万。

张富贵给司机说，封釉的时间很长，你要是在这等，我找家旅馆让你先住下，房钱由我们出。司机说，我把车放在这里，你们把釉封好给我打个电话。张富贵赶忙说，好，我们把活干完了就给你打电话。司机问，你们这一带有没有洗脚按摩的地方？小姐要漂亮的。张富贵干笑着给人家说，老板你笑话俺几个哩，你看俺们这些穷酸货，那是连想都不敢想的地方，咋能知道小姐漂亮不漂亮。不过，从这里朝南走上几里路，就到了城边，那地方肯定有按摩洗脚的地方，至于小姐漂亮不漂亮，俺们没有去过，你去看看就知道了。

他们一直干到把电灯打开才把活干完，崭新的奔驰车经过封釉，更是风光千分，仪态万方。三个人看着雍容华贵的奔驰车，欣赏着自己的手艺，得意至极。张富贵感慨地说，还是要当官哩，一百六十五万的车坐在沟子底下，你看多威风。

刘狗顺说，我娃大学毕业了，我啥都不让他干，就让他考公务员，一级一级朝上干，这辈子也把奔驰车坐上。到那时候，我就坐到我娃的奔驰车上，专门到乡政府让那些看看，我也把奔驰车坐上了。

张富贵说，当官的都坐着小车，还都是排气量大的小车，天天都烧汽油，还要维修，洗车美容打蜡封釉都得上，花一千开两千发票，公家到底有多少钱招得住这么糟蹋？刘狗顺说，这些事情咱当老百姓的咋能说清楚。黄天朝狠狠地盯着奔驰车，眼睛里迸射出一股毒气，啥话都不说。

司机过来开车的时候，交给张富贵一千块钱，张富贵给开了一千五百元的发票。司机一走，张富贵就把钱拿出来，给黄天朝二百，给刘狗顺一百五，剩下的是成本和自己的工钱，再就是开发票交的税款。在这上头，刘狗顺和黄天朝就服气张富贵。别的洗车场经常欠工人工资，唯有张富贵不欠他们。

洗车场的生意越来越好，刘狗顺跟黄天朝一个月都能挣到一千二三，有时候能挣点一千五六。到了夏天，他们吃过晚饭就不在屋里坐了，把凳子搬到洗车场，喝着酽茶谝着闲传。刘狗顺得意的时候就拉着板胡唱一阵秦腔，更多的时候是和张富贵说在北京读大学的娃。他们谈论娃的美好前途的时候，黄天朝就痴痴地望着洗车场旁边的公路，什么话都不说，眼睛在昏暗的灯光下射着贼亮的光。这个时候，张富贵就说天朝你甭害怕，等我娃大学毕业了，到政府机关谋上一官半职，肯定会照顾你的。

黄天朝还是不说话，还是死死地盯着公路，眼睛里还是射着一股毒气。

6

又一年的秋天过去了，洗车人最不愿意过的冬天来临了。冬天是洗车人最难过最痛苦的季节，他们手上的冻疮又发作了，冻疮上裂的口子里又流出了脓血，洗车人的艰辛苦难在满是冻疮的双手上毫无遮掩地表露出来。

北风吹起来，很猛，把公路上的纸屑枯叶刮到空中飞舞。太阳没出来，天上有不厚不薄的云，云是淡黑色。这种天气通常很冷，洗车场旁边水沟里的冰冻得很坚实。黄天朝用铁镐挖冰，刘狗顺用铁锹把黄天朝挖下的冰扔到公路上，公路上就有了小小的冰块。张富贵还是站在公路上充当交警，打着手势让过往的轿车朝洗车场拐。

一辆黑色的广本拐进洗车场。张富贵立即对刘狗顺和黄天朝吆喝，洗车的来了。其实不用他吆喝，他俩已经忙活起来了，吆喝是表示对司机的尊重。司机从轿车里钻出来，刘狗顺放下铁锹，拿起放在凳子上的塑料泡沫。黄天朝攥起高压水枪，高压水流对着轿车冲起来。刘狗顺看见司机，猛地一愣不动弹了。司机看见刘狗顺，也一愣，朝刘狗顺走过来，说，刘狗顺你跑到这洗车啦，我就说这几年见不到你了。刘狗顺没有言传，还是愣在那里。司机又说，刘狗顺你那几年成天告我，想把我的前途毁了。你花了那么大的力气告状，最后我还是坐车的你成了洗车的，不觉得划不来？

刘狗顺不吭声，站在那里不动弹。张富贵对刘狗顺说，快洗车呀，人家还忙着哩，不要耽误老板的工夫。刘狗顺看了张富贵一眼，还是没有动弹。黄天朝给车上冲水，却狠狠地看着司机，把司机说的话听得清清楚楚。

司机朝刘狗顺跟前走了一步说，我知道你娃在北京的名牌大学读书，你指望你娃有前途了，用你娃压我娃。我也给你说老实话，我娃没有考过你娃，但你娃的前途不一定比我娃大。现在社会是综合实力的竞争，啥是综合实力你懂不懂？综合实力就是多方面的实力。你娃除了考试好还有啥实力？你娃的七大姑八大姨本家叔伯大舅二舅都是干啥的，能不能让你娃当干部？你有多少钱给你娃的前途铺路？就凭你给人家洗车挣的那点钱，干上一年恐怕请不起人家吃顿饭。我这辈子比你有前途，我娃肯定比你娃也有前途，这就是命。龙生龙凤生凤，老鼠生来打地洞，生就的穷命就得认命，不服气不行！

刘狗顺还是一句话都不说，还是不肯给他擦车。张富贵也听出了八八九九，也停止了擦车，愤愤地看着司机。唯有黄天朝还攥着高压水枪，认真地对着车上的泥巴冲，还对着司机笑了一下。

司机还不肯罢休，说，我今天是在这里碰到你了，要是在安康遇到你，不出三天你的那条好腿也保不住。我候着你去告我哩，我就不信你能把我名下的轿车告到你名下。你知道我这回到西安来是干啥的？我是来给我娃活动前途哩。我娃明年都要毕业，我不想让我娃在安康那小地方当干部，想让我娃到西安当干部。我有的是钱，十万不行二十万,二十万不行三十万，我就不信拿钱买不来干部当。等你娃毕业了，你拿啥给你娃铺前途？甭说你没有几十万，就是有也不知道朝哪里送！

司机说着又走到车后厢跟前，打开后厢盖，指着里面的东西说，这全是给我娃铺前途的东西，箱子里还装着几十万块钱哩。你去告呀，看你咋告我，能把我告成啥样子？

刘狗顺猛地把塑料泡沫朝地上一摔，说，老子不给你洗啦！

张富贵也把塑料泡沫扔到凳子上，也说，老子不洗了。

唯有黄天朝抱着高压水枪，很认真地给车上冲水。

司机嘿嘿笑了一下，说你不洗有人洗，就是你们都不洗我换个地方还能洗，有包子还能叫不来狗！说完就问黄天朝，小伙子你洗不洗？

黄天朝很认真地点了下头。

司机从口袋里掏出一张百元大票，走到黄天朝跟前说，你给我洗，我给你一百块钱，眼红死他们。黄天朝没有说话，伸手接过钱塞进口袋，放下高压水枪，又换上高压泡沫枪，对着轿车喷开雪白的泡沫。

刘狗顺和张富贵狠狠地看着黄天朝，眼睛里全是不满和生气。

雪色的泡沫把轿车涂满了，涂得比往常都多，厚厚一层。突然，他把枪口一调，高压泡沫对着司机喷射起来，司机一惊，还没有灵醒过来，身上就被裹了一层白色泡沫。泡沫射进眼睛，把眼睛蛰得生痛，他又蹲下身子揉眼睛，黄天朝趁机又对着他喷射一阵，司机顿时变成雪人。

黄天朝放下高压泡沫枪，轻松地拍了下手，走到司机跟前，居高临下地说，你刚才给刘狗顺说你告呀，看你能告个啥样子。我把这话还给你，你也去告呀，看你能把我告个啥样子。说完，从怀里掏出那一百块钱交给张富贵，说这是咱的水钱和泡沫钱。

7

春节一过，他们手上的冻疮开始好转，先是结了痂巴，等痂巴蜕了新肉就长出来了。长新肉的时候手上就痒痒，他们忍着难受不敢抠。有时候不小心抠上一下，就抠出鲜血。这时候的血是鲜红的颜色，血里头没有脓，颜色就好看多了。

现在，越来越多的人开上了轿车，洗车场的生意越来越好。他们也不断改进服务质量。酒酿得有了香味就能飘到巷子外头，有馋酒的人知味而来。酿酒如此，洗车亦如此，他们从早上开门到晚上关门，基本上不能停下身子，中午吃饭都轮班进行，来送饭的张富贵老婆放下饭篮子也帮忙洗车。张富贵不贪，该给刘狗顺和黄天朝的一分都不少给，老板员工抱着膀子干，生意能不好？刘狗顺想着越来越多的收入，想着儿子的学费越来越不成问题，想到高兴的时候就放开嗓子吼上一句：牛犊子卧在了鸡架上，苍蝇把锅盖扦得哷邦哷邦，蚊子把蚊帐压得吱吱响，把被子顶到房梁上。

张富贵听着刘狗顺的唱，手脚不停，嘴里说，狗顺你净唱反话，咋不唱点正话？刘狗顺就说想听正话还不容易，我给咱唱几句正话，说完又扯着喉咙唱开：松木椽柳木檩都是木头，你大舅你二舅都是你舅。我说这话你不信，你爸的婆娘是你妈！

还没有唱完，张富贵就哈哈大笑起来，说，狗顺你驴日的有能耐，咋把唱词编得这么怪？刘狗顺说我哪有那本事，这唱词是先人传下来的。

他们说着唱着的时候，黄天朝还是不说话，眼睛里还是射着浓稠的毒气。张富贵就问，天朝你心里有啥气，看你的眼睛都让人害怕。

黄天朝还是啥话都不说，只是手脚越来越勤快。张富贵问得急了，他才说，我能有啥毒气，我盼着咱洗车场的生意好了，把钱攒够了开个修理电脑的铺面，把我的专业用上。

张富贵说，天朝你不要着急，等我们把娃供出来了，咱洗车场赚的钱全部给你投资，用不了两年就能把铺面开起来。刘狗顺也说，天朝我们不哄你，我们把娃供出来了，要钱还有啥用处，不给你投资干啥？

黄天朝就感激地看着他俩，眼睛里的毒气没有了，代之的是亲气。

生意好了，张富贵婆娘送来的饭菜更好了，晚上那顿饭不但是两荤两素，还带上了高粱白酒。他们就先喝酒，喝酒的时候嘴里还发出吱吱的声音，好像喝得是世界上最香的东西。黄天朝不喝酒，只是看着他们喝酒。张富贵就说，天朝你也喝两口，忙活了一天喝口酒解乏。

刘狗顺说，喝酒也不是啥好事情，叫娃小小就学会喝酒，把娃的毛病都学下啦！张富贵也就不再劝黄天朝喝酒了，他们两个还是把酒喝得吱吱响。

多半瓶高粱白喝完，两个老汉的舌头都有点发硬，脑袋也晕天雾地了，但脑子还灵醒。刘狗顺就放下酒杯，对张富贵说，不能再喝了。张富贵也说，不喝就不喝了，酒喝到这个份上正好，身子飘飘得比神仙都受活。

张富贵婆娘把饭菜也热好了，把雪白的大米饭盛到大老碗里，先是双手端给刘狗顺。刘狗顺赶忙说，先给老板，我们咋能抢到老板前边吃饭。张富贵婆娘说这就是给你盛的，他吃不了这么多。张富贵也接着说，狗顺，我给你说了多少次不要你把我叫老板，我这个老板和你们打工的有啥两样，干的是一样的活，受的是一样的罪，收入比你们也多不了多少，世上哪有这样的老板？

刘狗顺就接下饭碗说，也是，你说起是老板，其实和我们也差不多，都是下苦力气的。

张富贵婆娘把第二碗饭还是盛得满满了，递给黄天朝的时候，黄天朝照样推辞了一下，说给俺张伯先吃，我年轻最后吃。

张富贵就连连给他摆手，说，你先吃，我把这锅子旱烟抽完再吃。

他们把饭吃完了，张富贵婆娘就收拾碗筷。黄天朝也帮着她忙活，张富贵婆娘就说，天朝你歇着，你们忙活了一天，快点歇歇身子。黄天朝还是不肯停下手脚，嘴里说，阿姨你也忙活了一天，我早就歇过来了。说着就把碗筷端到水龙头跟前去洗。洗车场里不缺水，自来水哗哗地响了一阵，碗筷就洗好了，又装进篮子里。

张富贵和刘狗顺又抽开了旱烟，你抽上一口，他再抽上一口，抽废了一锅再装上烟末子继续抽。还一口连着一口地朝地上吐口水，你吐一口他也吐一口。小土屋里就弥漫着旱烟的苦辣，还有一声连一声的吐口水声。刘狗顺又抽了一口烟，又吐了一口口水，把烟锅里的废烟磕了，说，不抽了，这日子真好，饭吃饱了，酒喝足了，烟抽过瘾了。

张富贵说，吃好了喝好了抽好了下来就该唱活了。刘狗顺说我给咱唱包文拯的《铡美案》。张富就问兄弟你咋想起唱包公啦？

刘狗顺长叹口气，停了一会儿才说，我想包公了，这世上要是多几个包公，那些公子王孙贪官污吏就不敢横行，咱老百姓的日子就好过一点！

张富贵也长叹口气，说，你就给咱唱包公的戏，我就不信那时候都有包公，这时候就没有包公？

这个时候，张富贵婆娘把茶也熬好了。黄天朝把酽茶倒进大茶壶里，双手捧到张富贵跟前。张富贵接过茶壶，又送到刘狗顺手里，说，你一会儿要给咱唱戏哩，先把嗓子润好了。

刘狗顺也没有客气，接过茶壶轻轻抿了一口，就放下茶壶，摘下挂在墙上的板胡，拉了一下过门，说，我给咱唱咧！

张富贵说，唱，俺都等着听你的《铡美案》哩！

刘狗顺咳了一声，算是清理的嗓子，猛地把胸脯一挺，把脑袋一仰，吼唱起来：朝廷放粮救民命，皇亲国戚害百姓。包拯奉旨陈州去，贪官污吏都肃清。

初春的初夜，八百里秦川的树木已经悄然复苏，抽出了新枝新芽。在地里匍匐了一冬的麦苗也挺起了身子，顽强地向着高出挣扎。小土屋里猛然爆起苍狼的吼唱，在秦川道上飘荡，传得很远很远……

高贵黄花黎

人分三六九等，木分花黎紫檀。

——题记

1

三十五年前，初秋的一个夜晚。月从海面升起，月光湮没了这个临海小城。有条名曰博爱路的街，白色的街墙满了灰黑的霉班。临街有间铺面，铺面两边挂着在黄花黎木上刻的楹联：黄花黎木清风案，紫色檀香明镜台。顶端悬有“恺轩斋”三个烫金大字，同样刻在黄花黎木上。店里摆有八仙桌、书案、条桌、椅圈、茶座，全是黄花黎，透溢着昔日的高雅富贵。老板符恺轩正在研写书法。有人在门板上轻叩，符恺轩转过身子，有三人结伴而入。他凭着感觉就打招呼：你们怎么有了空暇，想起光临我这寒舍了？来者中的陈光文双手抱拳，说：恺轩兄住的要是寒舍，我们住的便是鸽笼了！陈光文说着，和李墨河、刘凡松走进店里。符恺轩指着茶座，说：坐。说着就揭开茶具上的盖布，给铝壶灌满自来水，放到电炉上，烧。

陈光文、李墨河、刘凡松站在堂屋中间，欣赏家具，还在家具上抚摸，手掌感觉出黄花黎的坚瓷、润滑、细腻，心底泛腾出羡慕、喜爱的浪涌。

符恺轩的祖上是为皇宫进贡黄花黎的官吏。辛亥革命年间，符恺轩的祖上已经把黄花黎家具、原木、板料装上木船，准备起锚时，传来清朝皇帝下台的消息，这批黄花黎家具和原木板材，就没有出岛，成了自家之物。

符恺轩走到茶座跟前，茶座上摆着花黎茶盘、宜兴紫砂茶壶、潮州枫溪出品白果杯、茶洗，还有竹夹，茶座旁放着素瓷青花龙缸，为康熙年间产品。水开了，符恺轩按照工夫茶道的程序，点燃了印度檀香，檀香飘出悠悠袅袅的香烟。他们调整呼吸，心态平静，呼吸着印度檀香的幽香，感觉身体和灵魂都升华到一个祥和、肃穆、温馨、高雅的境界。

符恺轩把茶水倒入茶盅，双手捧到他们面前，说：请喝茶。

陈光文说：恺轩兄，有事情要和您商量！

符恺轩问：什么事情？

李墨河说：峨贤岭有户人家拆屋，房柱、房梁全为黄花黎。这家主人用赌木的办法出售，赌本极为便宜。

符恺轩说：如果赌不中，可是血本无归！

陈光文说：什么叫赌，这就是赌，赌中赌不中全凭各人的运气！

刘凡松说：我前天接到执师的消息，琼州唯有咱们几个懂的黄花黎。咱们几个不参加，赌木的兴头都降低许多。下午时，我们三个商量了，请你出马。

符恺轩说：我祖上有训，君子不赌，我不敢违背祖训！

陈光文说：我们只是请你观看我们这些人赌。

符恺轩问：你们去赌木，本钱哪来？

李墨河说：我这些年节衣缩食，略有积蓄。我听执师说，赌根柱子要三千元，赌根檩要一千五百元，我赌根柱子的本钱还有。

符恺轩又把脸转向陈光文，说：光文兄，你家的经济条件不是很好，你从哪弄来赌木的本钱？

陈光文说：我下午给亲戚说了，他们答应借给我三千元。

符恺轩说：要是赌输了，拿什么还人家？

陈光文说：在赌以前，都是输赢对半。我酷爱花黎，但只有几个小件家具，一心再置些花黎。这是个机会，放过去不一定再有了！我听峨贤岭的朋友说，这家老屋的柱子、檩极粗，虽说时间久远，但不一定能把里面的格芯蚀掉。他说的格芯，是花黎中间的部分，也是花黎真正的材质。格芯周围的部分叫边材，没有多大用处。如果格芯被腐蚀了，这根花黎就没有用处了。

符恺轩再没说什么。几个人看着他，觉得满脸高古，深不可测。其实，他们都没有揣摩出符恺轩的心思。常言说，劝盗不劝赌。赌是劝不住的，既然劝不住，何必再去劝呢！符恺轩又把脸转向刘凡松，刘凡松不等他问，说：我不赌柱子，赌檩。虽说赚的少些，但要是没赌中，赔的也少。

符恺轩又问：我问你本钱从哪来？

刘凡松说：我自己攒了一些，再向朋友借些就够了。我也想了，要是赌输了，就把手里的那个猴脸卖了，给人家还债。你见过我那个猴脸，全中国恐怕都找不出那么大的。去年有个北京来的玩家，出了两千我都没出手。

刘凡松说的猴脸，是黄花黎树上的疤痕，酷像猴脸，是极为罕见贵重的收藏品。

符恺轩说：我不赞成你们去赌，十赌九输，有几个靠赌发家？如果不让你们赌，又冷了你们酷爱花黎的心。你们去吧，由天听命，就看各人的造化啦！我不赌，但收购你们赌中的木材，只要木材的格芯还好，不论粗细，我一律用三倍赌资的钱收购。

2

一座老屋，年代久远。墙是石砌，墙缝缀几根草叶，瘦弱，纤细。石头上布满了湿苔的墨绿，潮湿得像用水淋过。屋顶是小瓦，这种瓦在六七十年前就不烧了，以后的窑烧不出这样的瓦。符恺轩琢磨，此屋寿数在百年以上，绝不夸张。十多人站在屋子外头，不是欣赏这砖这瓦，而是观察构建此屋的木。柱子为木，四根；檩为木，八根；椽为木，五十二根。屋主站在台阶上边，五官盈满庄重，说：此屋的木材，全为黄花黎，如一根不是，愿赔你们五万元。执师走过来，装模作样在老屋里转了一圈，回到台阶上，站在老屋主人身边，说：此屋所有木料，全为黄花黎木。如有不真，本人负责屋主赔偿各位损失。符恺轩脸上还是挂笑，心里有了说道：不是执师豪放，是有利其中，赌木所得收入，要付执师百分之十的酬金。

院里，屋主支起了工夫茶茶具，桌上摆放上茶壶、茶洗、茶盅、茶板，还有暖瓶。屋主专门从海口请来的茶道小姐，穿着箍身的旗袍，使得身体曲线展露，吸引得众人眼球不离左右。赌木人坐在茶桌周围，端着茶盅，眼球从茶道小姐的胸部移到老屋，心悬到半空，阻了喝茶的心思，也阻了欣赏女人的心思。成败输赢在此一举，腰包里揣的钱，虽不敢说系着全家的性命，也系着全家未来的生活。

茶道小姐给刘凡松茶盅里倒满茶水，双手捧到他面前。他没有心思喝，放到桌上，给执师说：这阵哪有心思喝茶，我要是发了，请你到海口望海楼喝茶，喝完再吃海鲜。

执师笑，说：刘老板财大气粗，哪在乎一次赌木。运气好了，发一把财。运气不好，就当玩一次。就是打麻将，也不会次次都赢，有手气好的时候，也有手气臭的时候。打上一夜不开和，临到天明了，来个天和加杠上花，把一辈子输的钱都赢回来了。

刘凡松说：我给人家看大门，尊敬咱的人叫门卫，不尊敬咱的人叫看门狗。咱想打个天和加杠上花，就是缺紧要的那张牌！就是带的那点钱，还是借人家的！

执师说：我看刘老板印堂发光，天庭饱满，这是财神附身。我敢担保，刘老板今天只赢不输，最次也打个平手。

刘凡松说：你真会说话，可惜当了赌木头的执师，应该去当领导！

执师说：咱年轻时没当上领导，现在想当领导了，年龄又超了。听说现在要当领导，两个条件不可少，一是文凭，二是年龄，咱拿的最高文凭是小学毕业证，早让老婆擦了屁股。咱是数猪的，掰着指头算，也迈进五十的门槛了。公家再傻，也不会把快死的老东西任命成领导，干不了几天就得领劳保！

陈光文插话问：你忙活这一次，收入肯定不少？

执师说：七八千，毛毛雨，不值一提。

刘凡松听到七八千的数字，两眼变成牛眼，声音有了惊诧：我的娘姆，七八千还是毛毛雨，多少才能让你满足？

执师说：现在养个差不多的二奶，一年连吃带给，衣服化妆品，算下来也得一两万。我忙活这场生意的收入，顶多够养一个小姐，还只能养多半年，多一个月都养不起！

陈光文端起茶盅，把里面的茶喝干，把茶盅朝茶座上一蹾，说：你还想养国际影星哩！

执师听出陈光文话里的意思，脸上有了挂不住的颜色，带有反击情绪地说：国际影星咋啦，她们就不要人养啦，就不叫人X啦？

陈光文说：人家是叫人养，也叫人用，但不是叫咱们这些人养，也不是叫咱们这些人用。就你那七八千，甭说和人家同床共枕，摸下屁股的小费都不够。他说这话的时候，觉得自己是个学问人，不能和小学文化程度的半文盲说一样的粗话，就把X改成了用，把打炮改成同床共枕，一字之差，差出了文化高低。

执师故意在脸上写出惊诧，说：我就不信，她们那地方用金子装修了，一下能值那么多钱？拔了番薯有窝在，身上没少一个部件，凭啥要那么多的钱？

陈光文说：装修没装修咱不知道，反正不是咱们这些人用的。听说有个香港的大老板，玩了个唱歌的，一下子给人家三千万。从认识到现在，总共用了三次，一次一千万。而且那老板岁数大了，上去不到三分钟就休战，你算算人家一分钟收入多少？你那七八千，恐怕没走到人家跟前就消费完了。

执师对着地呸地吐了口吐沫，说：你说的那个歌星，我在电视里看过，长得屁模样，放到像样的歌厅，十晚九晚没人要，最多站到海口宾馆门口，五十块起价。

陈光文说：这你就不懂了，人家卖的是品牌。同样都是领带，金利来就比一般领带贵。旁人做的领带比金利来结实，就卖不过人家；同样是衣服，人家阿迪达斯就能卖高价，你就是用帆布做衣服，也卖不过人家。为啥哩，人家创出了品牌。就像花黎，谁都不敢说它是最好的木材，但它把品牌打出来了，人就收藏它。同样都是女人，歌星影星不一定漂亮，但人家把品牌创出来了，就值钱。大款大官，啥样的女人没幸过，为啥掏那么高的价玩影星歌星？就是看中了人家的品牌。

陈光文这番话把执师的眼说得瞪起来了，嘴张起来了，晕天昏地地说："我还认为女人漂亮了就值钱，原来女人也讲究品牌，品牌女人比不品牌的女人要价高！"

李墨河对他们说的这些不感兴趣，没有钱玩真的，用嘴过瘾，有啥意思，就把脸转向执师，说：茶也喝了，烟也抽了，嘴把品牌女人也玩过了，该做正经事情了。

执师站起来，走到离茶座两三步远的地方，大声说：这些天，我一直和屋主商量，价位定得都不高，柱子每根三千，檩条一千五，椽子一千。咱们按老规矩，屋主负责木材都是黄花黎，如果出现假的，每根赔偿五万。至于木里的格芯腐没腐，就看各位的运气。赌到格芯没腐的，算你运气好；赌到格芯腐的，是你运气不好，舍财免灾。现在就按百分之二十的比例交定金，交了定金后，就不能反悔。

刘凡松站起来，挺着胸脯说：我要两根檩，一根檩一千五，两根三千，百分之二十是六百。说完，对跟随的人招了下手，跟随的人提着密码箱跑过来，放到桌上。他打开箱子，里面装着票子，一千元一沓，三沓。他取出一沓，嗖嗖地数了六百，拍在桌上，说：六百！说完，朝凳上一坐，从口袋里掏出香烟，很有架势。跟随的人立即摁着打火机，替他把烟点着。

陈光文知道开始动真了。他带来的三千块钱，全是借的。要是赔了，多少年省衣节食才能还完？心里还在琢磨，椽木的价不高，赔了也不十分难受，但椽是细木，就是里面的格芯没腐，也赚不了大钱。柱子的木料粗，要是运气好，一把就赚老鼻子了。要是运气不好，一把就赔三千。赌檩条折中，要是输了，比赌柱子赔的少，但比赌椽木赔得多。要是赢了，同样比赌柱子赚得少，但比赌椽木赚得多。琢磨了半天，还是决定不下到底赌什么，就问执师：柱子容易腐还是椽容易腐？

执师笑，说：这个谁也说不准，赌木玩的就是赌字，赌就是凭运气。

陈光文又问：你看我赌椽木好，还是赌檩条好？

执师说：你是赌家，我是执师。你想的是赌赢，我想的是公道。我要是替你出了主意，公道就不存在了。

刘凡松看陈光文，满脸不屑，说：该死的娃娃尿朝天，不该死的跑得欢。你要是没这个胆气，就甭上这个场子。这地方赌钱，还赌胆，赌运气，赌肚量。

李墨河说：光文兄，执师是中间人，他能替你拿主意吗？

陈光文也觉得自己问的没道理，脸上有了尴尬，说：我这人糊涂，怎么连这些简单的道理都弄不懂。

符恺轩一直没有说话，脸上挂着琢磨不透的笑。

执师走到他跟前，有意把腰哈了下，脸上堆出谄媚的笑，问：符老板，您也赌木？凭符老板的眼力，肯定十赌九赢！

符恺轩说：我不赌，收购。要是格芯没有腐，不管粗细长短，我全按三倍的价收购。

陈光文又琢磨，就算输赢各占一半，赌两根檩条，赢一根，输一根，赢的那根能卖出三倍的钱，还能赚。要是运气好了，两根都赢，赚得更多。就说：我赌两根檩条！

李墨河说：我赌一根柱子。

执师见大家都报过赌了，宣布：一根柱子三千元，刚才交了六百元的定金，还差两千四百元。把钱交齐了，就挑木，是赢是输，就看各自的运气了。

于是，刘凡松、陈光文、李墨河就把密码箱里的钞票朝出拿。刘凡松取钱的时候，神气还不在乎，动作还利索。陈光文就不一样了，把钞票朝出拿，手脚发抖。李墨河自己没有朝出拿钱，指着箱子给刘凡松带的跟班说：你帮我把箱子里的钱朝出拿，就那么多，全交给他们。刘凡松开玩笑：墨河老哥，你考虑清楚，这三千钞票从你箱子拿出来，能不能再回到你箱子，就不知道了？

李墨河说：我昨天从海口动身的时候，就没打算把这些钱带回去。什么是赌，这就是赌，瞬间工夫发财，瞬间工夫破产，全凭个人的运气！

挑木的时候，所有参赌的人都涌到老屋里，赌柱子的围着柱子转，转一圈，再转一圈。围着这个柱子转过，又围那个柱子转，转了少半个时辰，还定不下来赌哪根柱子。怎么能不认真呢，一个柱子就是三千，赌中了，瞬间变成九千，睹不中，瞬间工夫打了水漂。但是，认真又有什么用，木中间的格芯被边材包着，谁也没有孙悟空的火眼金睛，能透过边材看到格芯。赌檩条、椽木的都仰着头，看了这根看那根，看了那根看这根，看来看去，还是看不出哪根檩条的格芯没有腐。

李墨河心里紧张，表面上装得大度，满不在乎地说：你们先挑，挑剩下的归我，我不和你们争。我还是那句话，老天爷叫你发财，你逃都逃不掉，钞票追着你朝口袋里钻；老天爷叫你破财，你把口袋焊起来都不行，你把上边焊了，钞票从下边漏出去！

有个老板狠狠看了他一眼，觉得李墨河的话坏了他的运气，对着地皮呸呸地吐唾沫，说：你咒我们哩，你才是把口袋上边焊起来，钞票从下边漏出去！说完，又忙着挑柱子，觉得眼睛观察柱子的粗细不准确，就用皮尺量，把四个柱子量过，才指着最粗的柱子给执师说：我赌这根柱子！执师问：赌定啦？老板说：赌定啦！不就是三千块钱，三万都买不来好名声！执师就高着喉咙喊：成交，这根柱子归侯老板所有，侯老板的三千归主家所有。喊完，把侯老板的三千推到屋主跟前，说：这钱归你啦！另外两个赌主把另外两根柱子赌定了，剩下最后一根柱子，不用说归李墨河了。

刘凡松赌得最痛快，接过执师递给的长竹竿，在两根檩条上敲了几下，说：我就赌这两根檩条！执师同样问：赌定了？刘凡松说：你这人这么啰唆，都是裤裆里长屌的男人，说出来的话泼出去的水，谁能把拉出来的屎再缩回去？执师说：痛快，这话才是男人说的！说完，大声宣布：成交，这两根檩条归刘老板所有了，一根檩条一千五，两根檩条三千，刘老板的三千赌金归屋主所有啦！

陈光文赌得就不那么痛快了，他举着长竹竿，刚要确定要赌的檩条，又觉得这根檩条中间的格芯腐了，旁边那根檩条的格芯没有腐，就走到旁边的那根檩条下边。刚要用竹竿在上边敲，又觉得这根檩条的格芯腐了，刚才那根檩条的格芯没有腐。他在檩条下边走来走去，手里举的竹竿，在这根檩条跟前晃几下，在那根檩条跟前晃几下，就是不敢敲下去。

执师一直跟着他身边，他的竹竿不敲下去，执师就不能宣布结果。赌的先后顺序按事前抓阄决定好了，他没有赌完，后边的人就不能赌。执师心急，脸上却不能显露。赌木的规矩很多，但没有规定必须在多长时间赌完。陈光文后边的赌主却不管那么多，先是耐心等待，过了半个多小时，耐心被时间腐蚀，嘴里就冒出着急的话语。你这人裤裆长没长屌？莫不是裤裆里长的是洞洞！

陈光文听着催促的话语，心里一急，举起的竹竿就在一根檩条上敲了，随之又在另一根檩条上敲了。执师急忙宣布：一根檩条一千五，两根檩条三千，这笔赌金归屋主所有，这两根檩条归陈老板所有！

执师宣布完毕，陈光文又后悔了，觉得赌的这两根檩条的格芯腐了，没赌的那几根檩条的格芯没有腐。但后悔已经来不及了，执师已经把他的三千块钱推到屋主身边了，也宣布这两根檩条归他所有了。有条少皮没毛黄不算黄黑不算黑的狗，溜到他跟前。他心烦地踢了一脚，狗没有防备，结结实实挨了一下，汪地叫了一声，逃去。狗的主人就在院里，指着陈光文说：你赌木不顺心，关狗的屁事，凭什么踢我家的狗？

陈光文想回击，又觉得自己是学问人，怎么能和不识字的村人计较。再说，自己踢了人家的狗，理亏。还是在人家的地盘上，强龙不压地头蛇，只好闭了嘴巴，什么话都没说。

把最后一根木赌完，执师宣布：拆屋，验木！立即，早就站在院子里等待拆房的雇工，嗖嗖地爬到房顶，揭瓦。屋主把所得的钱装进提包里，在几个本家侄子的保护下，离开现场。从现在开始，这间老屋就不再属于他所有了。拆屋搞起的灰尘土屑，弥荡在老屋周围。执师让人把茶桌搬到远离老屋的地方，茶道小姐照样给赌主们泡茶，赌主们却没有品茶的心思了，紧张地看村人拆房。不到一个时辰，房上的瓦全部拆下，墙也全部推倒，只剩下木支撑的房架。执师站在赌主们面前，问：先验谁的木？

陈光文心里又紧张起来，犹豫不决。刘凡松见陈光文和李墨河不吭声，走过去说：先验我的。是福逃不过，是祸也逃不过，早验早心静。

再这样等上一个时辰，能把人折磨死！

执师一挥手，两个木匠扛着一根大锯走过来。村人把檩条抬到两个高凳支成的架子上，用钯钉固定好。木匠走过去，在木上搭了锯子，一个在上，一个在下，在木材顶端一寸多远的地方，一上一下地拉。刘凡松心里用了力气，嘴上还说不在乎。毕竟是花一千五赌的，要是格芯不腐，符恺轩收购就是四千五。要是格芯腐了，四千五拿不到手，那一千五就打了水漂。心里紧张，脸上的肌肉就僵硬，眼睛瞪得滚圆，看木匠手里的锯子。他腮帮上的咬肌突突地跳，越跳越凶。他就用巴掌在腮帮上扇了下，骂：日你娘姆，跳你娘姆呀！没人笑话他，所有的赌主心里都不轻松，这根檩条的格芯腐了，自己赌的木也可能腐。锯子没有按刘凡松的期望，被格芯阻挡，而是一路畅通，锯过三分之二时，他脸上变了颜色，失望地摇头，这根檩条里面的格芯腐了。双腿一阵发软，身子直想朝下瘫。他扶着支檩条的架子，用意志控制着身子没有倒下。执师走到他跟前，拍了下他的肩膀，故作惋惜地说：刘老板，舍财免灾，舍去这一千五，一辈子没灾没病。活到一百五十岁不老，还能养二奶找小姐，一个星期打一次炮，比这一千五强多少。要是我，拿一万五都不换！

刘凡松把胸脯鼓了一下，说：你不要给我说这些，我懂，啥是赌，这就是赌，几百几千抛出去，要么翻着跟头赚钱，要么血本无归。活了五十多岁，啥事情没经过，哪能在这事情上过不去。锯那一根檩条，老子就不信，赌的两根檩条都腐了，老天爷也不会光给我过不去。

几个人合力把檩条抬到架子上，固定好。执师走到架子跟前，高举胳膊，扯着喉咙喊：开锯咯——。两个木匠，一个在上，一个在下，上边的把锯朝上提，下边的把锯朝下拉，锯子又做开上下运动，发出一声一声地响。锯过四分之一，锯子的声音有了变化，锯齿不再前进，像是受到坚硬东西的阻挡。

符恺轩忽地站起，对木匠说：停，这根檩条归我啦！在场的人都是行家，黄花黎的格芯坚硬，锯子吃不动，难以锯断。

刘凡松长舒口气，一直紧绷的精神猛地松懈，身子一阵瘫软，走到茶桌跟前，一屁股蹾在凳子上。茶道小姐赶忙给他捧去一盅茶，他接过，手还在抖，把茶水洒出来很多。几乎同时，全身的汗唰地冒出来，额头上、脸颊上、脖子上，冒出珍珠大的汗珠。手边没有毛巾，就用巴掌擦，擦一下，甩一下，把汗珠甩到别人身上。人家看了他一眼，没说什么。赌了两根檩条，花了三千元。中了一根，卖四千五，净赚一千五，值得！

符恺轩给拿钱的本家侄子说：给他四千五！

执师接过钱，转手交给刘凡松，朗声宣布：符先生付给刘老板四千五百元，刘老板这根檩条归符先生所有，钱货两清，过后概不追究！

刘凡松接过执师转交的钱，捧着走到茶桌跟前，放在茶桌上，指头在嘴里蘸了，点，还大声数：一百、二百、三百……点到一千五百的时候，点忘了，把脑袋狠狠拍了一下，骂：屌日的，连这点钱都点不清楚，还想做大生意！骂完，又接着点……

轮到锯陈光文的檩条了，执师走到他跟前，说：开锯啦？他说：开锯。声音都颤颤地。村人把檩条抬到架子上，木匠搭上锯子，执师又高举胳膊，很有气派地喊：开锯咯——一上一下两个木匠拉开了大锯。陈光文比刘凡松表现得还紧张，像谁的拳头攥着心朝上提，提到喉咙跟前，脸都变了颜色，身子簌簌发抖。

刘凡松点过钱，交给站在身后的跟班，看着陈光文，笑，笑得很轻松，很惬意，带有不屑的意思，说：陈老兄，至于那样嘛，不就是一千五百人民币，又不是美元！

陈光文顾不上和他斗嘴，有只蚊子嗡嗡地飞过来，趴在他脸上，把嘴插进肉里吸血，他都没有感觉。锯条在木匠的用力下，毫无阻挡，一路顺风，高歌前进。陈光文心里念叨：挡住锯齿、挡住锯齿，期盼锯齿停止前进。锯过一半，木匠有意停下，看他，意思很明显。按常识，锯过一半格芯还没有阻挡锯齿，就证明格芯腐蚀了。但是，陈光文不死心，期望那一半边材能出奇迹，不肯发出停止的言语。木匠就满心不愉快地继续辛苦，一直把圆木锯断，收了锯子，看他，满目都是鄙夷。陈光文还不死心，跑到锯断的端口处，查看，格芯确实被腐蚀，成了空洞，才死了心，有气无力地给木匠说：锯下一根，我就不信老子这么背时，赌了两根檩条，两根都是空的！

村人把这根檩条抬下来，扔到一边，把第二根檩条抬上来，木匠又开始辛苦。陈光文的心又被什么东西攥着，提到喉咙跟前，还一下一下缩着疼，浑身簌簌发抖。额头上、脖子上，全身上下又冒出汗珠，发抖和汗珠透支了身上的力气，觉得浑身软瘫，想回到茶桌跟前，坐下，又想看锯子的进展，渴望锯子遇到阻挡。但是，锯子似乎坚决和他的愿望作对，还是一往直前，一直锯完。他还是不放心地查看端口，直到彻底认为格芯被蚀空了，才踉踉跄跄退到茶桌跟前，身子一软，蹴在座位上，一阵昏厥，差点歪倒在地上。

李墨河走到他跟前，长叹口气，什么话都没说。

刘凡松走到他跟前，脸上的不屑、鄙视没有了，换成了同情，说：陈大哥，咱们以后不要赌木了。咱的家境、心境，都不是赌木的！

执师走到陈光文跟前，说：什么是命？这都是命。什么是赌？这就是赌。命里没有赌运，你再折腾也不管用！

轮到检验李墨河的柱子了，李墨河给执师说：我去方便一下，你们开锯，告诉我结果就行了。说完，就离开老屋，到很远的荒地，撒尿，撒完了还不把那东西装进裤裆，故意磨蹭时间。回来的时候，刚好检验完毕，执师迎着他走过去，说：恭喜，这根柱子的格芯没有腐！

把柱子、檩条、椽木全部检验完，只有两成木的格芯是好的，被符恺轩收购。

陈光文苦笑着给符恺轩说：恺轩兄发财了，把这些黄花黎运回去，转手就赚钱！

符恺轩说：光文兄要是觉得这些花黎能赚钱，我让给你，原价，不赚你一分！

陈光文说：恺轩兄开玩笑了，你知道我没钱，拿不出这么大的款子。

符恺轩说：我不要现金，你把货拿走，一年内给我付款都可以！

陈光文还是摇头，说：我最近手背，玩啥赔啥，没一个赚的！

符恺轩说：光文兄，不是我说你，你就不该来赌。凡是借债赌的，有几个赌赢？又说：你带来的三千块钱是借来的，按你现在的收入，没有三四年时间难以还清。我给你三千块，你把账给人家还了，以后做正经生意，不要指望靠赌发财！说完，对本家侄子说：给你光文老爹取三千块钱！本家侄子犹豫，不取。符恺轩严厉了声音，说：我说的话你没听见？本家侄子赶忙说：听见了，我这就取……

3

两年以后，黄花黎木还仅仅是爱好者的收藏之物，身价没有提升。

上午十点，符恺轩擦拭过家具，整理了文房四宝，坐在八仙桌旁，拿起《菜根谭》，轻声吟读。忽然，门口一暗，有人进门。符恺轩放下书，站起，表示礼貌。客人走到书法跟前，欣赏，过了五六分钟，才问：老板，此书法可售？

符恺轩离座，走到书法跟前，说：售。又问：多少钱一幅？又答：多少钱都行，一千两千不多，一百二百不少，关键是你要喜欢。客人说：我新修了屋子，想挂几幅名人字画，有人推荐博爱路恺轩斋老板符恺轩的书法，在海南独一无二，你可是符恺轩先生？符恺轩点头，说：在下正是。你的朋友过奖了，海南之大，中国之大，写书法的人成千上万，比恺轩写得好的人也成千上万，恺轩岂能独一无二？

客人看符恺轩，目光里有了敬重，话语多了敬佩，说：符先生谦虚了。我拿你两幅字，给你一千元，可否？符恺轩说：完全可以，你给的价实在不低了！说完，摘下墙上的书法，卷好，交给客人。客人取出钱，交给符恺轩，又再三感谢，方才离去。

符恺轩把钱放进抽屉里，拿起一把黄花黎如意，翻来覆去地把玩，心池里荡漾出悠闲自得的情愫。生意做得不大，收入绝对不少，最关键的是做着自己想做的事，真应了古人的话：富贵非吾愿，清闲守自然。

门口闪进一个人影，进门的是陈光文，他站起，问：这阵正是做生意的时候，光文兄怎么跑到我这来了？

陈光文说：铺面有老婆照看，我闲下无事，过来看看恺轩兄！符恺轩说：喝茶？陈光文说：不喝了，我看你一下就走，说不定店里还有什么事情。我老婆脑子不好用，常常把赚的生意做成赔的生意。说完，在店里晃荡了一圈，离去。

符恺轩看着他离去的背影，不知他为何匆匆而来，又匆匆而去。

陈光文刚离开，又进来三四个人，进门就问：老板可经营黄花黎？

符恺轩问：你们可有黄花黎？来人答：有，不知老板能不能买动？符恺轩问：多少？来人答：两千五百斤，只多不少？符恺轩问：多少钱一斤？答：二百元一斤，一共五十万元！符恺轩问：货呢？答：就在街道上。

符恺轩朝外走去，路边果然停着一辆卡车，卡车上装有花黎圆木，粗的直径有四十多公分，细的也有三十公分，绝对是峨贤岭产的上等花黎。符恺轩回到店里，给来人说：喝茶？来人说：家里正在插秧，忙，你要是想要这些黄花黎，我们就卖给你。你不要，我们另找旁人，不耽误你的工夫。

符恺轩琢磨，这批货确实是花黎中的珍品。但是，自己前年收购了赌木，手里没有现金。尽管自己看好花黎的前景，但只是预测，前景到底如何，谁也不敢肯定。他思考了五六分钟，说：你们给我时间思考一下，十天后给你们答复。

第二天，还是十点左右，店门闪进一人，步履稳重，衣着打扮高雅富贵，举止有规有矩。

符恺轩离开书案，迎着来者走了几步，点头，表示欢迎。来者也给符恺轩点头，表示礼貌。尔后，没有言语，顺着根雕家具，欣赏，神情专注，满脸高古，如行家里手。

符恺轩尾随其后，亦不言语，脸上呈现的是去留无意的表情。来者走到茶座跟前，没打招呼，就欣然落座，架势很大。符恺轩走到茶座跟前，拿起不锈钢茶壶，接了水，放到电炉上，打开电源。

符恺轩没有说话。水开，按工夫茶道的程序，给客人泡茶，把茶盅放到客人面前，轻声说：请喝茶！

客人轻声吟诵：“花黎龙骨与香楠，良贾工操术四三。争似海中求饮木，茶禅如向赵州参。”

符恺轩一愣，脑子里闪出几年前的那个秋夜，陈光文进店时也念叨了这首诗。心里疑惑，却什么话都没说，微笑着端起茶盅，也做出敬茶的姿势，两人同时饮下。客人吧咂嘴唇，说：好茶，地道的大红袍！

半个小时后，符恺轩还是没有询问客人购买什么东西，仿佛自己闲得无事，刚好有人来陪喝茶。

客人却耐不住性子，问：符老板，你也不问我要做什么？

符恺轩说：先生能光临小店，肯定有事要小店做。不知道先生怎么知道我姓符？

来者一愣，一时回答不出，三四秒后，朗然一笑，说：符老板是海南知名的学问人，就是街道上玩耍的小童，有几个不知符老板的？何况鄙人也读了几本书，早就仰慕符老板的人品学问！说着，从包里取出图纸，递给符恺轩，说：贵店能做这种酒杯否？符恺轩接过图纸，酒具的上盖是个兽头，古代称作觥。符恺轩看过，说：小店和很多能工巧匠有交往，此觥工艺不复杂，做来不难！来者说：此种式样做起来不难，难的是我要求的材料！符恺轩还是一脸佛笑，没有说话。来者说：我要求用峨贤岭的黄花黎，别的木料都不行！符恺轩立即想起，昨天有人来店里推销峨贤岭的黄花黎，质量确实为上品。符恺轩眯着双眼，视线透过眼缝，审视来者。觉得来者面相还算忠厚，没有奸诈之色，琢磨其进店后的表现，虽说张扬浮华，也不算太过，琢磨其进店后念叨的那首诗，虽说和几年前陈光文进店念诵的诗相同，也属正常。自古以来，写黄花黎的诗不多，一首好诗很容易被多人念诵。他毕竟是生意人，怎能不想赚大钱，问：老板需要多少个？来者答：二百个，每个五千元，总造价一百万。如果签了合同，我先付两万元的订金。符恺轩不说话了，还是满脸善笑，又给来者茶盅里续茶，说：不算今天，第十一天的这个时间，我在店里等你，给你准确答复。

几天后，又是上午10点左右，符恺轩刚把家具擦过，坐在八仙桌旁，阅看宋水亭的《中国古董文化艺术收藏鉴赏》，有人进店。符恺轩抬头看来人，是几天前推销黄花黎的人，站起问候：今天得闲了，坐下喝茶？来人走到茶座跟前，悄然落座。两人把茶喝过半个时辰，符恺轩才问：我看老板不像闲暇之人，怎么有工夫在这里品茶闲坐？来人说：还是为了那批花黎，天下之大，人口之众，能识宝的只有符老板一人。符恺轩说：还是那天我给你们说的时间，你们到店里来。如果我决定买，就签订合同付定金。

到了和订购觥的人约定的时间，此人如约前来，带来起草好的合同，还带了两万元的订金。符恺轩看了合同，公正，又看了价格，不低，也就没说什么，签了自己的名字，盖上恺轩斋的章子，收下订金，这单生意就算接下了。

到了和推销黄花黎的人约定的时间，推销黄花黎的人如约前来。符恺轩把他们恭让进店，卸货，验货，签了合同，把五十万人民币放到来人面前，成交。

这笔钱，是他过去把海口城里的一院老宅卖了，刚好留下五十万元。做觥不需大料，边角小料即可，这两千五百斤黄花黎都是大料，做觥确实可惜。符恺轩把这批大料保存下来，把收藏的小料做了二百个觥，还让木匠做了佛像、观音、猴脸、壁虎、老虎、狐狸、茶壶、算盘，忙活了半年多，终于在合同规定的交货时间做完。

到了交货时间，对方没来，符恺轩就等。一天过去，两天过去，十天过去，一个月过去，对方如壶里沸腾的蒸汽，消失得无了影踪。符恺轩耐不住性子了，二百个觥价值一百万。他打算，拿到一百万后，把自己卖掉的老宅再买回来，祖上传下的家产，不能在自己手里毁掉。他卖老宅时，在合同上特别注明，合同签订十个月之内，如果他想购回，加价百分之十，乙方必须同意甲方回购。

符恺轩终于耐不住了，按对方留下的电话号码打过去，空号，才知中了人家的圈套，一屁股蹴在椅子上，浑身瘫软，半个时辰缓不过性。一百万挣不到手，就没办法回购老宅，祖上传下的家产就毁在自己手里了。

日子一天接着一天过。国家搞改革，人们的日子富足了，盛世到来了，有风雅的人更风雅，没风雅的人装风雅。风雅是什么？就是收藏名人字画、红木家具等等。符恺轩被骗三个月后，黄花黎的行情像点火的火箭，嗖嗖地朝上飙，一天一个价地翻跟斗。当初二百元一斤的黄花黎，涨到七千元，还没有收势的样子。当初五千元的觥，有人出十万购买，还托人说情。符恺轩做的二百个觥，就价值两千万。还有那些佛像、观音、猴脸、壁虎、老虎、狐狸、茶壶、算盘，价值亿元以上。符恺轩卖掉了觥，用一百万把老宅子回购，算是了却了一件心事。

一日，一年没见面的陈光文走进店里，脸色有点尴尬，看着符恺轩干笑。符恺轩和往常一样，起立，还迎着他走了两步，指着茶座说：喝茶？

陈光文没有说话，径直朝茶座走去。符恺轩还是按工夫茶道的程序，一一做过，把茶盅捧到他跟前，说：我算着你这几日要来。

陈光文惊诧，问：你凭什么算着我这几日要来？

符恺轩说：无根无据，只是感觉！

陈光文又觉尴尬，却言说不出，就闷着头喝茶，喝了一盅又一盅。符恺轩给他倒茶，倒了一盅又一盅，他连喝了十多盅，停住。符恺轩也停住倒茶，却朝着墙壁上的书法瞄去，挂在最显眼位置上的那幅书法，写着：机关算尽太聪明。陈光文看过，问：恺轩兄，谁会买这幅书法？

符恺轩答：此字不卖，给该看之人看！

陈光文更觉尴尬，无语，装成品茶的样子，端起茶盅又喝了两盅，站起，说：恺轩兄，我店里的生意还要照看，不久坐啦！

符恺轩也站起，说：请便！目送陈光文走到店门口，端起没喝完的茶水，对着陈光文的脚后跟泼去。陈光文回头看了一下，脚步更匆忙，差点被门槛绊了跟头。符恺轩望着他的背影，一阵心疼，长叹口气，眼睛有了潮热，说：你也就值四十八万,四十八万把你的人格卖啦！

下午，李墨河、刘凡松又来恺轩斋喝茶。

刘凡松突然问：往常都是咱们三个还有陈光文一块儿喝茶，这一年多怎不见他来？

符恺轩没有回答，眼睛却朝着那幅书法望去。李墨河也望那幅书法，心里豁然开朗，大彻大悟说：明白了，陈光文竟是如此之徒！符恺轩当初被骗的时候，给李墨河、刘凡松说了此事，但没说此局是陈光文所设。

刘凡松不明白李墨河说的意思，问：李大哥，上面写的什么字，你看了就有说道？

李墨河把条幅上的字念了一遍，刘凡松还是不明白，再问：这话是什么意思，和陈大哥有什么关系？

符恺轩说：有些事情，还是不知道为好！

刘凡松说：符大哥，你要是把我当自己人，就给我说这里面的事情。要是不说，就是没把我当自己人！

符恺轩长说：你实在想知道，就让墨河兄给你说。

李墨河就把陈光文设局，骗得符恺轩购了五十万元黄花黎的事情说了。

刘凡松听完，忽地站起，指着店门外骂：日他娘姆，几十年的老朋友，竟然做这事情，我找他论个长短！

符恺轩说：凡松坐下，他这个人，也就值那点钱，不值得和他论长短。要是没有他设的局，我哪能买到这么便宜的黄花黎？真是聪明反被聪明累，机关算尽反给了人家便宜。这种人，配不上与花黎为伍，玷污了花黎的名声。

他们说话间，门口一暗，有人一前一后进店。符恺轩觉得面熟，一时记不清何时何地和他们打过交道，就按生意场上待客的规矩，起身，脸上含笑，算是打了招呼。来人走到他面前，脸色尴尬，说：符老板不认得我们啦？

他们一说话，符恺轩就认出他们，说：这么长时间见不到你们，以为你们拿了美国绿卡，不再回来啦！

他和往常一样，恭请他们入座。李墨河、刘凡松也以半个主人的身份，起立，让座。他们也不谦虚，一屁股蹾在凳子上，等待符恺轩给他们敬茶。

符恺轩把壶里的茶叶掏掉，放进新茶叶，灌进开水，把第一道茶水浇到茶盅上，算是洗茶，也算是洗茶盅。又给壶里灌进开水，将茶水倒进子壶，给茶盅里倒满，双手捧到他们面前。他们也不客气，接过。茶水太烫，抿一口就放下。符恺轩说：茶烫，慢点喝，不要着急。说完，又半笑半调侃地说：你们一个卖，一个买，把合同签订后就消失。害得我天天等，盼望你们过来，你们就是不过来！说完，又给他们茶盅里添了茶水，说：陈光文让你们来的？两人一愣，脸上现出惊奇，不知如何回答。就装模作样看新增加的花黎制品，有个长方形的木板上，刻着隶书：人算不如天算。另一个长方形木板上刻着柳体：上善若人，厚德载物。越看，脸越红，越不好再说什么。

符恺轩说：二位能舍下脸到我这里，肯定有需我办的事情！

这时，李墨河、刘凡松已经知道来人是谁了，脸上有了警惕，还有愤怒。刘凡松攥紧拳头，睁圆两眼看他们，随时准备击出。

其中一人说：不瞒符先生说，当初我们的花黎卖不出去，陈光文帮我们设下圈套，让您买了，没想反而成全了先生。现在我们做生意有了难处，想在先生这里借一百万，以后必定还。我们给先生打借条，把身份证复印件押在这里。说着，就掏出借条、复印件，送到符恺轩面前。

符恺轩拿起身份证复印件和借条，嗞嗞几下撕成碎片，说：钱是人身上的污垢，去了生，生了去，区区一百万，何必打借条，显得我和你们多么生分。再说，世上难道没有比钱更珍贵的东西？二位现在就跟我到银行，我转账给你们。

李墨河、刘凡松站起，要陪符恺轩一块去。符恺轩挡住他们，说：我和他们是老朋友了，你们不必担心。给铝壶里烧上开水，我立马回来，咱们接着喝茶。

那两人脸上又现出惊诧，说：符先生，我们早就听说你做事仗义，明理。这次和你打交道，服啦。今天当着这两位兄弟的面说个硬话，就是符先生不让我们打借条，我们也必须还这笔借款。如果还不起，我们拿花黎顶，绝不赖账！

符恺轩说：先生言重了，现在的花黎是稀世之宝，价格还在飙升。

我已经拿了你们的花黎，岂敢再觊觎你们的宝物。我也当着这两位兄弟的面给你们说，钱你们拿去，如果赚了就还，没赚就算，三年五年十年八年，什么时候有钱什么时候还！说完，大步走出店门，给那两人说：银行离这儿不远，步行三四分钟就到。

符恺轩从银行回来，铝壶的水刚刚烧开。刘凡松见他进门，问；符大哥，凭什么白给他们一百万，谁家的钱都不是天上掉下的！

符恺轩说：你没注意，这两人进门的时候，面部肌肉僵硬，眼露凶光，假装的斯文掩饰不住内心的杀气。咱如果满足不了他们的要求，说不定会跟咱们动刀子！

刘凡松说：动刀子就动刀子，有公安局法院在，怕他们干啥！

符恺轩说：要是他们动了刀子，就是法院判他们死刑，一命抵一命，咱们值不值？他们两条命，加起来最多值一百万，我们的命值多少钱，恐怕两个亿都挡不住！我要是舍不得一百万，不定什么时候就舍去这条命！

4

时光晃到 21 世纪。盛世收藏，过去的窗框、门槛、桌椅板凳、牛轭木犁，只要是花黎，几乎用同样重量的人民币换同样重量的黄花黎。但海南花黎已经绝迹。20 世纪 50 年代末期，大炼钢铁，黄花黎坚瓷、有油脂、火猛，就把黄花黎砍伐做了炼铁的燃料。人是逐利动物，利是臭肉，人是苍蝇，倒卖花黎的风潮一浪高过一浪。政府出台了保护花黎的政策，把倒卖花黎列入犯罪条款。离博爱路不远的地方，有个西湖，西湖旁有小巷，狭窄、隐蔽，白日都稀有人通过，夜间更是绝了人迹。倒卖花黎的逐利之人，过了子夜就在这里会合，在巷子里攒动。空手的人，怀里揣着钞票。怀里没揣钞票的人，肩扛手提，都号称是海南花黎。到了凌晨两点，聚集的人有了规模，将巷子涌满。没有路灯，人影在黑暗里游动，像幽荡的鬼影。地上有灯光，极小，晕色，照着方圆三四尺的地方，光晕里摆着花黎制品，还有花黎板材、树根、原木。蹲在花黎旁的人，眼睛朝着巷子两端瞅视，耳朵捕捉四周动静。有人走来，在花黎前蹲下，打开蒙着黑布的手电，察看花黎的优劣，随之就是交易，声音极微，贴着对方耳朵说话。二百米长的巷子，数百个交易的人，没有一丝声音，寂静如入了坟墓。猛然，巷口有人惊呼，警察来啦！黑暗中的人，顿作鸟兽散，如同钻天，如同地遁，片刻就无了踪影。留下空空的巷子，沉没在夜的漆黑里。警察走后，人们像从地里钻出，天上落下，又聚集在巷子的漆黑里，又有了晕光闪烁和人影的幽动，有了交易的耳语。一直到东方发亮，黎明的亮色，稀释了夜的黑漆，这里的人又像鬼遁一样，上天入地没了影踪。人们称这里为鬼市。

刘凡松一没本钱，二没店面，做不了大的生意，又酷爱花黎。为了逛鬼市，特地请领导吃了一顿海鲜，不在晚上值班。于是，他白天去看大门，夜间来逛鬼市。警察不是白拿工资的人，化装成买卖花黎的人，扛着烂树根破木板，还有借来的老家具，也在巷子里游动。到了鬼市最高潮的时候，一颗信号弹从巷子里射向天空，特警部队封锁了巷子两端，便衣警察控制了准备上天入地的鬼影。此次行动抓捕了几百个鬼影，收缴了价值三四千万的花黎，以警方大胜而告终。次日，《海岛日报》刊登此事，引起全岛关注。久趟鬼市的刘凡松，终于被水打湿了鞋子，被警察推进囚车。

次日一大早，李墨河带着几个玩花黎的朋友，走进恺轩斋。符恺轩和往常一样，按着茶道的规矩，给他们敬茶。他们想着关进班房的家人朋友，哪有心思喝茶，给符恺轩说了昨夜的事情，尔后说：你是花黎圈子里的龙头老大，你要是不出面摆平这事情，这些兄弟朋友就要坐牢。要是中国人不敢玩花黎，人家外国人玩，走私到国外，咱的宝贝成了人家的东西……

符恺轩说：此事要尽快。我现在就起草文书，中午下班前送到领导那里。

于是，李墨河几人在书案上放上公文纸，揭开砚台盖子，把小楷递到符恺轩手里。符恺轩略一思索，在纸上写道：

> 自五八年大炼钢铁，海南野生花黎几近绝迹。现在市场上交易的花黎，都是老旧家具、死树老根，不会影响保护花黎的法令。如果打击花黎市场，不允花黎变为商品，势必使价值数万、数十万、百万甚至千万的花黎成为废物，便宜卖给走私分子，使国家珍宝流失。更可惜的是把价值不菲的花黎树根，当作烧饭木柴，使可以脱贫的农家，继续在贫困的深渊里挣扎。

符恺轩写完，李墨河拿到旁边的商务中心，复印了几份，几个人分头给领导送去。下午还没有下班，抓的人全部放出来。

两个月后，政府修改了保护花黎的政策规定：堵住源头，坚决打击砍伐花黎的犯罪行为。允许古旧家具、花黎树根、板材、农具、工艺品，进入市场流通。鬼市消失，代之的是阳市。每日晨时，随着冉冉升起的太阳，花黎友大摇大摆地来到这里。旭日散发着金丝般的光灿，照在他们身上，也照在地上摆放的花黎上。人头攒动，欢声笑语，买卖兴旺。

刘凡松拿着一条香烟，找到领导，请求把看大门的差事换到夜间，白天去花黎市场淘宝。巷子两边全是铺面，铺面前有空地，供临时经营者使用。铺面和空地上经营的全是花黎。刘凡松没本钱做不成大生意，就用小钱淘进仨核桃俩枣，变成仨苹果俩西瓜出手。遇到特别喜欢的，拿回家里，闲时拿到手里，把玩，颇有兴致，满心得意。

临近春节的一个早晨，太阳刚刚出来，空地就有了卖花黎的人。刘凡松从这头逛到那头，从那头逛到这头。游荡了五六个来回，还没有淘进东西。他看中的东西，价格太高，淘不起。看不中的东西，价格不高，不能淘，东西不行，淘进来出不了手，白费工夫还压钱。淘不进东西，就没有收入，靠看大门的那点工资，难以养家糊口，他心里郁闷、焦躁。突然，看到一个花黎树根，上边细小，下边很大，呈圆肚状，天然花瓶料。就蹲下身子，把树根抱在怀里，感觉比花黎根重，心里生出很多小狐狸，怀疑卖主在树根上搞了名堂。在这里混的人，不敢说百分之百是骗子，打对半绝对没有污蔑社会。出售的古铜钱，可能是几个月前炼了一炉铜水，倒进刻有“咸丰重宝”“祺祥通宝”的模子里，再用稀硫酸腐蚀，然后在猪圈沤上两个月，挖出来就是两千块一枚。找美术学院的捣蛋学生，临摹几幅唐伯虎的《骑驴思归图》《山路松声图》《事茗图》，用硫黄熏几天，放水缸浸几个星期，拿到太阳下暴晒了，半年后出现在这里，要价就是五十万。就是黄花黎，树干粗长，根也不细，怎么看都是极品。花上几十万买到手，运回家里，刨开一看，两端切口的格芯是真的，中间是水泥浇灌。

刘凡松满脑警惕，反复察看树根，用刀子在上边刮遍，没有黏合的痕迹，又闻树根气味，有淡淡的蜂蜜甜香，极品花黎才有这种气味。又察看花纹、格芯，确认是黄花黎根，问：多少钱出手？答：二百五十元。刘凡松见要价不高，心里惊喜，但没有说话，脸上还摆出不想要的神气。这是他的常用伎俩，目的是杀价。卖主见他不肯还价，以为自己要价高了，说：二百二十元给你，怎么样？他还是没有说话，还是做出不想要的样子，放下树根，准备离去，卖主见他要走，急说：二百元给你，我等着回家做田活哩！刘凡松看出他是没蹚过这里的新手，问：你家在哪里？卖主说：峨贤岭。又问：来回得多少车钱？答：一百元。又说：你才卖二百元，车票花去一百元，再吃上一顿饭，一百二十元就花去了！卖主说：还剩八十元，要是卖不出去，挣不来这八十元，还得花去一百二十元，来回就是二百元。刘凡松就笑，说：你的数学很好，过去要是好好读书，保证在清华北大当教授。卖主说：我上到小学五年级就不上了，我在家里的厕所上写了清华北大，肚子憋了就上清华北大解手！刘凡松被逗笑，说：你很幽默，可惜赵本山压制了你，要不你绝对能火半个地球！说完，从口袋里掏出三百元钱，说：你也是穷苦人，我不坑你。以后有了花黎，就给我送来，我给你报销车票。说完，掏出一张名片，上边印着：

中华国际黄花黎交易总公司董事长　刘凡松

刘凡松抱着树根，朝博爱路上的恺轩斋跑，进门就对符恺轩喊：符大哥，我在西湖淘到这个东西。你给鉴定一下，值钱不值钱？

符恺轩正在读司马光的《资治通鉴卷第一百五十三·高祖武皇帝》，口中琅琅有声。猛然听见刘凡松的叫喊，抬头，见他抱着很大的树根，满头大汗地挣扎到店里，急忙放下书，帮他把树根抬到书案上，围着树根鉴定。十多分钟后，才在刘凡松肩膀上拍了下，说：凡松兄弟，你淘到了宝贝，多少钱拿到的?

刘凡松说：人家要二百元，我看他可怜，给他了三百元。

符恺轩说：就目前的行情，这个宝贝最少值三十万。要是按这个树根的自然形状，修整成花瓶，肚子里再有奇特之处，更值钱！又围着树根转了几圈，用毛笔在纸上画了个花瓶的图案。

刘凡松当下就找来工匠，把花瓶图案交给人家看了。工匠当着他们的面，在顶部钻了个洞，能看见树根里的东西。树根里面，四周长着石头，大小不等。显然是树根生长的时候，将石头包在里面，年久月累，树根长严实了，石头长在树根里了。

符恺轩说：奇，这一行讲究的就是奇，奇了就稀罕，就值钱，照现在的情况，这宝贝远远不止三十万了，能卖到四十万至五十万。

刘凡松心里的喜浪一波一波地朝上翻腾，要是真能卖到四五十万，王八蛋还去给人家看大门，也开个铺面当老板。

此后，他天天抱着这棵树根，让家人搬来躺椅，躺在花黎市场的空地上，头顶遮着大伞，身边摆着紫砂壶，口袋里装着 MP3，耳机塞在耳朵，老派新潮，土洋结合，时而端起茶壶，抿上一口，哧溜入肚，吧咂一阵嘴巴，又闭着眼睛听歌，悠闲自得。有人在树根旁留步，他也不太在意，老鼠拖木锨，大头在后头，懒得跟这些小鱼烂虾费唾沫。

第四天中午，一个人走到树根前，蹲下，抱起树根，透过上部的洞口，看里面的石子。他还是像平日那样，不热不凉地看那人，端起暖水瓶，给紫砂壶里加了水，放在旁边的小凳上，又倒在躺椅上，闭上眼睛。那人欣赏良久，问：卖不?

刘凡松的眼睛眯着，却透着缝关注来人的举动，听到人家问话，装成睡醒的样子，懒洋洋地说：不卖跑这儿干什么？人家问：开价多少?

刘凡松早有符恺轩的点拨，胸有成竹，伸出一个巴掌，什么话都没说。那人问：五十万？他点头，没有说话。又问：能不能便宜些？他摇头。来人又把黄花黎根抱起，又仔细察看、欣赏，又琢磨了十多分钟，问：四十五万，怎样？他故意思考了几分钟，说：你是行家？答：行家谈不上，在这个行道混的时间长了，有些见识而已。他这才说：看在同行的面子上，成交！

有了钱，土枪就能换洋炮，他在恺轩斋旁边租了铺面，图的是遇到疑难问题，随时请教符恺轩。符恺轩给他出主意，只经营黄花黎，太单一，有时候几个月没有一单生意，但房租要付，家人要吃饭，最好再经营茶叶。茶叶生意顾住房租饭钱伙计工资，花黎赚的钱就是净赚。而且花黎生意不做是不做，做一次都是大单，少者几万，多者几十万几百万。四十五万开店，把店面装修了，付了半年的租金，置办了博古架货架，剩余的钱就不够进货。符恺轩又借给他二十万元，让他进了茶叶，剩下的当流动资金。经营花黎没有诀窍，就是低价收进，高价售出，赚中间的差价，凭的全是眼光。

符恺轩给刘凡松的店面起名：闻古斋。在宣纸上写了，又送他一块花黎，让匠人将字刻在上头，镀了金粉，悬挂在店面上头。符恺轩又给他写了几幅书法，挂在店里。刘凡松摆上几件花黎制品，又摆上几幅在尿素里泡过猪粪里沤过的仿古字画，加上几个仿古的瓷瓶。穿上府绸大褂，衣襟上拴着金链子怀表。半年不到理发店，头发盖过耳朵，跑到书店买了《资治通鉴》《四书五经》《曾国藩家书》《菜根谭》类的古书，摆在书架上，故意把几本翻开，装成正在阅读的样子，俨然一副学问人做派。天天坐在店里，品着工夫茶，接待新客老友。茶叶卖得不错，顾住店面的租金家人的生活，还有节余。隔几日做成一笔花黎生意，运气好了抓大把，运气不好抓小把，绝少赔钱。遇到品位高的花黎，自己收藏，闲时把玩，日子过得优游自在。

一日中午，刘凡松吃过午饭，觉得身困，就在太妃椅上昏昏欲睡。半醒半睡间，感觉有人进店，睁眼，一下就认出是卖花黎根的农人，扛着更大的黄花黎根。他急忙起身，迎到茶座跟前，用工夫茶招待。农人坐了几个钟头的大巴，又坐了几十分钟公交，干渴之极，一口一盅，连喝三十多盅才停下。他问：还喝不？答：喝累了，歇一会儿再喝！他把壶里的茶叶掏掉，换上新茶叶，倒进开水，让他歇过了再喝。尔后就看花黎树根，品相质量俱佳，心里欢喜，问：什么价？答：五百。再说：我给你一千！说完，从抽屉里取出一千元，又取出二百元，说：这一千元是树根钱，这二百元是车票钱。尔后，又问：吃饭没有？农人答：早上吃过饭就坐车，下车就直奔这里，哪有工夫吃饭？刘凡松说：我请你吃饭，吃过饭后，我带你去见一个人，他是黄花黎圈子的老大，人品极好。

吃过饭，把农人带到恺轩斋。符恺轩请农人喝茶，喝茶中间，问：你平时靠什么收入生活？农人答：山上不长庄稼，少有收入，日子过得艰难。就上山找当年砍掉的黄花黎根，挖来挣点收入。

符恺轩又问：树根总有挖完的时候，到时候怎么生活？

农人茫然，无言回答。

符恺轩又说：听说现在酒店最缺五脚猪小黄牛，你们那里山清水秀，没有污染，养出的猪牛绝对生态食品，很受欢迎，你为何不养猪养牛？答：没有本钱！又问：你要是大规模饲养，得多少本钱？反问：养多少算大规模？答：每年出产五百头五脚猪，出产五十头小黄牛。说：五百个猪苗，一个猪苗一百元，就是五万元。再就是五十头牛崽，一头三百块，又得一万五千元，加起来得六万五千元。雇人工、猪饲料牛饲料，又得两万多元。还得修猪圈牛舍，山上的石头不掏钱，雇人背石头就得掏钱，杂七杂八没有十万元张罗不起来。符恺轩说：我给你十二万元，你回去把饲养场开起来，也有个正经事情做。没事情干的时候，上山挖点花黎树根，由刘老板收购。

农人迷惑。现今的人，哪个不是想方设法把别人的钱朝自己腰包搂，还没听说把自己的钱朝别人腰包里塞的傻瓜，就问：你给我这么多钱，挣的钱是谁的？符恺轩答：当然是你的。农人还是不相信地问：你凭啥把钱白白给我？符恺轩说：我也不是白白把钱给你，有个条件！农人问：什么条件？符恺轩答：你每年要在峨贤岭种二百棵黄花黎木，保证成活，我和刘老板去检查，要是没有种够或者没有成活，我们就收回那些钱！农人疑问：现在种，一百年后才能成材，你这辈子就享受不上？再说，在人家的山上种树，长成材了是人家的，没有你的份，你的后人也拿不走。符恺轩说：我只是不想让这么好的东西绝种，才让你种。我们享受不上，我们的后人能享受上，前人栽树后人乘凉。这么浅显的道理，还弄不明白？

5

符恺轩收藏了一张明代弘治年间的椅子，黄花黎所做，式样大方，高贵。但年代久远，木色陈旧，没有亮光，成为符恺轩的心病。

下午，符恺轩坐在恺轩斋，还在为椅子如何光亮思虑。李墨河进来，符恺轩问：墨河兄，今天有了空暇？李墨河说：几天不到恺轩兄这喝茶，心里惦念得慌！符恺轩说：我也一样，几天不见墨河兄过来，也惦念得慌！两个人一齐朝茶座走去，符恺轩张罗烧水。

李墨河从怀里拿出一本书，说：我最近在这本书里，看到有个办法能让古旧家具增添亮色。符恺轩心里一振，问：什么办法？李墨河说：你看书，我把那一页折起来了！符恺轩接过书，书名是《明清家具史略》，折的一页上写有“汗体抚木”。符恺轩说：我从来没听说过用汗身抚擦家具，会使它们增添光亮。李墨河说：此话有一定道理，很多木质家具，越用表皮越光，就是人体摩擦的结果。

此时，刘凡松也走进店门。他穿着乳白色的府绸上衣，乳白色的裤子，上衣和裤子都宽大，上衣钮子上拴了一件金链子，绑着衣兜里的金表。头发又长了许多，梳理得很整齐，派头比省长都大，进门就喊：墨河兄，好多日子没见你了，听说你包了二奶，忙得顾不上到符大哥这喝茶了！

李墨河说：二奶可不是好东西，花钱伤自己的身子，百害而无一益，傻子才干那事情哩。你看那些当官的，凡是包二奶的，有几个不贪，有几个长寿？

符恺轩笑，说：凡松这身打扮，比专家都专家，就是世界级的大专家，也不一定有咱凡松的派头大！

刘凡松也笑，说：专家算什么，咱是花黎收藏家，比专家高几个档次。

李墨河看着刘凡松，给符恺轩说：恺轩兄，一会儿我们走后，你请几个泥瓦匠，把你家的房顶检查一遍。

符恺轩不知道他说的什么意思，说：我家的房子好好的，请泥瓦匠做什么？

李墨河说：凡松这么能吹，肯定把你家的房顶吹了大窟窿，下雨怎么办？

符恺轩明白过来，看着刘凡松笑。

刘凡松也明白过来，说：墨河兄是读书人，满肚子琢磨人的学问，恶心人还一波三折，拐了十八个弯，才让人明白过来。说完，又问：我进门的时候，看到你们在商量事情，是不是又淘到了大宝贝？

李墨河说：恺轩兄为那张弘治年间的椅子发愁。我在这本书上看到让古家具增添光亮的办法，送过来给恺轩兄看。

刘凡松说：我前些日子淘到一张民国初年的花黎椅子，也觉得木色太旧，想让它增添光亮，就是找不到办法！

李墨河说：书上的办法是汗体抚木。刘凡松说：什么是汗体抚木？李墨河说：就是用出汗的身子，摩擦家具。刘凡松说：这办法说起容易，做起来不容易。天热才能出汗，人都穿着衣服，衣服把人身上的汗隔了，很难摩擦到椅子上。再说，人要热得出汗，坚持十分钟八分钟，半个小时还行，时间长了就不行，弄不好会中暑！依我的想法，咱们要是能制造出让花黎增添光亮的东西，多好！

符恺轩思维一振，这不失为好办法。要是把这东西研制出来，那么多的古旧黄花黎家具，就会重新焕发光彩，说：凡松这办法不错，咱们两条腿走路，先用汗身子摩擦旧家具，同时加紧研制增光蜡。

椰城的七月，是最酷热的季节。午饭时，符恺轩故意喝了两大碗热菜汤，出了一身大汗，朝后院的偏房跑去。符恺轩跑进房间，把门窗关严，不让透进一丝风。疾快地脱去衣服，连内裤都不穿，坐在椅子上，用脊背摩擦椅子的靠背，用胳膊摩擦椅子的扶手，用屁股摩擦椅子的坐垫。房里闷热，像放在太阳下蒸烤的焖锅。身上像有亿万个泉眼，汗水一股一股地朝出冒，冒得越多，心里越高兴，只要能让这张老椅增添光亮，热点怕什么。过了二十多分钟，他觉得头发晕了，心发慌了，眼睛发花了，骨骼发软了。他突然灵醒过来，自己要中暑了。中暑严重了，会要人命。要是在房子里中暑，没有人知道……想到这里，挣扎着站起来，穿上内裤，刚打开房门，就倒在门槛上，昏死过去。

三天后，他从医院回来，刘凡松、李墨河来看他。李墨河在自己脸上扇了一巴掌，说：都怪我，看书上出的烂招，差点要了恺轩兄的性命！

刘凡松说：那天我都说了，你那个汗体抚木不行，人身上的汗不像自来水，打开龙头哗哗朝出冒。汗冒多了，会生病，要命的。咱们要研究出一种增光蜡，朝木器上一抹，用毛巾一擦，就锃明瓦亮，多好！研究增光蜡的事情，你们不要费心了，我一个人做。

符恺轩说：你不识字，看不懂资料。咱们要研制这东西，必须在人家产品的基础上，针对木质家具的特点，增减里面的成分。这事情还是由我来干。

刘凡松说：我听说用石蜡打过的家具，光色就亮。咱们研究增光蜡，就以石蜡为基本材料，再增加一些辅助材料……

李墨河又给刘凡松开玩笑：凡松这两年当了老板，学问还真增长了。真是三日不见，叫人刮目相看。你听他说的话，张嘴就是研究、基本、辅助，恐怕连博士都说不出这么多的名词。

刘凡松知道李墨河揶揄他，装成没听见，自鸣得意地说：昨天我店里来了个北京大玩家，吹他收藏的明清花黎家具，绝对在全国排名第一。开始我还尊敬他，陪他喝工夫茶。后来见他越吹越不像话了，好像花黎不是咱海南产的，是他北京的马路上长的。我再没说话，搬来一块上等的海南花黎，放在他面前，说：我才玩花黎，道行还浅，前几年收了这块木头，不知品位如何，麻烦先生指点。那人走到木材跟前，左端详，又观察，上揣摩，下思考，折腾了半个多小时，大声惊呼：真没想到，在刘先生这里见识了海南花黎中的珍品，稀罕呀，稀罕！我心里发笑，说：这块花黎在我店里放了三年，一直没舍得出手。先生慧眼识珠，让我敬佩，我打五折给先生，半卖半送。那人却说：此物是绝世之宝，是贵店的镇店之物，我岂能横刀夺爱。我要是买走了这块花黎，虽得了绝世之宝，却遭万人唾骂，不可为之，不可为之！说完，就溜了。连北京来的大玩家都败在我手里，谁敢说我没长进？

李墨河打断他的话，说：凡松兄弟，再过上一会儿，咱们到菜市场去，牛肉五分钱一斤。

刘凡松说：墨河兄又吹牛了，哪有五分钱一斤的牛肉，除非天下的牛都死了，今天不卖完就发臭。

李墨河哈哈一笑，说：凡松你说对了，你把全中国的牛都吹死了，说不定一分钱一斤！

刘凡松这才灵醒过来，说：话说过来，我的长进，除了虚心好学，更重要的是恺轩兄和墨河兄的点拨。常言说，名师手下出高徒。我怎么也不能给两位兄长丢脸呀！

三天后，符恺轩给李墨河、刘凡松打电话，说他把做增光蜡的材料琢磨好了，请他们过来商量。刘凡松先来了，掂着砖头样的手机。符恺轩说：凡松也玩上这东西了？刘凡松说：人家都玩这东西，我看很多杂志的封面上，大老板都拿着手机，牛屄得不得了。咱好赖也算上花黎的收藏家，该摆的排场就要摆，不能让人小看咱。你要是想玩这东西，就把这个拿去，我再去买一个？

符恺轩说：我天天在店里坐着，不出门，有店里这个电话就够了！

他们正说着，李墨河也来了，看见刘凡松的手机，又有了揶揄他的话柄了，说：凡松和人约架了？

刘凡松说：咱都多大岁数了，还和人打架？再说，自从符大哥帮我开了闻古斋，生意一天比一天好，我怎么能把自己朝牢房里送哩？

李墨河说：我看你手里提着砖头，不打架拿这玩意干啥？

刘凡松说：墨河兄落后了，这是手机，现在的大老板都玩这个。

李墨河说：凡松是大老板了，比恺轩兄的生意都大。恺轩兄都没玩上这东西，你都玩上了！

刘凡松急忙说：你说我什么都行，千万不敢说我对符大哥不恭敬。我的店都是符大哥帮着开的，平时我的进货钱不够，只要给符大哥张个嘴，十万八万二十万随便拿，借条都不让打。在咱海南岛，我就服气符大哥和你！

李墨河和刘凡松把嘴斗过了，就问符恺轩：恺轩兄，你打电话让我们来，有什么事情？

符恺轩说：这几日，我一直在琢磨增光蜡的配方，琢磨出了门道，把你们叫来商量看这个配方行不行。刘凡松问：什么配方？符恺轩说：我还是按凡松说的，把石蜡做基本材料，再配上酒精、猪油，放在一块熬，把水分熬干。石蜡可以增光，酒精容易挥发，猪油能保持较长的时间。

李墨河说：石蜡、酒精、猪油，都容易着火，熬的时候会不会失火？

符恺轩说：熬的时候，我到消防队借一套石棉衣，再带上面罩，就是失火，也伤不了人！

刘凡松说：熬制这事情，交给我来做。我是程咬金的命，闻土性，只要脚不离土，命就不绝。

符开轩说：这事情还是我来做，我把熬制的方案都思考好了，我在院子里支口锅，先熬上一点试试。成功了，再多熬。

李墨河说：锅不能支在院子里，房子里放的都是花黎，万一失火了，就不得了。把锅支到没人的荒地，就是失火了，也伤不了人，损失不了财产！

旷野。太阳刚刚偏西，天地间还一片酷热。有风吹，不大，吹来草的气息，还有野花的芬芳。百十步远的地方，有棵巨大的榕树，树根暴露，榕枝像流苏样下坠，有榕籽落下，地面上铺了一层，几只大鸟在叨食。几条水牛在树荫外吃草，偶尔抬起脑袋，对着如雪样的云，发出一声哞叫，很悠闲。有个牧牛的女子，穿得花红柳绿，仰靠在榕树上，唱着琼剧，得意忘形。田埂上，走来一个男子，穿着大裤衩，光着上身，能看见粗壮的骨骼，一疙瘩一疙瘩的肌肉，径直走到女子跟前，挨着女子坐下。女子的歌声乍停，歪在男子的怀里，温顺如乖猫，享受男子的抚摸。

刘凡松看着他们，说：他们在享受，咱们在晒太阳。

李墨河说：这就是田园之乐！我们在城里，享受了电灯电话，出门坐汽车，进门有空调，大菜吃着，小酒喝了，却成天琢磨进的货不能是假的，价格不能是高的，品质不能是差的，出的货价格不能是低的，合同不能是虚的，购货的人不能是骗的，提心吊胆。你看看人家，种上几亩水田，养上几头水牛，人劳作牛吃草，劳作累了，靠在树上，男欢女爱，闲情致怡，就是郑板桥再世，也不过如此！

符恺轩也发出长叹，说：其实，我们也完全可以这样，就是舍不得城里的富足日子。尽管我们也知道，荣华东流水，万事皆波澜。也能写出“写取一枝清瘦竹，秋风江上作渔竿”，但我们没有郑板桥的心境。

就是郑板桥，也得吃饭，也得穿衣，也得住屋，不一定能天天独坐江边，秋风钓鱼或许是他的慕求而已。我们这些人，真正要舍去花黎，舍去富贵名利，来到这里种田劳作，养牛饲猪，为孩子的学费发愁，为老屋的修缮发愁，为疾病的药费发愁，就会留恋城里的富贵。人降临在世间，就是老天让他下来经受苦难，经受熬煎，高官有高官的苦难，富贾有富贾的苦难，文人有文人的苦难，农人有农人的苦难。关键是把苦难不看作苦难，看作是享受，这些苦难就成了享受。就像咱们跑到这里熬制增光蜡，太阳晒，海风吹，冒着火烧的危险，表象上是苦难；但我们一旦研制成功了，古木家具增添了光亮，复原如初，又是一种享受。

李墨河说：古人说，听君一席话，胜读十年书。应到恺轩兄身上，真不为过。

刘凡松说：符大哥是文化人，李大哥也是文化人，说的都是学问，我是文盲，十句九句听不明白。我就知道挣钱、吃饭、过日子，用最低的价把货收进来，用最高的价把货卖出去，一不骗，二不假，该给公家交的税，一分不少，安分守法。不知什么是苦难，什么是享受。符大哥说的清瘦竹秋风江，我都不知道是干什么用的。依我的说法，人不犯法坐牢，不欺骗坑人，就没有苦难。甭说人，就是一只鸡，一天到晚都得寻食吃，不寻食就得饿死；就是牛，也得在太阳底下找草吃，不找草吃也得饿死；只有猪享受人喂养，人把它喂肥了，就杀了。

符恺轩说：凡松当了老板，学问增了不少，见解比一般人都高。

他们说话工夫，榕树下的男子放开搂抱的女子，向着稻田走去，开始了耕作。享受过男子阳光滋润的女子，也站起身子，拍打了身上的草屑，朝着水牛走去。手里的树枝极轻地在水牛的屁股上抽打，像是疼爱的抚摸。受了女子抚摸的水牛，惬意地摇着尾巴，向另一块草地走去。

符恺轩他们在土坎下边支了三块石头，把铁锅放在上头，又把酒精、石蜡、猪油放进锅里。刘凡松寻来干草、枯枝，在锅底点火。火焰一点一点扩大，等到熊熊燃烧起来，符恺轩对李墨河、刘凡松说：咱们都退后，离锅远些，万一失火了，烧不着咱们!

李墨河、刘凡松刚刚退后，锅里猛然发出嘭的一声响，火焰冒出七八尺高，把他们的头发、眉毛燎焦了大半，脸上还烧出几个血泡。

一个月后，他们又聚在恺轩斋，还是一边喝茶，一边研究增光蜡。刘凡松从挎包里拿出十多瓶地板蜡、汽车亮光蜡、木器蜡，说：这些日子我琢磨了，咱们要在别人生产的成品货的基础上，再增加咱们需要的成分。就像咱们现在把绳子一拉，电灯就亮，拿起电话把号码一拨，就能通话。要是咱从头研究电灯电话，恐怕到死都研究不出来!

李墨河说：凡松想的办法就是好。可惜你没读几天书，要是读到大学毕业，不是教授就是专家学者。

刘凡松就笑，说：我这辈子没有读书，只能看人家当专家学者，咱开店面做生意。虽说钱不比他们挣得少，但名声比人家差远了。我现在天天逼着孙子学习，指望他以后读大学，当专家学者。以后的专家学者，见了我都得叫爷爷!

符恺轩也觉得刘凡松的办法好，不管是汽车亮光蜡、地板亮光蜡、木器亮光蜡，都是为了亮光，大同小异，在它们的基础上再研究，会节省很多周折。于是，他们就打开这些亮光蜡的包装，根据气味、颜色、质感，研究含有的成分。

两个月后，他们终于研制出适合花黎家具的亮光蜡。他们把亮光蜡涂抹在弘治年间的黄花黎椅子上，三个人拿着纯棉毛巾，擦，越擦越亮，擦过二十多分钟，像刚刷过油漆样。

6

清晨，东天刚刚破晓，符恺轩就起床了，把店里店外打扫完毕，新的一天的太阳就从海面升起老高，街道的楼房上涂满了金色灿烂。他回到店里，拿起《资治通鉴》，翻到夹书页的那张，默读。有车拉一根黄花黎，到了恺轩斋门口，停，从车上跳下几个人。来人走进店里，双手抱拳，对符恺轩说：符先生，早上好！

符恺轩也双手抱拳，说：小店刚刚开门，你们是我今天的第一批客人。如果不忙，喝杯早茶？

来人说：早茶免了，一会儿还有事情。其中一个高个子说：鄙人欲购买这根花黎，想请符先生做个鉴定。

同样是黄花黎，海南生长的和越南生长的价格相差在二十倍以上。越南上等黄花黎和海南上等黄花黎，质量、外观、几乎没有差别，就是资深的鉴赏家，都难辨彼此。

来人说：我们请符先生鉴定的辛苦费，好说，符先生开个价。符恺轩说：鉴定物总价格的百分之十，这是行情。如果我鉴定错了，按鉴定物总价格的百分之三十赔偿。高个子问：签合同？符恺轩说：签合同！矮个子说：打对保？符恺轩说：打对保！高个子说：我们这根花黎，卖方说是海南花黎，如果按海南花黎的价格，应该在一千万以上，我们打一百万对保。符恺轩说：你们打一百万的对保，我就要打三百万的对保了？

他们说的对保，就是防备有人不履行合同，以后打官司，执行不了。都把该给对方的钱打到银行，各押一组密码。按照合同规定，到该付款给对方的时候，对方拿着合同要求解除密码，取走这笔款项。如果对方不给密码，谁都拿不走这笔钱。官司打到法院，不存在执行难的问题。来人把合同看了，没有异议，三方就在合同上签字。签完字时间还不到九点，高个子又提议：时间还早，我们现在就到银行把对保打了，符先生就可以开始鉴定。

从银行回来，符恺轩走到货车跟前，察看这根花黎。他极少见过这么粗的花黎，直径超过四十五厘米，长度有四米多，格的直径都超过二十五厘米，重量有两三百斤，而且是根老木，砍伐时间至少有五十年。据他掌握的史料，海南像这样的花黎已经绝迹。如果真是海南花黎，绝对是绝世国宝。符恺轩把木看过，对他们说：你们把木抬到后院的鉴定室。今天不算，从明天起的第四天早上，给你们出具鉴定结果！

送走这些人，符恺轩就给李墨河打电话，请他一块来做鉴定。

鉴定室取名为室，实际是多套打通的房间，有两个卧室，一个鉴定室，一个餐厅，两个卫生间。鉴定室内不允许有香水味、发霉味、体味、纸张味、连木质的气味都不许存在，只有鉴定室中央摆放的正宗海南花黎的气味。

头天下午，李墨河就来到符恺轩家，晚饭全是素食，豆腐、白菜、木耳、黄花、菠菜，不许食用油腻食品，作料除了盐巴，味精、大蒜、调料、醋，都不许使用。晚上必须在鉴定室里的卧室就寝。

第二天清晨，符恺轩、李墨河起床，到各自的卫生间排泄、洗漱、淋浴，换上干净衣服，又来到院子，早有家人支好香案，恭候在两旁。先是符恺轩走到香案跟前，拿起三根供香，点着，拜了三拜，插进香炉，双手合掌，对着苍天盟誓：苍天在上，草民符恺轩，受人委托鉴定花黎，绝对认真勘看，秉公而定，如有一丝偏袒，良心不容，天诛地灭，万劫不复。

符恺轩盟誓过后，李墨河也走到香炉跟前，也拿起三根供香，点燃，晃灭香头上的火苗。尔后，双手捧香，对着苍天拜了三下，将香插进香炉，双手合掌，盟誓：皇天后土，无边神明，小民不才，应挚友邀请，共同鉴定黄花黎。小可盟誓，良心居中，道德至上，不偏不向，公平公道。如有违犯，天谴地灭，五雷击顶……

盟誓完毕，进入餐厅吃早餐。早餐更为简单，米粥一碗，咸菜一碟，馒头两个，青菜一盘，牛奶一杯，调料全无。吃过早餐，两人走进鉴定室，反锁房门，任何人不得进入。鉴定有规矩，一直到鉴定结束，两人不得通气，各鉴各的，最后再向对方通报鉴定结果。

符恺轩蹲在木的切口面前，鼻子贴木，吸木的气味，品，再吸，再品。连续吸过三十多次，直到十分熟悉了木的气味，再到另一个切口跟前。又长吸，细品，又品过三十多次，又熟悉了这个切口的气味。品完两端的切口，走到树疤跟前，还是把鼻子贴在上边，吸，品，又品过三十多次，又熟悉了树疤的气味。整整一个时辰，他都在吸纳木的气味，细品木的气味。闻到了木里透溢的蜂蜜甜香，能发出这种香味的花黎，在海南花黎中属极品中的极品。品鉴过了这根木的气味，他走到隔壁房间，房子中间摆放着海南花黎标本。他又像刚才那样，蹲在标本的切口前，鼻子贴着切口，吸它的气味，品，把它的气味和那根木做比较。在这个切口跟前闻了三十多下，又到另一个切口跟前，还是把鼻子贴着切口，闻，品，鉴别，又忙了一个时辰。尔后坐在木沙发上，回味两根木的气味，比较它们的差别。半个时辰后，得出结论：被鉴木的气味，属于海南花黎的气味。

符恺轩鉴定木的气味时，李墨河进行另一方面的鉴定。他搬来小凳，坐在被鉴木的切口前，用干净毛巾擦去切口的灰尘，用花黎做的椰头轻轻敲打中间的格芯，认真倾听，硬木敲打硬木的声音，清脆，带有金属敲击的亮音。亮音里蕴含木质击打木质的润腻，坚而不脆，柔而不软。他敲一下，听一声，琢磨一阵。又敲一下，又听一声，又琢磨一阵。鉴别完这个切口，又用同样的办法鉴别另一切口。把两个切口鉴别过，又刮去树疤上的浮皮，露出树疤上的格芯，又用榔头对着格芯敲打，倾听。一个时辰过后，他朝另一房间走去。恰好符恺轩走出，照面，都没有说话。

李墨河又敲打花黎标本的格芯，倾听声音，思考这个声音和刚才声音的异同。敲过这个切口，又敲另个切口，两个切口敲过，坐在木沙发上，琢磨两根木在音质上的区别。半个时辰后，得出结论：被鉴木的硬度和细腻度，属于极品海南花黎的木质。

午时，保姆送来午饭，摆放在小小的餐厅里。午饭也简单，一盘豆腐，一盘炒鸡蛋，一盘竹笋、一盘青菜，冬瓜海螺汤，米饭。两人分坐餐桌两边，相视无言，默默就餐，一切都按规矩行事。午饭后，保姆端走剩饭、碗筷。两人走出房子，在院子散步。午时的太阳正酷，院里有几棵荔枝树，树叶遮下一团阴凉。他们分别站在两抹树荫里，扭身子踢腿，活动身子。到了午睡时间，就朝鉴定室走去。李墨河见他朝鉴定室走去，也停止轮胳膊踢腿，跟着朝鉴定室走去。鉴定室里有两个房间支有床铺，布置得和酒店一样，干净、整洁。他们走进房间，脱去外衣，换上睡衣，倒在床上，午睡。鉴定期间必须坚持正常作息时间，睡眠不足，就会体力不支，难以从蛛丝马迹中发现它们的差别。真假之间，往往只有一丝差异，一丝之差，谬误千里。

两点半，起床，他们又到洗脸间，洗澡，刷牙，继续下午的工作。

符恺轩开始对木的质感进行鉴别。他坐在木的切口前，抚摸着格，手指有细润滑腻的感觉，像抚摸极品玉石，感觉到琥珀般的剔透。他闭上眼睛，凭借心灵，感觉到玻璃釉般的晶莹。又睁开眼睛，观看木质的底色，干净、清澈、鲜亮、沉稳、纯正、温厚。鉴别过这个切口，又坐在另一个切口前，察看、观赏、享受。最后，连树疤切口的木质都鉴别了，才到另一藏室，观看海南花黎标本，进行比较。一直到夜幕降临，才判断这根木的质感属于海南花黎。

吃过晚饭，符恺轩、李墨河结伴散步，行走在沿江长堤。江边垂柳成行，绿荫延伸。有风吹来，垂柳微微摆动，像美人扭动的腰肢；江面宽阔，流水平缓，水质清澈，有小舟顺水而过，轻盈快捷。有水鸟在江面上空飞翔，飞出各种姿势，像在空中作画，却没有留下墨迹。行人三三两两，三人以上为伍者多是家人、朋友、老乡，两人相伴者多为情侣、夫妻，也有偷情者。河道风吹来，在脸上身上抚摩，人就觉出风的凉爽，觉出江水的美丽、垂柳的美丽，觉得自己身在美丽之中，也变得美丽。

他们没有说话，还在思考白天鉴定的内容。鉴定如此贵重的黄花黎，万一出了差错，在圈子里就身败名裂，威信一败涂地，还要赔偿三百万元。符恺轩的钱都收购了黄花黎，家里拥有价值上亿的黄花黎，除了这三百万专用打对保的资金外，有时候连买斤猪肉的钱都没有。

两个小时后，他们回到鉴定室。走进各自卧室，就寝。次日，他们又鉴定了木的纹理、木性。又用焚烧木屑的办法，鉴别燃烧后的香味。又把这根木的切片，放置天那水中，数小时之后，水面就浮有一层荧光液。第三天，对格芯进行鉴定。花黎原木常常出现这样的情况，有的原木周边的腐木吃掉中间的格芯，有的格芯吃掉周边的腐木。更有甚者，一些贪财之徒，将木的中心填上水泥，两端用有格芯的木封好，冒充有格芯的黄花黎。

第三天下午，所有鉴定全部做完，开始书写鉴定书。尔后，两人都回到茶座跟前。符恺轩烧水，按照工夫茶道的程序，品过三盅，才拿出鉴定书交给对方。双方一致认定：被鉴的黄花黎的产地是海南。大功告成，李墨河轻松地说：恺轩兄，晚上我请你吃饭，我有一瓶没舍得喝的茅台，今晚把它喝了。

符恺轩没有说话，摇头。

李墨河疑惑，问：当今中国，对花黎的认知能超过我们俩的还没有发现。我们都鉴定这根花黎的产地是海南，谁敢说它的产地不是海南？

符恺轩说：我突然觉得咱们的鉴定有问题。

李墨河大惊，问：凭什么说咱们的鉴定有问题？

符恺轩说：感觉！

李墨河说：感觉不是科学，我们的鉴定都是按科学方法操作的！

符恺轩说：在很多事情上，感觉的准确性常常超过科学！

李墨河问：照你这么说，咱们三天的工夫就白费啦？

符恺轩说：要是对自己的鉴定没有百分之百的肯定，别说三天，就是三十天、三百天，都是应该的！

李墨河说：你说的这些我都懂，我只是想知道，你为什么突然感觉我们的鉴定有问题？

符恺轩说：我是从历史角度感觉的，1958年大炼钢铁，花黎几乎被全部砍伐，留下的极为稀少。这么粗的花黎，生长期起码二百年以上，怎么能逃过那场厄运？我的意见，再仔细观察这根花黎，说不定还能发现别的东西。说完，站起身子，朝花黎走去。

符恺轩叫来家人，把花黎木翻了身。家人离开后，两个人又围着花黎察看。突然，符恺轩指着一个斧砍的痕迹，说：斧头砍的！

李墨河也看，说：是斧头砍的！

符恺轩说：海南花黎极为珍贵，人们绝对不会用斧头在上边砍。越南花黎相对较多，价格不贵，斧砍现象比较普遍。

李墨河说：就凭这个斧砍的痕迹，就说它是越南花黎？

符恺轩说：当然不能凭这一点就说它是越南花黎！

李墨河说：我们把所有的方面都做过了鉴定，都证明它是海南黄花黎。

符恺轩说：还有一个方面没有鉴定，也没有办法做鉴定！

李墨河问：哪个方面？

符恺轩说：气质！说完，闭上眼睛，脑海里浮现出一对孪生姐妹，身材五官极为相像，父母都难以分别哪个为姐，哪个为妹。两岁时，姐被送入皇宫，接受琴棋书画、吟诗对联、刺绣针织的训练。到了十八岁，出落得高贵典雅，明理知礼，举止有度，文质彬彬，大方端庄。妹被送到山林猎户之家，接受爬坡攀山、骑马射箭、徒手格斗的训练。到了十八岁，练就了一身猎人工夫，攀山如鹿，上树如猴，骑马如步，射箭百步穿柳，徒手与熊搏斗，直言豪爽，生死不惧，清纯质朴。十八岁那年，姐妹穿上同样的服装，几乎所有的人，一眼就看出，哪个为姐哪个为妹。凭的是什么，就是气质！海南花黎和越南花黎就是一对孪生姐妹，尽管长相完全一样，但气质绝不一样，我们要对它的气质进行鉴定。

他们又让家人把海南花黎标本抬到这间房子，和被鉴定的花黎并排放在一起。两人端坐旁边，认真观赏。时间一分一分消失，黄花黎一点一点幻化。海南花黎标本幻化成宫廷美女，步履姗姗，琴棋书画，填词作诗，轻声燕语，仪态万方。受鉴黄花黎，幻化成乡野村姑，快步登山，骑马射箭，播种收割，引吭高歌，自然淳朴。符恺轩猛然把大腿一拍，疾呼：这根是越南花黎！尔后，拿起桌上的鉴定书，一撕两半，写出新的鉴定：受鉴木为越南花黎，应同海南花黎等价！

李墨河不解，问：既然是越南花黎，为何要与海南花黎等价？

符恺轩说：质地相同，为何价不能相同？

次日上午，委托鉴定花黎的人来到恺轩斋，围着长条桌坐定。符恺轩、李墨河坐在他们对面，郑重地拿出鉴定书，双手递给他们。他们看后，大惊，木的主人说：这是我们三代人珍藏的花黎，怎么可能是越南花黎？

符恺轩说：我们只对这根木做鉴定，不考虑它的出处。如果你们不相信鉴定结果，可以再请高人鉴定。只要证明我们鉴定错误，我们按合同规定进行赔偿。

委托人中的购买者，轻松吁气，说：幸亏你们鉴定出它是越南花黎，否则我当海南花黎买下，就吃了大亏。

符恺轩说：尽管这是越南花黎，但品质档次绝不次于海南花黎，理应与海南花黎同价！

出售者脸色由阴转晴，问：先生此话怎讲？

符恺轩说：同质为何不能同价？难道就因为它出身于越南而不是海南？

李墨河说：我和符先生鉴定了三天，一直都认为此木是海南花黎，直到把鉴定书写好了，还认为是海南花黎。突然，符先生从斧砍的痕迹中产生了感觉，又从感觉中鉴定此木为越南花黎。

黄花黎的主人问：符先生，你是如何凭感觉鉴定出它是越南花黎？

符恺轩讲，如果是海南花黎，绝对不会有人用斧头砍它。又讲了海口宾馆前边的女子，有小姐，有良家妇女，但过往的人一眼就可以看出哪个是小姐，哪个是良家妇女……

委托鉴定的买卖双方，都接受符恺轩、李墨河的鉴定。当下，就到银行，解开对保密码，付给符恺轩一百万鉴定费。符恺轩要转给李墨河五十万，李墨河推辞，说：生意是你揽下的，最后的正确鉴定是你做出的，我怎么能分一半鉴定费？

符恺轩说：如果没有你来，可能鉴定错误，不但拿不到一百万的鉴定费，还要赔偿三百万。何况，我们之间的交往，不是通过金钱来促成的！

晚上，符恺轩、李墨河、刘凡松又聚在恺轩斋后院，荔枝树下支了八仙桌子，桌上放着李墨河几年没舍得喝的茅台，还有几样菜肴。还是个有月亮的夜晚，月光透过荔枝树的枝叶，在八仙桌上印出斑斑点点。天地间盈满水雾般的柔光，柔光随着微风，碧波荡漾，湮没了房屋，湮没了街道，湮没了院落。到了这个时辰，铺面关门了，吃过晚饭出来散步的人也悄无声息。隔壁的老者拉起了二胡，琴声悲怆激愤，缠绵悱恻，如泣如诉。刘凡松听得痛彻肺腑，问：恺轩兄，这人拉的什么曲子，听得人心里沉沉地难受。

符恺轩没有说话，李墨河给刘凡松说：拉的是《江河水》，说的是一对夫妻，丈夫被官府抓去服苦役，被折磨而死。妻子闻讯来到当年送别丈夫的江边，面对滔滔江水，回忆往事，痛不欲生。

琴声停了，三个人还浸淫在忧伤感怀之中。过了五六分钟，刘凡松才拿过酒瓶，自嘲地说：听琴声流眼泪，替古人伤心！喝酒，庆贺恺轩兄、墨河兄又做了一单大生意！说完，先给符恺轩杯里倒酒，又给李墨河杯里倒酒，最后才给自己杯里倒。倒过酒，端起，说：今晚咱们把这瓶酒喝完，先干一杯！李墨河也端起酒杯，看符恺轩。

符恺轩端起酒杯，说：前些年，只要喝酒，都少不了陈光文，咱们四个也算是至交。没想到，几十年过去，在这里喝酒的人，由四个变成三个！说完，眼泪涌出，顺着脸颊潸潸流下。过去，遇到鉴定花黎，都是他和陈光文合作。

李墨河心里也有了沉重，说：光文被四十八万杀死了，不值呀！他要是走正路，这辈子能挣多少个四十八万！

刘凡松说：说他干什么，恺轩兄老给咱们说，木分花黎紫檀，人分三六九等。陈光文就是不入等的人，说他败咱的胃口！

谭家堡

1

腊月三十一大早。我刚从炕上爬起，就闻到灶房里纯麦面蒸馍的气味。一年都没闻到这种香味了，要不是过年，谁家舍得蒸纯麦面馍，日子还过不过？我使劲吸了下鼻子，蒸熟的纯麦面馍散发的气味太香了，刺激嘴里像装了水泵，泵出一股一股的馋水，我饿狗闻见骨头似的朝灶房跑。

我妈坐在灶台前拉风箱，吧嗒吧嗒，像说快板书的人打竹板，节奏里都蕴含着过年的喜庆。灶膛里冒出的火焰，映在她脸上，满是灿烂。我妈见我进来，站起身子，说：烧火！我又朝肚里咽了口馋水，说：蒸馍味这么重，肯定熟了？我妈说：再蒸一会儿，难得做次白馍，要是夹生了，多可惜！我坐在风箱前的木墩子上，给灶膛里塞了几根苞谷秆，灶房里又喧起打竹板的响。

乳白色的蒸气一团一团地从笼里朝出冒，弥漫了灶房，冒到院子里，在堡子里飘荡，和旁人家冒出的蒸气汇聚在一块，整个堡子都弥漫麦面蒸馍的香气。过年了，再不行的人家都得蒸一笼纯麦面蒸馍，要不会招人议论：那家人抠雀屄嚎指头，大过年还吃杂粮馍！

我太想吃纯麦面蒸馍，给我妈说：都蒸了这么大工夫，肯定熟了。我妈说：你是急着想吃。我说：一年都没吃过白蒸馍，咋能不想吃。就是狗，还盼着骨头啃。我妈说：人一年都吃不上一次肉，哪有骨头给狗啃！

又过了三四分钟，我妈才说：不要给灶膛塞苞谷秆了！随之，揭开笼盖，一团更浓的乳白翻滚着朝房顶冒去。馍蒸熟了，要立即把笼盖揭开，要不，热气会变成水珠，落在蒸馍上，就有水浸过的痕迹，难看，也不好吃。我妈手脚麻利地把蒸馍朝案板上放，案板早就扫干净了，蒸馍一个挨一个摆在案板上，白生生，暄乎乎，冒着热气。我觉得这是世界上最好的东西，除了爹娘比啥都亲。我急忙站起，拍身上的灰土，我妈就喊：拍啥哩，灰落在蒸馍上，叫人咋吃？

我说：谁要是白给我吃蒸馍，甭说灰落在上边，就是把唾沫吐在上边，照吃不误！说着就跑到案板跟前，抓起一个蒸馍，蒸馍烫手，我又急忙扔到案板上，朝手上吹气。我妈说：馍蒸出来就是给你们吃的，迟早也不在这一会儿工夫。我又抓起那个蒸馍。这回不太烫手了，我把蒸馍在手上来回倒了几下，就要朝出跑，想到堡子中间的老槐树下看热闹。我妈叫住我，说：给你两毛钱，到老槐树下请幅对子回来，后晌贴上。

堡子的人请文秀老汉写对子，都说请，不敢说叫。我把蒸馍放在案板上，从母亲手里接过钱，塞进衣兜里，又抓起蒸馍朝外跑。我妈的话又挡住我：把馍吃完再出去。你捧着馍出去，碰见人让还是不让，不让显得没礼性，让了你吃啥？

我停住脚步，站在灶房里，吃馍。我舍不得几口就把馍吃完，好事多磨，也不能像碎娃那样，伸着长舌头狗样地在馍上舔。就撕，一次撕一点，细细嚼，细细品。纯麦面蒸的馍有种醇香，很厚实，嚼在嘴里，余味绵长，经久不息，全身都滋润。一直把馍嚼成糊涂状，在嘴里吧嗒几下，才咽下去。

我妈不忍心我馋成这个样子，说：把对子请回来了，再吃一个。娃也可怜，一年难得吃上一次白面蒸馍！

足有十多分钟，我才把馍一点一点吃完，给我妈说：我请对子去了！

我们谭家堡是比较大的村寨，村子有四条街道，东街、西街、南街、北街，四条街道交汇的地方有块空场，中间有棵老槐树。这阵子，老槐树下支了两张桌子，桌子上放着大红纸，还有几幅写好的对子，一本《对联大全》。桌子旁摆了张太师椅，文秀老汉不写字时坐在上边，带着石头镜子，两只手筒在袖子里，眯缝着眼睛，谁也不看。桌子周围站了几十个闲人，看热闹，全是男人和娃们，这是乡村大聚会，没女人。女人都在家忙活年饭，哪有工夫到这里谝闲？

天气太冷了，西北风刮着，发出呼呼的啸音。老师讲地理课的时候，说西北风是从西伯利亚刮来的，西伯利亚是地球上最冷的地方，冰有几十丈深，几万年都没消过。风，刮起地上的树叶，在空中飘逸，有几颗槐角从树枝上落下，有一颗落在桌子上。人们都把手筒在袖子里，缩着脖子，把流出的清鼻涕朝鼻子里吸。还有人捏着鼻子，擤，擤出浓稠的黄鼻涕，甩在地上，自言自语：睡热炕，上火，鼻涕都变成黄的了！

我跑到老槐树下的时候，刚好满满来请文秀老汉写对子，恭敬地把两毛钱放在桌子上，用镇尺压好，说：文秀爷，麻烦您写幅对子！文秀老汉瞥了钱一眼，说：满满你也真是的，请对子来人就行了，何必带钱过来，乡里乡党咋能收你的钱？满满说：我知道您不图我的钱，但写对子的纸、墨、笔，都要掏钱买，我给您的是笔墨纸张钱。我上张家堡的集上看了，人家一幅对子要五毛钱，还没您写得好！

文秀老汉搓手，给手上哈了哈热气，又搓了几下，而后把裁好的大红纸摆正，拿起毛笔，问：写啥对子？满满说：我小学都没毕业，狗看星星一片明，哪知道啥对子好，您看写啥好就写啥。文秀老汉指着桌子上写好的几幅对子说：你看这几幅咋样，要是行，我就写。要不你看书里的对子，你看中哪个我写哪个。满满说：您随便写，只要是您写的，我都喜欢！

我凑到桌子跟前，看上边写好的对联：

家藏千卷书，不忘虞廷十六字；目空天下士，只让尼山一个人。

荷风送香气，松月生夜凉。

斗酒纵观廿四史，炉香静对十三经。

室雅何须大，花香不在多。

这些对联，我有的能看懂，有的看不懂，堡子里能看懂对子的只有高中毕业生拴牢。文秀老汉把这些对子摆在桌子上让乡党看，乡党越看不懂，越显得他学问深。一加一等于二，人人都懂，但不是学问。

文秀老汉给满满说：我给你写副“春满人间百花吐艳，福临小院四季常安”咋样？满满立即说：你说的还有啥问题，就写这副！说着，捏起砚台上的墨锭，装模作样在砚台里研磨了几下。天气太冷，砚台里的墨汁虽说没被冻住，但稠了许多。

文秀老汉把毛笔蘸饱，在砚台边把笔锋滗了，闭上眼睛做了个深呼吸。人们全围上来，站在桌子旁，大气都不敢出，等着欣赏他写对子。他把眼睛睁开，又把笔锋在砚台边滗了下，在第一张红纸上写下上联。随之，又把墨汁蘸饱，在砚台边把笔锋滗了，又挥笔写了下联。写完，满满就要揭，文秀老汉立即挡他，说：不要揭，等墨干了再揭。满满赶忙说：我不揭，等墨干了再揭。

拴牢也站在桌子跟前看文秀老汉写对子。满满的亲兄弟道道看了他一眼，说：拴牢，你都读完高中了，也写几幅，露一手。拴牢脸上有了尴尬，身子朝后缩，不高兴地说：我啥时候把你得罪了？

文秀老汉说道道：现在的洋学堂，做的是洋学问，不讲究写毛笔字，你也甭难为拴牢。话说过来，就是讲究写毛笔字，也不是谁都能写的。这是书法，要练，不临上几十年帖，甭想练出来！我八岁就开始临帖，几十年都没断过，才写到现在这模样，离书法大家还差得很远！

道道说：我不是难为拴牢。现在的洋学生差远了，学问没做多少，就学会了谈恋爱，下了晚自习，一男一女就钻进苞谷地，搂着啃嘴，啃得吧哧吧哧，比老母猪啃红苕都响。

人们都笑，有人问拴牢：拴牢老实交代，谈过恋爱没有？

拴牢说：咱家穷得啥样的，谁跟咱谈？谈恋爱需要经济条件，要给人家买手绢、笔记本、钢笔，有了这些东西才能产生感情。爱情就像白蒸馍，经济基础就是麦面加柴火，没有麦面和柴火，只能喝风屙屁。咱要是工人阶级，没有这些人家女娃照样抢着跟，说不定还倒灌洋蜡打倒贴。拴牢到底是高中生，形容词比喻句说得一串一串，还都是实话。我们堡子处在工厂和农村的混杂地带，每天都能看到工人的享受，农民的可怜。工人八点上班，农民已经在地里苦了半个时辰。工人后晌六点下班，农民还得干一个时辰才能收工。工人夏天有电扇，冬天有暖气；农民夏天太阳晒，冬天北风吹，风刀雪剑，暴雨雷电，哪一天不在身上砍？工人月月开工资，农民一年决分一次，全年的收入没有人家一个月的工资高。年轻女工要不是神经病，绝对不会嫁给农民，农村姑娘都想方设法嫁工人，工人裤裆里装的都是金元宝和优越性。农村小伙找不来媳妇，心里不平衡，凭啥工人过共产主义，农民过资本主义？

没过多大工夫，道道又给拴牢说：拴牢你还傻着哩，世上干啥事不投资，手绢笔记本钢笔能值几个钱？你现在花了小钱，把恋爱谈成了，到时候省一大笔聘礼钱，哪个多哪个少，傻子都能算过来！

拴牢说：你也上到初中毕业了，咋没谈个女同学带回来，跑到蓝田找媳妇？

道道说：我那时候跟你现在一样，傻着哩。现在后悔来不及了，我把教训传给你，就是不让你后悔！

拴牢说：就算我跟人家谈上了，能不能把人家娶回家，还要看人家妈的脸色。世上哪个丈母娘不爱钱？咱没钱只能把人家的女子看上两眼半，最后还是眼睁睁地看着人家做了别人的婆娘，咱还是干尿打得炕沿子响。

道道走到拴牢跟前，搂着他的脖子说：你没娶媳妇，没经验，哥给你传授经验。你以为谈恋爱就是给人家送个手绢钢笔，再搂着亲个嘴就完了？咱要有目的，把她娶进门为最高目标。你要想办法要她主动提出跟你结婚，逼着你娶她当媳妇，这事情就成了！

拴牢说：我没听过世上还有这事情？

道道说：我这不是给你支招哩？你挑个没有月亮的黑夜，把她约到苞谷地里，给人家沟子下边垫块手绢，你再挨着人家坐下。这时候不能着急，要温水煮嘎犊子（青蛙）——慢慢来。先给人家说好听话，比如我一天离了你都受不了，你是地球上最漂亮的女娃，啥话肉麻说啥话。最多说上十分钟，就把她的心说动了。

道道正说着，他那个蓝田县娶回的媳妇兰兰端着一碗鸡蛋跑过来，吼叫声老远就杀过来：我都快忙死了，你跑到这凑热闹！家里的对子还没请，水缸也空了。你把对子请了，赶快回家担水，把水缸担满，要不过大年还要担水！兰兰跑到道道跟前，把鸡蛋碗朝他怀里一塞，说：你给咱文秀爷说，家里实在没现钱了，这几个鸡蛋给老人家补补身子！道道端着碗走到文秀老汉跟前，说：家里实在没现钱了，就这几个鸡蛋，给您老人家补补身子，请您一副对子！文秀老汉立即端正脸色，说：我啥时候说过给你们写对子要钱，快把鸡蛋拿回去，过来取对子！

道道赔着笑脸说：我知道您不贪财，这是我的一点心意。您不接下这几个鸡蛋，您落下了好名声。我欠了您的人情，心里难受。您要是不想让我心里难受，就把我的鸡蛋接下。其实，这不算个啥，只要鸡活着就能下蛋，咱还能缺鸡蛋！

文秀老汉再没说啥。旁边的桌子上摆了几个盆子，没有现钱的人家，有的送来麦子面，有的送来苞谷珍，还有的送来小米。文秀老汉又摆上红纸，琢磨了一阵，写下了：

喜居宝地千年旺，福照家门万事兴。

他给道道写完，我走到跟前，把两毛钱放到桌上，还没来得及用镇尺压，一阵风刮过来，把钱刮跑，我就追。风大，把钱刮出去十多丈远，我才追上，把钱在手里拍了几下，骂：你跑，我还追不上你了！回到桌子跟前，再没敢把钱朝桌子上放，塞到文秀老汉手里，他没推辞，说：忠轩，你说写啥内容？我说：写啥都行。文秀老汉说：你都是回乡知青了，属于知识分子，咋能说我写啥都行？我说：我说起是中学生，其实只上了一年中学，学校就停课闹革命了，只能说比小学生强一点。

我六岁上一年纪，十二岁小学毕业，上初一十三岁，学校就闹“文化大革命”，我就成了回乡青年。参加劳动年龄太小，读书又没地方，就在村里闲逛。文秀老汉非要我说出写的内容，我就拿起《古今对联大全》，在里面找，随便指了一条：

弹指声中千偈了，拈花笑处一言无。

给文秀老汉说：就写这一条。其实，我只识其字，不知其意，不知道这副对子是啥意思。

文秀老汉问：你读懂这副对联了？我说：不懂。文秀老汉说：不懂还选它？我说：我觉得它有意思。文秀老汉：到底还是要上学哩，忠轩挑的这副对子就是有学问。

文秀老汉把对子写完，还是让等墨干了后再揭。趁这个工夫，文秀老汉问我：忠轩，学校不开课了，你们这些学生娃娃干啥？我说：低年级的在家，高年级的造反。文秀老汉问：造啥反哩？我说：造老师的反，造封资修的反，凡是过去的东西都要造反。文秀老汉说：过去的东西都是几千年的老祖宗一点一点规矩下来的，不是你们说反就能反掉的。像君君臣臣、父父子子，三纲五常，仁义理智信，忠勇刚烈，哪一点不对？要是没有这些，世事不乱套了！你说现在工人不干工，学生不上课，都在造反，要是农民再不种庄稼，一个国家那么多人，吃啥喝啥？吃屎都没有，屎还是粮食变的！

我说：我没造反，也不知道人家为啥要造反。我只知道肚子吃饱了不饥，衣裳穿多了暖和，钱多了日子过得颤活（舒服）。

文秀老汉说：你说的就是道理，还是大道理。不管哪个朝代，不管谁坐江山，都得让老百姓把肚子吃饱，衣裳穿暖，日子过得富足，这才是治理江山的根本！

我这个初中一年级就不得不辍学的农村少年，不懂这些道理。我甚至高兴学校停课闹革命，你闹你的革命，我玩我的玩耍，多好！那些江山、社稷、朝代、治理，就像月球、星球，与我屁关系都没有。就是把红旗插到喜马拉雅山上，顶不上给我一个白蒸馍。

谭家堡最美艳的秀娟走过来，小伙子们像谁喊了口令，目光唰地转过去。二驴、三骡子还朝秀娟跟前走了几步，二驴问：你也来请对子？秀娟说：过年了，说啥也要贴幅对子。三骡子把桌子跟前的人一拨拉，说：文秀爷先给秀娟写，秀娟忙着哩！人们看着他俩，笑，马驴小声说：他心里蹊跷啦！

2

我们谭家堡旁边有条公路，叫太华路，太华路两边的田地全是我们堡子的。到了夏天，锄苞谷是件非常难受的活路。苞谷长到一人多高，杂草铺了一地，不把杂草锄掉，草吸地里的养分，苞谷就长不好。锄地还有一个好处，就是保墒，把地表层的土锄松了，下边的墒就保住了。一年中最热的三伏天气，钻进苞谷地里，苞谷秆密不透风，汗流浃背，如入蒸笼，憋气，窒息，随时都可能把人热昏过去。我无学可上，只有到生产队挣工分。我光着上身，身上的汗像刚从河里上来，被苞谷叶子上的刺划出道道血痕，横竖交错，整个身子都变成鲜红的颜色。血痕被汗水浸渍，刺痛难忍。汗水湿了头发，流过额头，流到眼里，涩痛，刺痒。用满是汗水的胳膊在眼上擦，更加涩痛，更加刺痒。

我只有十四岁，发育又差，身瘦，个矮，骨头细，感觉锄头非常沉重，举起时像举着泰山，每锄一下都要费很大力气。生产队集体锄地，几十个人摆成一溜，宽度一样，力气大的锄在前边，早早到了地头，就倒在地上歇息。人家已经锄到地头了，我还在半途挣扎，力气越来越少，挣扎的速度越来越慢，挣扎到地头，走出苞谷地的瞬间，感到一阵清风吹来，涤荡了苞谷地里的溽热、憋闷、窒息。我长长吸口气，把锄头朝地上一扔，身子一软，倒在人行道的枫树下，啥话都不想说。我十分清楚，我就像套进车辕的骡驹子，开始了一辈子的苦累，天不亮就下地，天黑才收工，夏天酷热像鏊锅烤，冬天冰寒像钢刀剐，背负苍天，四蹄扒地，一年三百六十五天，三百六十天吃不上麦面蒸馍，连红苕苞谷珍也不是顿顿都有。到了该娶媳妇的岁数，跑到比谭家堡更穷的南山、甘肃，找个媳妇，生娃，传宗接代，苦劳苦挣地过一辈子，老师教的形容词排比句，用不了两年都还给老师了，最多能看明白工分账。到附近工厂里当工人，那是想都不敢想的事情，工厂招工，明码规定必须是城市户口。咱是农民户口，政府是咱的后娘。龙生龙，凤生凤，老鼠生来打地洞，我们生来就属老鼠，不打地洞还想像龙凤样上天飞舞？

离苞谷地大约两三公里，有家国有工厂，占了很大一块土地，有厂区，还有福利区。我们堡子的人养的鸡，鸡下的蛋，堡子里人都舍不得吃，拿到这家工厂的福利区卖钱，用来买盐买醋打酱油，再用来买布买料做衣服，还要积攒起来盖房，娃大了要娶媳妇——没有房子谁跟？看着自己辛苦养大的鸡，鸡下的蛋，进了别人的嘴，心里就不平衡。都是人，凭啥工人有钱花，农民受可怜？心里对工人有了仇恨，好像他们把我们的钱抢去了，他们让我们受苦受累受穷受可怜！

突然，从城里方向走来一个姑娘，穿着白色长裙，头发飘曳到肩膀上。马驴最先看见，惊叫：真美扎啦！

3

光阴像马车的轮子，轱辘着轱辘着就是好几年，我不知不觉回乡三年多了。我十七岁那年，已经评上全劳力了，上一天工可以挣到十个工分。大人干的活路，我都可以胜任。

我第一次跟车了。

生产队的马车、头牯，在农闲季节给公家单位拉脚，给煤店送煤，给工地拉沙子，挣一些钱，我们统称搞副业。吃粮靠土地，分钱靠副业。车户负责吆车，跟车的负责装车、卸货。吆车跟车除了工分之外，还有两毛钱的出差费。节省的人，出门带上自家的窝头、蒸红苕，晌午在货主单位要碗开水，节省的两毛钱可以给家里买盐；积攒的多了，给娃交学费买作业本，给老婆买布料做衣裳。不节省的刚好够买一碗羊肉泡馍，自己带的锅盔、饼子。赶到中午时分，找到羊肉泡馍的饭馆，两毛钱买个牌子，把自带的锅盔饼子掰到碗里，一碗香喷喷的羊肉泡馍就能吃到嘴里了。

五更时分，我们一行马车就吆到太华路上。这是工厂和农村交错地带，工厂的灯光照得天地间少了黑暗，有了朦胧的光明。这个时候，人们都在酣睡，六合间万籁无声，能听见头牯蹄子叩击柏油马路的声响，还有脖子下边铜铃的脆响；能看见头牯的铁掌叩击路面石子迸发的火星，稀疏，璀璨。寒风在刮，马路两边全是冻霜，呈现灰白的颜色，蕴含着刺人骨心的冰寒。我们身上带的被窝里的温馨，不到抽锅旱烟工夫，就被冲刷完了，觉得全地球的寒冷都对着我们袭来，我们像腌在冰窟窿里的萝卜，都坐在头挂车上，缩着脖子，簌簌发抖。

马驴禁不住嘟囔：驴日的能把人冻死！道道又逗马驴：咱们这些人都没说冷，就你一个人说冷，你昨黑没做好事，把身上的火气泄了！马驴说：我在自家婆娘身上泻火，上不犯国法，下不犯村规，骑驴又没压你腰杆疼，你提哪门子意见？道道说：我是操心你的身子，那事情弄多了，损寿。

马驴不说话了，看着不远不近的工厂，过了好大工夫才说：当工人就是好，除了月月拿工资，供应口粮，还不用起五更爬半夜。这阵还倒在热炕上，搂着婆娘受活！可怜咱这些农民，攒了几辈子的钱娶个婆娘，天不亮就搂不上了，不到五更就得爬起来上道，冻得像龟孙子！道道叹了口气，狠狠骂了一句脏话。

我回到农村三年了，尽管忧虑还围着脑袋旋转，还觉得世事不公，还不甘心像父辈那样挣死累活地度过贫困的一生，但刚回农村时的愤怨、不满、焦灼、沮丧，还是被岁月消磨了许多。我说：这就是命，命到这了，说啥都不管用。很多事情，不是你个人努力可以决定的。就拿我们这些学生来说，拼命读书能咋，公家不招生了，学习成绩再好也白搭。

坐在车辕上的文秀老汉说话了：忠轩说得对着哩，古书上都说谋事在人，成事在天，诸葛亮那么大的本事，七出祁山都没有成功。话说过来，不管哪个朝代，都离不开读书人，没有读书人咋么治理江山？依我的看法，公家不招生，也是暂时的事情，迟早会招生！

我说：文秀爷您说得没错，可啥时候招生？要是再过十年招生，我这一茬子人都多大岁数了，早过了读书的岁数，只能囚在农村受苦一辈子！

我和文秀老汉唠叨的时候，马驴又喊叫起来：把人冻日塌啦！文秀老汉说：你们下去抱些苞谷秆麦纤上来，在马槽里生上火，就暖和了，活人还能叫尿憋死！他这么一说，我们都灵醒过来，太华路两边有很多晾干的苞谷秆。我们跳下车，跑到地里，一人抱了一捆苞谷秆跑过来。

文秀老汉说：把苞谷秆放到后边车上，烧的时候再抱过来，小心失火！

我们把马槽搬到车厢里，文秀老汉开始敲火镰，随着叭叭的声音，火镰上冒出很多火星，在五更的黑夜中很璀璨。璀璨的火星点燃了硝纸卷，文秀老汉对着硝纸卷一吹，黑暗中冒出一颗豆大的火苗。我赶忙把一把麦蒹递过去，把麦蒹点着，放在马槽里，道道和马驴把苞谷秆朝马槽里放。文秀老汉说：拣干透的苞谷叶子放，等火烧旺了再放苞谷秆。

黎明前的黑暗里，通向西安古城的马路上，行进着一队马车，喧着头牯蹄子叩击路面的声响，像叩击着关中平原的胸脯。打头的那挂车上，载着一团火焰，缓缓地朝着古城移动。我们八个人，坐在两边的车帮上，手放在火焰的上方烤着。燃烧的火焰驱走了冬夜的寒冷，也逼退了黑暗的围裹。四周还是一片静谧，连勤快的公鸡还没有开始打鸣。

道道问文秀老汉：这阵子到啥时候了？工人都有手表，咱农民干上几年不吃不喝也买不上手表。马驴说：道道你跟工人结啥仇哩，人家又没有招惹你！道道说：我就是觉得不公平，心里不愤！

文秀老汉看了一阵天，说：现在是寅时。

我知道时辰是古代计时的方法，寅时是几点，就不清楚了。

道道又说：起得太早，肚子都饿了。马驴猛地一灵醒，说：你咋不早说，我们可以烤红苕吃？道道说：哪来的红苕？马驴说：我记得徐家湾在地里挖了很多红苕窑，咱下去抱些上来！道道和马驴跳下车，文秀老汉对我说：忠轩也去，多抱些回来，要吃就吃饱！

马驴找到红苕窑，先下去，给口袋里装满红苕，觉得太少，又给裤裆里塞了几个大红苕，爬出井口，把红苕朝出掏，说：你们不要下了，我再下去几回，把红苕装上来。说完，又下进红苕窑里。

我和道道抱着红苕赶上马车，把红苕放进车厢里，又朝红苕窑跟前跑，马驴刚好又爬出来。突然，旁边的庵子里钻出一个老汉，对我们喊：偷俺的红苕！马宁大着声音回答：乡党说话咋那么难听，拿几个红苕，也算偷？

我们朝他走过去，他朝我们走过来，碰头了，道道认出这人是谁了，说：穗穗伯，这么冷的天不在庵子里暖和，跑出来弄啥？这个被道道叫穗穗伯的老汉说：我再不出来，你们能把俺村的红苕偷完？道道说：你早就看见俺了？穗穗伯说：你们刚到井口的时候，我就看见了。道道说：你咋不早点喊叫？穗穗伯说：我要是早点喊叫，你们能弄上红苕？道道说：穗穗伯是好人，过年我给你磕头，多磕几个。穗穗伯就笑，笑声朗朗，说：快抱着红苕滚蛋，要是让队长看见了，会罚我的工分。道道又问：队长还是省省？穗穗伯说：还是省省。道道说：他要是敢罚你的工分，给我捎个话，我来收拾他。他去年到我谭家堡给老丈人拜年，还在我家喝了半斤苞谷酒，纯苞谷酿的，没有掺一点酒精！

我知道，偌大的西安北郊，偌大的关中平原，甚至偌大的陕西地界，亲戚就像圈圈，一个圈圈套着一个圈圈，走到哪里都能沾上亲带上故。

马车继续朝古城方向移动，马槽里的火碳越积越多，我们把红苕埋进火碳里，不大工夫就闻到了烤红苕的香味。马驴就要把红苕朝出刨，道道在他手上打了一下，说：还没有五成熟哩，现在刨出来凉了，没熟再放进去，更耽误工夫！又过了一会儿，马驴问道道，这阵熟了吧？道道用树枝朝红薯上戳了一下，扑哧一下戳进去了，说：熟了，都刨，敞开肚子吃，朝死里吃！

马驴抢先刨出一个红薯，抓在手里，哎呀一声又把红薯丢进车厢。道道在他胳膊上打了一下，说：不懂规矩，文秀爷在这里坐着，你竟敢吃第一个红薯？马驴说：谁说我要吃第一个红薯，我把红薯刨出来就是给文秀爷的。文秀老汉听道道和马驴这么说，心里就高兴，火光映在他脸上，沟沟渠渠的皱纹里都盈满欢愉，说：马驴都刨出来了，就让马驴吃，先吃后吃都一样！马驴说：我要是先吃了，乡党会说我不懂礼性，道道这驴日的天天数落我！道道说：咋能让他先吃，堡子的规矩不能让他坏了！

红薯烤得暄软，散发出诱人涎水的香味，咬上一口，嘴里又盈满甜滋滋的味道。我们像山猪逮住好庄稼，敞开肚子朝死里吃，不大工夫就吃饱了，马槽里还剩下好几个红薯。我们用手擦了嘴，把手在棉袄上擦了，没事情做了，又觉得空空的难受。道道给马驴说：你给咱吼一段！我们关中人把唱秦腔不叫唱，叫吼。一直到现在我都认为，秦腔不是唱出来的，是吼出来的。

马驴说：你们想听哪一段？道道把脸转向文秀老汉，问：文秀爷想听哪一段？文秀老汉略一琢磨，说：《下河东》。

于是，空旷的关中平原上，黎明前的寂静中，爆起了马驴扯着喉咙的吼唱：

乾德王坐龙廷用目观看，有白龙在河东修表中原。我也曾练就了雄兵百万，岂能够居人下每岁朝参？在汴梁尔称王俺不进犯，河东地俺称霸与尔何干？却怎么要我邦年年贡献，难道说天生人我愚你贤？今日里领大兵前来讨战，是懦夫你快把免战牌悬。

马驴吼唱的底气很足，再高的调子都能吼上去，道道听得有了感慨：这可惜投生到农民家里，要是投生到城里人家，就凭这个嗓子，肯定被三意社招去，唱红西北五省！要是搁到老社会，也是貂皮绸缎随便穿，大鱼大肉随便吃，家里除了大婆娘，还有二婆娘三婆娘，抽空还逛逛春香楼，从这个窟窿出来，又插那个窟窿，比皇上都受活！马驴苦笑，说：道道你宽我的心哩，我知道这是驴㞗打肚子，自己给自己快活！文秀老汉说：我刚才说了命，啥是命？这就是命。道道说：文秀爷，我听咱堡子的人都说，你读了一肚子的书，装了一肚子的戏文，你也给咱吼上一段。

文秀老汉也来了兴致，说：你们想听哪一段？马驴说：你唱哪一段，我们就听哪一段！文秀老汉说：我给咱吼《闯宫抱斗》。我们就拍手鼓掌，掌声击碎了黎明前的寂静，说：难得听文秀爷的吼，今个享了耳福！文秀老汉干咳了几声，唱开：

当殿上我来把昏君质问，你为何将忠良粉身碎骨？炮烙刑杀实实残忍，恨昏君你竟然有这毒心。我梅伯为国家何等忠良，谁料想到今日炮烙焚身！臣一死虽除你昏君之恨，大料想你昏王也难久存。

文秀老汉的岁数毕竟到那了，底气没有马驴那么足，好几处高调都没有吼上去。但他嗓音沙哑、苍茫，把我们带进戏文里的那个世界。我想起前不久看的《封神演义》，想起在渭河边钓鱼的姜子牙，骑五色神牛的黄飞虎，作恶残杀生民的殷纣王，阴毒妖艳的妲己，感慨一个朝代可以因奸臣当道皇上昏庸而灭亡……

文秀老汉唱完，我们再鼓掌。他自嘲地说：年龄不饶人了，很多地方吼不上去了！

这个时候，马车到了自强路口，再朝南走，就进了城。背后农村的庄稼院里，喧起公鸡的长鸣，一声连着一声，洪亮，很有气势。街道上有了清洁工人，抡着很大的扫帚，一下一下地扫，发出沙沙的声音。马车从他们身边驶过，我们看着在黎明的寒风中苦累的人，心里又泛起感慨。文秀老汉说：其实，天下受苦人不只是咱们庄稼人，城里也有受苦人，像这些扫马路的，天天、月月、年年，天不明就起来扫，扫一辈子，跟咱农民差不了多少。

道道说：他们咋都比咱农民强，人家好赖月月有工资，有口粮。咱同样下苦，有啥？

我们不说话了，道道说的没错，尽管都是下苦人，城里的下苦人起码不为生计发愁。

晌午的时候，我们送完货，返回到自强路和太华路的交叉口，那里有个饭馆，做的羊肉泡馍很有名气。我们五更起床，冒着风寒，图啥？就图一天有两毛钱的出差费，可以吃一碗羊肉泡馍。

这是一家街道办的饭馆，店面不大，支了五六张桌子，早上卖油条豆浆，中午和晚上卖炒菜泡馍。我们进来的时候，四张桌子上都坐有人，空了两张桌子。我们把牌子买好，在空桌子旁坐下，在包里取出从家里带的饼子，掰。羊肉泡馍讲究把饼子掰得越碎越好，一年难得吃几次羊肉泡馍，咋能不掰碎？我们掰着饼子，想象着羊肉泡馍的香味，嘴里就有了涎水，咽下去，又泛出来，再咽下去，再泛出来。

突然，有对像谈恋爱的年轻男女，看着我们很鄙夷地说：脏死了。今天倒霉了，咋和农民一块吃饭？

我们确实不干净，今天把煤球朝南郊的吴家坟送，身上满是黑煤灰，跟下煤窑的矿工差不多。我们听见这话，觉得理亏，没有搭理他们，心想他们说上几句就算了。谁知，人家还不肯罢休，又嘟囔：脏得跟猪一样，也不知道洗一下再进来吃饭。

道道看了他们一眼，啥话都没说，走出饭馆，过了一会儿回来，肩上扛着拾粪的篓子。马车进了城，人不能像在庄稼地里那样随便拉屎尿尿，头牯却不因为进了城不拉屎尿尿。尿到地上没办法打扫，拉在地上就得拣，要是不拣被警察发现，扣车，罚款。粪篓子里有马粪，马粪的气味很特殊，温乎乎的熏臭，穿透力强，覆盖面大。他刚走进饭馆，马粪的气味就涌进来，连我们都闻得难受。马上就要吃羊肉泡馍了，咋能把这东西提进来，恶心得叫人咋吃。他提着马粪篓子，走到那对男女跟前，故意抡了几下，篓子上散落很多马粪末子，落在他们的碗里，桌子上。

男的忽地站起来，冲到道道跟前，吼：你讲不讲道德？道道反问：我咋没讲道德？男的说：你讲道德，还把粪篓子朝饭馆拿？道道说：你碗里盛的嘴里吃的，都是它变的，没有它吃屎都没人给你拉！男的在对象面前没挣下面子，就穷凶极恶起来，把袖子一挽就朝道道跟前冲。我们见他要动武，都跑到他面前，护着道道。马驴还把他推了一下，挑衅地说：老子这两天手痒，正想找人打架，刚好试试拳头！

男的不说话了，我们能看出他心里虚了。别看城里人头发梳得能跌倒苍蝇滑倒虱，吵起架凶狠词语不重样地朝出冒，身上却没有多大力气，打起架三个顶不上我们一个。

女的站起来，把男的朝身后一挡，说：算啦，咱不吃了！说完，拿起桌上的包包就走。

桌子上，留下两碗羊肉泡馍，还没有吃几口，免费赠送的糖蒜、辣子酱、羊肉汤都没动。还有一瓶啤酒，刚打开，没有来得及朝杯子里倒。

道道把粪篓朝地上一放，走到桌子跟前，坐下，给马驴说：这么好的东西，说不吃就不吃了。他们不吃，咱们吃！说着，掂起啤酒瓶给杯子里倒了，递给马驴，说：你今个够意思，关键时刻冲上来帮兄弟，我敬你一杯！马驴也不客气，接过，一口喝干，巴掌把嘴擦了，说：我以为啤酒有多好喝，跟马尿差不多，难喝死了！道道说：你喝过啤酒？马驴说：没喝过，今个第一次喝。道道说：我也没喝过，咱当农民的哪有钱喝啤酒，都是工人干部喝，咱在一边看。

马粪的气味越来越浓，道道和马驴说话的声音越来越大，饭馆的人看他俩，也看我们，知道我们是一伙的，惹不起。有几个买了牌子还没有上饭，走到卖牌子跟前，说：退牌，不吃了！服务员说：牌子卖出去就不能退，里面把料备好了，说不定都下了炒瓢。你们把牌子退了，饭给谁吃？人家坚持要退牌，说：馆子里带进来粪筐子，抡过来抡过去，马粪末子满天飞，叫人咋吃？服务员坚持不退，人家坚持要退，就吵，惊动了饭馆的经理，急乎乎跑过来，老远就问：咋啦？咋啦？服务员把人家要退牌的事说了，要求退牌的人说了退牌的理由。经理给要退牌的人说：我给他们说说，让他们把粪篓拿出去，你们还在这里吃，料都下到锅里了，要是退了，算谁的？也是浪费。我给炉头说一声，给你们的泡馍里多加些油水，把油水弄得旺旺的！

这时，有几个人进来吃饭，进门就闻到浓浓的马粪味，嘟囔：这是啥味道，这么难闻！而后，手在鼻子上扇着气，转身出了饭馆。

经理跑到道道和马驴跟前，给他们躬了下身子，说：乡党，我是这个饭馆的经理，看在我的面子上，把粪篓拿出去。吃饭的地方放个粪篓，总是不好吧。道道和马驴乜斜了他一眼，说：他们不在这儿吃，就让他们走。他们嫌我们脏，我还嫌他们脏哩！经理继续给他俩说好话：好我的爷哩，他们都不来吃饭，我今天的营业额就完不成，拿啥给大家开工资？道道说：你少拿这些蒙我农民，我再笨也知道你们旱涝保收，饭馆关上十年都少不了你们一分钱的工资！经理说：乡党才说错了，你说的那是大国营，咱这是街道办的小集体，挣不来钱就发不了工资，还要给上头交管理费、税收、卫生费、教育附加费，名堂多了，而且下不保底，上却封顶。我这个当主任的一个月才二十八块两毛五，炉头二十六块三毛二，服务员二十块零五毛。我老婆没工作，老爸老妈没工作，我老丈人老丈母也没工作，下边还有四个孩子，都在上学，学费要交，作业本要买，就靠我这二十八块两毛五，我几年都没置过一件衣服。

我们愣住了，他说的这些情况我们都不知道。在我们思想中，城里人都有一份旱涝保收的铁饭碗，都有一份绝对不会饿肚子的口粮，比起我们农民，他们早钻进共产主义的福窝窝了，绝对想不到城里还有这么可怜的人！

文秀老汉给道道发话了：把粪篓子拿出去！道道啥话都没说，提起粪篓子朝外边走去。文秀老汉又给我们说：快点吃，早点走，甭在这里丢人现眼！

我们啥话都没说，低着头大口大口地吃。吃完，低着头啥话都没说就朝外边走。经理站在饭馆门口，给我们一个一个地鞠躬，很巴结地说：下回再来，下回来的时候，我给炉头打个招呼，把油水弄旺些。咱农民吃回羊肉泡馍不容易，咋能不把油水弄旺些！

文秀老汉走到经理跟前，停下脚步，叹了口气，啥话都没说，低着头走开了。我们再到饭馆吃羊肉泡馍，提前就跑到自来水跟前，把脸、手洗干净，把身上的灰土拍了，把自己收拾干净了才走进饭馆。经理看见我们进来，跑着迎接我们，老远就可着喉咙喊：乡党来啦，要啥？道道还对人家恭敬了一下，说：经理叔，还是老样子，一人一碗羊肉泡馍！我们找着空桌子坐下。经理又对着灶房里头喊：给这几碗多放些油水，不要舍不得！马驴进来了，背了个筐子，经理一惊，问：咋又把筐子弄进来了？马驴说：咱农村没啥好东西，给你带了点红苕，你拿回去给家里人尝尝！

经理惊诧，看着红苕筐子，惊呼起来：你这是弄啥哩，不知道的人会认为我贪污腐败行贿受贿，中了资产阶级糖衣炮弹。开饭馆的嘴都能说，管理开饭馆的嘴更能说，嘴随便一张就说出一嘟噜一嘟噜的政治名词。

马驴就笑，说：要是资产阶级糖衣炮弹就是红苕，全中国的人谁没吃过红苕，都成了资产阶级？经理说：你的辩证法学得好，肯定研究过《人的正确思想从哪里来？》。说完，给服务员说：你过来卖牌子，以后农村的乡党来了，你要主动走出来，服务到家。说完，又说：你把牌子卖过，把红苕拿到柜台里面，下班时一人拿几个回去。说完，跑到灶房里头，给炉头说：谭家堡的乡党给咱带了一筐子红苕，给碗里多放几块肉，粉条黄花也多放些，油水弄得旺旺的，不要让人家看不起咱！经理从灶房出来，文秀老汉走到经理面前，问候：这些日子可好？经理满脸堆笑，说：好，托你老人家的福，这个月涨了工资，刚好三十块钱。

文秀老汉说：像你家的情况，三十块钱也紧张。经理说：涨了总比不涨好，人家要不给咱涨，咱的日子还不过了？文秀老汉说：说起来你一个月有三十块钱的收入，那么多人口，那么多娃要上学，日子不一定能超过咱农民。经理说：乡党这下说对了，乡下人总觉得城里人有钱，城里人的日子过得好，实际不是那么回事情。人住在城里，啥都得花钱，吃菜要掏钱，吃粮要掏钱，喝水要掏钱，拉泡屎尿泡尿都要掏钱，没有不掏钱的东西。一个月就那点钱，顾住了这头顾不住那头。物价又涨，靠涨那点工资，指屁吹灯，日子越过越恓惶。

文秀老汉顺着经理的话说：《红楼梦》里都说了，大有大的难处。很多农民觉得城里人有钱，有粮，吃喝不愁，其实城里人也有城里人的可怜，有些地方还不如农民。我们农民说起来可怜，但农民也有农民的好处，吃粮算的是原粮，价格低，吃菜不掏钱，生产队里分，烧的不掏钱，苞谷秆麦纤棉花秆，水更不用掏钱，家家院里都有井，打上来就用。

羊肉泡馍端上来了，经理又跑到灶房，端来一碗糖蒜，一碗辣子酱，搁到我们面前，说：你们给俺送来了红苕，按礼性俺该管待你们一顿。这饭馆是公家的，不是咱私人的，动了公家的东西就是犯错误。犯了错误，一个月三十块钱就没了，老婆孩子就得饿死！只能在不犯原则的情况下，给乡党碗里多放块肉，多上一点糖蒜辣子酱。

文秀老汉说：这就够了，红苕搁到咱农村，算不上啥贵重东西，朝车上一装，就拉来了，没费一点力气。你要是觉得好吃，下回过来多带些！

羊肉泡馍腾升着热气，热气里带着羊肉浓厚的香膻味。我们用筷子搅了一下，里面果然多了几块羊肉，还是羊大腿上的肉，还多了粉丝、黄花，连小碟子里的糖蒜、辣子酱都比旁人的多。经理殷勤地给我们说：快点吃，趁热，羊肉泡馍就要热着吃，凉了膻味就加重。说完，又说：

羊肉汤喝完了，再让服务员给盛，不限量。说完，坐在我们跟前，看我们吃，眉里眼里都是殷勤。

我们遇到羊肉泡馍，像是山猪吃上好糟子，把饭碗都舔得干干净净，连一个肉渣渣馍星星都没剩，连着打饱嗝。道道和马驴松了下裤带，连着骂了几句。

文秀老汉看着他俩，说：吃饭松裤带，人看了说咱农村人没出息！道道说：吃饭松裤带就没出息了？文秀老汉说：你要是当了国务院总理，接待西哈努克，吃饭松裤带，成何体统？人家肯定会认为咱中国人从来都饿着肚子！马驴说：咱啥时候吃饱过肚子？要是天天都能吃上羊肉泡馍，想吃多少吃多少，绝对不会吃的时候松裤带！

最后一个人把碗里的羊肉泡馍吃完，也打饱嗝，抚摸着鼓胀的肚子，心满意足站起来。文秀老汉给经理说：俺农村人就是这样子，让你见笑啦！经理说：俺爸俺妈都是农村人。朝上查三代，谁家不是农村人？城里人笑话农村人，其实是笑话自己。

我们鼓着像怀娃八个月的肚子，脊梁杆自然挺起来，昂头挺胸地朝出走。经理对着灶房里头喊：都出来送送乡党。于是，炉头们从灶房跑出来，服务员从饭堂跑过来，站在饭店门口，七嘴八舌地给我们说：乡党慢走！还有的说：有空再来！有个炉头说：下回来到里头招呼一声，我们就知道谭家堡的乡党来了，肯定多放几块肉，把油水做得旺些，绝对不能亏了乡党。

我们觉得，城里人也厚道，重情义，丝毫没有看不起农村人。

经理一直把我们送到马车跟前，我们吃饭的时候，也让头牯吃草料。停车的时候，把马槽从车尾上取下来，支在车前边，把头牯嘴里的嚼子取了，笼头卸了，三个头牯围着一个铁槽，吃草吃料。我们走到马车跟前，把马槽搬到车尾，绑好，放到车上，把头牯收拾好，又从车上取下扫帚，打扫头牯弄脏的地面。

经理帮着文秀老汉套头牯，一点不生疏，文秀老汉问：乡党吆过头牯？经理说：我参加工作前也在农村，吆过几年车。那年城里招人，把我招来了，就干上饮食行业了。他见我们要打扫卫生，说：乡党还要赶路，这事情留给我们干。文秀老汉说：我们弄脏的地方，咋能让你们替我们擦屁股！道道接着说：经理叔不要太客气，要不我们以后都不敢来打扰你了！经理说：咋能说打扰俺们，你们到俺馆子吃饭是照顾俺的生意，提高了俺的营业额，我们求之不得的事情。你们要是路过俺门口不进来，就是俺把你们惹下了，没照顾周全，你们对俺有了意见！

从这以后，我们进城，只要在城里吃饭，都要把饭安排到这个饭馆。

4

满满和道道是亲弟兄，满满为兄，道道为弟。他们的父母下世时留了三间房。天上下雨地上流，小树长大要分杈。父母不在了，弟兄分家，天经地义。兄弟两个咋分三间房子，成了难题。他们都有三四个娃，娃们大了，娶媳妇盖房，花钱的阎王，节省几辈子不一定能盖上一间房。没有房，瞎了眼的姑娘都不会朝你家嫁，除了痴聋呆哑缺胳膊少腿嫁不出去的老姑娘。争到房子了，等于给儿子争到了半个媳妇，时不可待，机不可失，傻子才在分家时不争。他们是亲兄弟，不管心里咋想，面子上必须过得去，要不会招乡党笑话。媳妇们就不行了，天天琢磨怎么在三套房子里拿到两套，要是房子被旁人抢去，要吃几辈子的亏，儿子大了娶不上媳妇，能不埋怨自己分家时不给力？

于是，她们开始是私下叽咕，戳弄男人闹事，见男人不去闹事，就亲自上阵，指桑骂槐，后来发展成公开叫阵。双方摆开阵势，你吼我一句，我回你一声，你搬出我老母骂上一阵，我也不让你老母休闲，也要把她吼出来折腾一阵。

这天，刚吃过晌午饭，堡子的人都要到炕上倒一会儿，歇息身子，后晌还要上工出力气。道道媳妇见满满的娃在那间房子出来进去，自己没有一个娃能进去，心里就有了愤怨，拉住自己的娃，朝房子里推，大声嚷嚷：房子是你爷你奶置下的，他是你爷你奶的孙子，你也是你爷你奶的孙子，凭啥他们能住你就不能住？儿子满脸恐惧，挣扎着朝后退，说：我那回进去了，叫婶娘拉出来了。还说我以后少朝这间房子来，房子是她家的。

本来，道道媳妇肚子里除了装苞谷珍蒸红薯，还装着不公平、怨气、愤怒，这东西像 TNT 炸药，就是缺个雷管点爆。儿子的话刚好给炸药上塞了雷管，又挨上火星子，忽地点爆了，原地一蹦两尺来高，两个巴掌在大腿上连续拍了五六下，啪啪地清脆了五六声，大腿上印了鲜红的痕迹，吼骂：老人留下的房子，凭啥只让你娃进去住，我娃就不能进去耍。这房子分给你家了，号给你家了？你把房子买下了……

道道媳妇年轻，中气十足，声音洪亮，半个村子都能听见。满满媳妇听见道道媳妇的吼骂，也从房子里冲出来，也是只穿件短裤，上身是用日本进口的尿素袋做的衬衣，前边写着“日本”，刚好一个奶上是日，另一个奶上是本。后边写着尿素，左边屁股上是尿，右边屁股上是素。

农村婆娘吵架，不讲战略战术，就比谁的嗓门大，跳得高。道道媳妇蹦一下，满满媳妇蹦两下。道道媳妇一蹦两尺高，满满媳妇一蹦两尺半高。道道媳妇蹦一下，手把大腿拍两下。满满媳妇蹦一下，手在大腿上拍三下。道道媳妇吼骂高八度，满满媳妇的吼骂高九度。

大门外聚了几十个人，人们希望堡子里天天有人吵架，能看热闹，也有谝闲话的资料。满满媳妇和道道媳妇见围观的人越来越多，把自己逼上了梁山，必须把架吵赢，输了在乡党面前抬不起头。就像拉到斗鸡场的公鸡，斗不斗都由不得自己。满满和道道站在一边，劝又劝不住，不劝又不行，一个村的乡党都看着自己，左看左为难，右看右为难，进不是，退也不是，蹲在房檐下边，耷拉着头，就差把脸埋在裤裆里面。

突然，文秀老汉走过来，给斗志昂然的两个婆娘说：啥事情值得这么闹火，搅得一个堡子都不得安生？两个婆娘嫁到谭家堡这些年，知道文秀老汉在堡子是说一不二的人物，连支书队长都看他的脸色行事，吼骂的声音低了许多。

文秀老汉走到满满道道跟前，说：婆娘闹事，你们也不劝，不怕乡党笑话？满满赶忙给文秀老汉赔不是：文秀爷，咋把您老惊动了？道道急忙对婆娘吼：还吵，去给咱文秀爷搬个凳子！文秀老汉摆了下手，说：不坐了，你们把自己媳妇劝回去，不要再闹火。婆娘家不怕丢人，你们也不怕丢人？她们丢的是你们的人！说完，转身就走。

满满给道道说：为这间房子天天吵架，也不是个事情。道道说：再闹下去，咱弟兄的脸都得塞到裤裆里了。满满说：咱请文秀爷出头，断了这事情。咱文秀爷咋说，咱就咋办？道道说：行，咱文秀爷处事，咱都没啥说的！

吃赶早饭的时候，满满和道道端着大老碗，碗里盛着苞谷珍，苞谷珍上堆着炒黄菜（酸菜），走到老槐树跟前。文秀老汉已经蹲在那里，靠着树干，正在扒拉碗里的苞谷珍。树荫下，蹲着十几个男人，一边谝闲传，一边扒拉饭食。文秀老汉看到他俩过来，刚好吃完，把碗放到地上，给他俩说：你们屋里的人天天闹腾，一个堡子不得安宁，你们也该管管她们，不能由着她们的性子闹！

文秀老汉这话一说，旁的人就七嘴八舌地插话，都说满满道道不该让媳妇婆娘肆无忌惮地闹架，坏了堡子的风气。满满道道低着头，听乡党的数落，谁到这时候都不敢造次，啥是理，乡党的话就是理，惹了乡党就惹了众怒，还在堡子里活不活人了？

满满等到乡党都不说话了，才给文秀老汉说：昨天晌午我婆娘跟道道婆娘吵架以后，我就跟道道商量好了，想请文秀爷出面，主持个公道，再把俺两个的屋里人也叫来，您老断了，她们再闹，俺打断她们的腿拐子！

文秀老汉说：现在是新社会，咱村有组织，这事情由支书队长调解委员管，我算哪个庙里的神仙？

蹲在他跟前的支书立即接上话：我这个支书是官家封的，咱堡子的乡党还是认你为尊长，我只能给你敲个边鼓。蹲在文秀老汉另一边的调解委员也说：文秀老哥，你千万不敢把我这个调解委员当回事情，支书任命我了，我就担个空名，支书不任命我了，我连个空名都没有。你熟读《四书五经》，中华上下五千年，古今中外，没有你不明白的事情。咱堡子的事情离了你和支书，谁都弄不动。你以后做啥事情，只要动动嘴就行，我给咱跑腿。就像古时候的衙门，你是县官，我是衙役，你断案，我吆喝，你让我打谁的板子，我就打谁的板子，让我打几下，我就打几下，让我打多重，我就打多重，绝不偷懒。文秀老汉说：这么多乡党都在这听着，我就出面做次恶人。

文秀老汉给满满、道道说：从今天开始算，第三天上午，把你舅家、姑家、本家的叔伯都请来，就在这棵老槐树下，咱来个三堂会审，拍板断案！满满去把你舅家的人请来，道道把你姑家的人请来。到时候，满满杀上一只鸡，道道割上两斤肉；满满买上一瓶酒，道道拿出五斤面。再到地里拔些青菜萝卜，擀臊子面，把长辈招待好。这样分派，你弟兄俩有意见没有？满满道道说：没意见，就是让俺一家出，俺都出得起！文秀老汉说：咱求的是公道，哪怕花费一分钱，都要两家各摊一半！

第三天上午，满满道道搬来一张八仙桌，摆了几把椅子，八仙桌上还放了大茶壶，茶壶里泡着紫阳茶，这么重大的事情，绝对不能上马号里的满山跑（最差的茶叶），还有几个茶盅。八仙桌上首坐着文秀老汉，左边坐大队支书，右边坐调解委员。八仙桌两边还摆着几个长凳子，坐着满满道道的舅家人、姑家人、本家不出三服的叔伯。满满端着大茶壶，忙活着给坐在八仙桌前的人倒茶。道道端着旱烟盒子，殷勤地劝长辈给锅子里装旱烟。

文秀老汉端着架子，问大队支书：人都到齐了？支书说：齐了。文秀老汉说：你给咱说几句？支书说：咋能让我先说，又不是传达文件，宣传方针政策。在这事情上，你是咱堡子的一把手，坐头把交椅。文秀老汉端正了身子，给满满道道说：你俩回去，把媳妇叫来。她们不来，咱断下的事情，她们说不知道，过后还闹，就没完没了了！满满说：她们在家切肉炖鸡擀面条哩？文秀老汉说：让她们停下来，吃的事情朝后拖！道道给满满说：我回去叫她俩。

道道走后，文秀老汉给满满道道的亲戚本家说：本来这事情不该我插手，你们是他们的长辈，该你们处理。就是这两个媳妇闹得太厉害，堡子今年娶了好几个新媳妇，不把这股歪风压下去，咱堡子以后就不得了，祖宗先人传下的风气就毁在她们这拨子媳妇身上了！满满道道的长辈急忙说：这事情由你决断，你说咋处理就咋处理，我们举双手拥护。

满满道道屋里人要是不服从处理，再闹事，我们出面收拾她们！文秀老汉说：你们授权给我老汉了，我就当仁不让了。

道道把两个女人领来了，老远就给文秀老汉喊：我把她俩叫来了！

这两个女人自嫁到谭家堡子，还没见过这么大的阵势，心里就有了恐慌，站在那里腿都发抖，像见了狼的羊。文秀老汉问：你们来啦？她们看着文秀老汉，不知道该咋回答。道道跑过去，踢了媳妇一脚，声音老大地训斥：文秀爷问你话哩！媳妇说：我不知道该咋说道道说：瓷锤愣种，连这话都不会说，你就说来啦。道道媳妇就小声回答：来啦！满满媳妇也跟着说：来啦！

文秀老汉说：这里没你们坐的地方，就站在那里听。一会儿断案的时候，没让你们讲话，你们就不能讲话，听见没有？两个女人一齐说：听见了！文秀老汉又说：今天你们舅家姑家本家的长辈都来了，大队的支书和调解委员也来了，咱这是三堂会审，断下的事情必须遵守，以后行事就按断的结果来，不能再吵架闹事，你们听见没有？两个女人说：听见了！文秀老汉又给满满说：满满，你是老大，把情况介绍一下，把你的想法也说出来。

满满说：俺爸俺妈走得急，没有来得及分家。俺家的情况大家都知道，三间房子俩弟兄分，咋都分不均匀，就为这事，媳妇们天天吵架，弟兄们心里也不美气。我的意见是听文秀爷和长辈们的公断，断到啥地方我执行到啥地方，绝不含糊！

文秀老汉又把脸转向道道，问：道道你的意见？道道说：我想的跟俺哥说的一样，你和长辈断到啥地方，俺执行到啥地方，以后绝不让媳妇再闹事吵架！文秀老汉又问两个女人：你们男人的话，听见没？两个女人又回答：听见了。文秀老汉问：有没有意见？两个女人一齐回答：

没有意见！

文秀老汉又给满满、道道的长辈说：这几天，我一直在思谋咋断这案子，也思谋出了条理。今天把你们请来，就是让你们做个见证，断下的事情谁都不能含糊。如果谁再闹事，你们就动用家法，该打该罚，不能含糊。

满满、道道的长辈连连点头，说：这事情俺明白得很哩，你老一旦断下案子了，谁要是不听，再闹事，我们就动员满满、道道，把媳妇休掉。要是满满、道道闹事，我们都来扇他的耳光！

文秀老汉又给大队支书和调解员说：这事情本该你们管，你们是官家任命的领导，代表一级组织，我是越俎代庖，用现在的话说是篡班夺权。我就自作主张，张狂这一回，有不对的地方，你们站在组织的角度，纠正过来！支书说：我一开始就说了，在咱谭家堡子，你说了就算，没人敢说你的不对，谁要是敢痞干（胡说），我让生产队长不给他派活，挣不来工分饿死他！

文秀老汉给满满、道道说：老人留下了三间房子，现在一人住一间，谁住哪间归谁，你们有意见没有？满满、道道说：没有意见。文秀老汉又问两个媳妇：你们两个有意见没有？两个媳妇也说：没有意见。

我也被文秀老汉叫来，坐在八仙桌旁，面前摆着几张白纸一支钢笔。文秀老汉对我说：忠轩，你把这一条记录下来。说完，又问满满、道道：你们闹的是第三间房子？满满、道道说：是的。文秀老汉说：房子不是锅盔，可以切两半分着吃，房子分成两半，就塌，谁也住不成！这间房子是你家老人三十多岁的时候盖的，现在差不多都三十年了，虽说快要塌了，还能住人，就像烂棉袄，再烂，再破，穿到身上就能抵御风寒。你把它扔了，就得花钱做新的。棉袄不存在宅基地，房子还有个宅基地问题，房子塌了，在原地皮上再盖新的，没有这块宅基地，就没地方盖房子，我说这话对不对？

满满、道道说：这道理我们都明白，谁也不傻，都能想到这些！文秀老汉说：我知道你们都知道这些道理，我今个把它说出来，就是做个引子，把正题引出来。我计算了一下，这房子连宅基地大概能折合三百元钱，一家一百五十块钱。谁要了房子，给对方一百五十块钱。谁要了钱，就把房子给对方，以后再不能为房产争吵！考虑到谁家都没开银行，一下拿不出一百五十块钱，咋办？三年付清，一年付五十块！说完，问满满、道道：你们觉得我说的有道理没有？满满、道道说：有道理，就按你说的办。文秀老汉又给两个媳妇说：现在是新社会，妇女翻身，你们觉得我说的有道理没？要是有更好的办法，当着众人的面说出来，对的咱就采纳。满满、道道媳妇说：我们没意见，听爷的！

文秀老汉从口袋里掏出两个纸蛋蛋，摆在桌上，说：咱不具体说让谁要房子谁要钱，咱抓阄，这两个纸蛋蛋，一张写着要钱，一张写着要房，谁抓住啥算啥。请支书和调解委员当场检验。支书和调解委员就说：你写好的纸蛋蛋，俺们咋能不相信，不用检验了！文秀老汉说：必须检验，我的裁决公道不公道，你们检验了才知道。咱把事情做得没一点麻达，人家才服气。

支书和调解委员把两个纸蛋蛋拆开，上边果然写着“要钱”“要房”的字样，还把纸蛋蛋展开，让众人看。文秀老汉又给他们说：你们把阄交给忠轩，让他圆成蛋蛋。我接过阄，背过身子，把纸团成蛋蛋，摆在桌子上。

文秀老汉给满满、道道说：你们两个上来，谁先抓都行！满满、道道走上来，站在八仙桌前，满满竟给道道谦让起来：你小，你先抓！道道说：你大，你先抓！满满说：咱俩一块抓。满满、道道一人捏了一个阄蛋蛋，交给文秀老汉。文秀老汉没有接，说：你们交给咱支书，在咱谭家堡，谁说了都不算，只有支书说了算！支书没接纸蛋蛋，说：你老胡说哩，咱谭家堡谁说了都不算，你说的才算，今天这事只有你主持才能了断，换个人就断不了！

最后，还是调解委员在文秀老汉的坚持下，拿起纸蛋蛋，宣布：现在这个阄是满满的，我当场拆开，上边写的啥就是啥。阄蛋蛋拆开后，上边写着“要房”。调解委员给满满说：上边写的“要房”，你看看对不对？满满说：这么多人都在这坐着，我还能不相信？文秀老汉说：这不是你相信不相信的问题，你亲眼看了，心里就踏实。

满满接过阄一看，说：没错，上边写的“要房”。心里琢磨，从现在起自己就能心安理得地住这间房子了，不就是三年给道道一百五十块钱，也不紧张。关键是媳妇们以后不闹事了，自己就能清静下来，也不在堡子里丢人现眼了。

道道也满意这个结果，虽说没拿上房子，但拿了一百五十块钱，自己再攒点钱，三年后可以盖间新房。要是不请文秀老汉断案，自己住不进房子，也拿不到钱，再耽误几年，房子倒了，屁都没有了。

调解委员又给道道说：你也看看。道道说：俺哥都看了，我就不用看了。调解委员学着文秀老汉的口气说：你必须看，这是断案的规矩。道道走过来一看，说：没错，就是写着要房。调解委员又拿起另一个阄蛋蛋，要拆，道道说：前一个阄上写着要房，这个阄肯定写着要钱，就不用再拆了。文秀老汉说：还是拆开看看好，每一个步骤都弄清楚，就是过上一百年，谁都不能说啥！解委员拆开阄蛋蛋，上边果然写着要钱。还是让满满看了，再让道道看了。

文秀老汉又给满满、道道的媳妇们说：你们也上来看看，一会儿你们也要在契约上按指印。满满、道道的婆娘就说：这是男人家的事情，他们都看了，我们看有啥用处？文秀老汉说：你们还是看看好，看清楚了，心里想明白了，以后就不会再吵架闹事了，日子就安宁了！满满、道道的婆娘走到八仙桌跟前，看阄，说：没错！

文秀老汉这才站起来，大声宣布：今天当着支书和调解委员的面，当着满满、道道的各位长辈的面，当着全村乡党的面，断了满满、道道的家产纠纷。经过调解抓阄，最后定下来，第三间房子归满满所有，满满在三年之内付给道道一百五十块钱，如不能付清，搬出房子，由道道居住。道道拿到一百五十块钱之后，不得再以任何理由伸张房子的产权。现场见证人：谭文秀、支书谭全根、调解委员谭石头……契约一式四份，满满、道道各执一份，调解委员执一份，第四份存大队保管。

随之，我拿出写好的契约，打开印泥盒子，摆在八仙桌上。文秀老汉给满满、道道说：你们先把指印按了。满满、道道走过来，在自己名下按了指印。文秀老汉又给两个女人说：你们也把指印按了！满满、道道的婆娘走过来，把指印按了。随后，文秀老汉、支书、调解委员都在自己的名下按了指印，一桩闹了多年的纠葛，终于平息。就像唱的大戏，落下了帷幕。

满满、道道走到这几个头面人物面前，满满殷勤地说：鸡炖好了，肉煮熟了，臊子面擀好，酒摆上桌了，你们过去，赏我们个脸，也让我们表个心意！

文秀老汉脸上全是喜色，嘴里却说：你们的日子过得也艰难，咋能买酒买肉糟蹋银钱。俺就是过去了，咋能吃下去！道道说：这酒一定要喝。您老要是不去，我们这辈子心里都不踏实！

支书也说：这是我的本分工作，应该给老百姓做事。咋能去吃喝，上头知道了不好！满满说：这事和上头没关系，咱又没请上头的人喝酒，请咱堡子的乡党喝酒，犯了哪门子法？支书说：也是，咱一个堡子几百年的乡党，谁不到谁家喝个酒吃个饭。咱要是因为害怕上头的规矩，把乡党得罪了，以后咋做人。

调解委员说：上头成天喊叫联系群众，跟群众在一块把酒喝了，饭吃了，就联系起来了。

这些人被满满、道道推着拉着，喝酒吃肉去了。

5

俺西安人都说，全中国就数西安的女子漂亮。十三朝古都，那么多将军王爷、妃子美人，男的是男人中的俊杰，女的是女人中的娇艳，俊杰和娇艳一代一代繁衍，咋能不生出超过俊杰娇艳的后代？西安北乡的人又说，西安的俊女子都出在谭家堡，谭家堡最娇艳的女子就数秀娟了，就是当年的杨贵妃也不过如此。堡子里的老婆娘新媳妇私下都嘟囔，这么俊色的女子是咋生出来的？要是搁到古时候，肯定选入皇宫陪皇上睡觉，当不上娘娘也能当上贵妃，说不定坐镇东宫西宫，母仪天下，爹妈兄弟跟着沾光，享不完的荣华富贵。就是搁到新中国成立前，也能嫁个大户人家，人家最少给十亩水地当聘礼，还要送上三匹骡子拉的马车。就是新社会，女娃长个好脸盘好身材，也是光占便宜不吃亏的事情。找个省长县长厅长局长的儿子，一辈子不愁没钱花没粮吃。要是再开个后门，把户口转成吃商品粮，就能安排工作，自己也成了自带粮票自带钱包的工作人员。

奇货囤积，秀娟她妈深知女子的价值，媒人隔三岔五踏门槛，秀娟她妈就是不吐口，媒人来的多了，干脆放出一句话：男方不是大国营，就甭提这事情。如果不是大国营，区以上领导干部也行。

秀娟长得再好，但一个农村户口就把条件降低了大半，连人家大国营最丑的女工都不如。国家的政策规定，娃的户口跟他妈，妈是农村户口，娃也得是农村户口，天大地大没有户口的差别大。哪一个大国营区一级领导的男人，愿意娶农村户口的女子，以后连娃都是农村户口？除了自己有毛病找不到城市户口的女人当老婆，才放下身架在农村女娃身上瞅视，还要花中选花，必须十成足金，九成九都不行。秀娟想嫁给大国营区以上领导干部，也得走这条路子，别无选择。二十岁的女子还没给人，在农村是稀罕之物，免不了这个说长那个说短。秀娟她妈还是不着急，遇到谁再提女儿的婚事，就说现在是新社会，提倡晚婚晚育，咱给国家减轻负担。人家笑她脑子差成色，你女子不找婆家就给国家减轻负担了？这么大的国家，六亿多人口，差你一个不少，多你一个不多，在乎你找不找婆家？

秀娟为大，下边还有一弟一妹，都小，啥活都不能干，只会玩耍。秀娟她爸身子不好，一年三百六十五天，三百天都咳，八月十五没过完，都得穿棉衣，要不就下不了炕，家里的重活自然落在秀娟身上。秀娟是个女娃，缝缝补补、生产队出工，还能凑合，出猪圈的粪就难为她了，猪圈挨着院墙，院墙一丈多高，出圈就是把猪粪扔到院墙外边，没有十足的力气干不了这种活路。

秀娟她妈灵醒，见到出了五服还没找下媳妇的小伙子，故意给秀娟喊叫：娟哎——咱家猪圈的粪该出了，猪都没地方卧了！小伙子立即停下脚步，抢先答应：姨——我回家取张锨就过来！不大工夫，小伙子扛着铁锨，走进秀娟家大门，二话不说，跳进猪圈就干。

秀娟她妈把饭桌搬到猪圈跟前，再把暖水瓶、茶壶放在旁边，给茶壶里捏了茶叶，泡上，亲亲地说：娃呀，喝口茶再干！

这个被称作娃的小伙子叫二驴，就应承：姨，我不渴，把圈起完了再喝！用力把猪粪朝外头扔，扔的时候朝屋子里瞅，想看一眼秀娟，让秀娟知道他给她家起猪圈。小伙子们把这叫争表现，在丈母娘跟前表现好了，勤快了，丈母娘就会把你当女婿看。虽说是新社会，恋爱讲究自由，但女娃还是听妈的话。二驴起圈的时候，秀娟她妈站在猪圈跟前，口袋里装着葵花籽，朝嘴里放一颗，牙齿轻轻一咬，舌头咋么一弄，呸地把皮吐出来，把仁留在嘴里，又甜甜地说：二驴哎，姨给你擀臊子面?

二驴说：俺妈把饭都给我做下了，我回去吃饭，不麻烦姨了！

秀娟她妈趁风扬场，骑驴下坡，说：下回来的时候，提前给你妈说好，不要做你的饭，在姨家吃臊子面！

一直到把猪圈起完，秀娟还没露面。二驴离开的时候，就有了失落，眼窝一个劲地朝屋里瞅视。秀娟她妈心里比点了灯样还明白，把二驴送出大门，说：秀娟昨黑受了凉，收工回来就睡下了。下回来的时候，我让她给你擀臊子面。

猪一天一天地长，吃的一天比一天多，拉的屎尿也一天比一天多，隔不了四五天，就得起一次圈。那天晌午收工，秀娟她妈见三骡子扛着铁锨走过来，又像往常一样对着屋里喊：娟哎——咱家的猪圈该起了！

三骡子同样眼馋秀娟的娇艳，也想当人家的乘龙快婿，立即给秀娟她妈说：姨，我刚好走到这了，顺便给咱把圈起了！说完，换上雨鞋，腾身一跃翻过猪圈墙，干起来。刚干了五六分钟，二驴走过来，他估摸秀娟家的猪圈该起了，想趁晌午收工时间，把猪圈起了。看到三骡子正在起圈，心里一惊，有了不高兴。这明摆着插我的行，全堡子的人都知道我给秀娟家起圈，你三骡子跑来干啥，想抢班夺权？就没好气地说：你咋跑来起圈了？

三骡子也不是省油的灯，何况比二驴的个子高出许多，就没把二驴放在眼里，说：我咋不能来？二驴被问住了，自己有什么权力不让三骡子来，我是秀娟家的啥人？琢磨了半晌才说：你过去咋不来？三骡子说：我过去没来，现在就不能来了？这话又把二驴噎住了。秀娟她妈见二驴和三骡子吵起来，赶忙跑过来，给二驴说：驴娃子，我刚才见三骡子过来，怕你出了一晌午工，累着你了，就让三骡子起圈了。你要是也想起，你俩一块起，起完还能睡一会儿。

这时候，文秀老汉走过来，听见二驴和三骡子吵架，又听了秀娟她妈的话，走到秀娟她妈跟前，小声说：到大门外边，我有话给你说。

秀娟她妈走到大门外边，问：叔，你老有啥事情？文秀老汉说：有句话不知该不该说？秀娟她妈把巴掌一拍，说：看叔说的，咱还是没出三服的本家，能有啥不该说！文秀老汉看了一眼二驴三骡子，说：老叫人家来帮忙，也不是事情，人家图啥哩？秀娟她妈说：俺家的情况你都知道，她爸是个病身子，连自己都顾不住。我跟秀娟是女流之辈，也干不动这么重的活，不叫人帮忙咋办？文秀老汉说：乡党相互帮个忙，也算不了多大的事情，谁还不给谁帮忙了？没出三服的小伙子好几个哩，你擀上一案臊子面，再烙上一块锅盔，吼他们一声，谁敢不过来？

文秀老汉话没说完，二驴和三骡子又吵起来，吵得急眼了，两个人把铁锨朝猪粪里一插，蹦到猪圈外边，就在秀娟家打起来。文秀老汉急忙走过去，吼：没王法了！给人家帮忙，愿帮就帮，不愿帮走人，打啥架哩？

二驴三骡子这才停下，三骡子还指着对方的鼻子说：你候着，那天非把你的屎打出来不可！二驴也不甘示弱，指着三骡子的鼻子说：我候着哩，到时候不知道谁把谁的屎打出来！文秀老汉指着二驴三骡子给秀娟她妈说：这俩二货干架，你说是谁挑起的？秀娟她妈没说话。文秀老汉说：谁家的锅盔臊子面都不多，遇到事情了就不能舍不得，说到底娃的名声重要，娃还要嫁人哩！

好事不出门，坏事传千里。这种事像风，用不了几天就把关中道扫荡了一遍。二驴三骡子为给秀娟家出猪圈粪打架，没过几天就传出去了。过去，媒人不断地踏秀娟家的门槛，秀娟她妈老嫌人家提的男方条件不高。自二驴和三骡子打架以后，媒人就闪开了，女子找婆家，第一条就是女方的贞节，当姑娘时守不守妇道。开始的时候，秀娟她妈还不在乎，男方又不是头牯市的头牯，一个挨着一个让人挑。这事情讲缘分，缘分不到，急死都不管用。过了三四个月，还没见媒人闪面，秀娟她妈就急了。秀娟马上就该吃二十一岁的饭了，人家的女子到了这个岁数，娃娃都能走路了，秀娟还没找下人家。她没事的时候，就站在大门口，一边朝嘴里扔葵花籽，一边看过来过去的人，遇到做过媒的老远就给人家打招呼：到屋里喝碗茶再走！人家脚步都不肯减慢，嘴上却不失礼性，说：忙得火都烧到沟子毛了，哪有工夫喝茶。心里知道秀娟她妈为啥这么亲地叫她喝茶，走过她身边的时候，还说：你家秀娟的事情，我操心着哩，有了好人家我第一个就介绍给咱秀娟！话没说完，人已经闪出两三丈远。秀娟她妈何等灵醒，咋能看不出哪个山高，哪个山低？心里就有了后悔，占小便宜吃大亏。

这天，秀娟她妈还像往日那样，斜着身子靠着大门框，朝嘴里扔葵花籽，老远看到帽珥冢村的一个媒婆走过来，赶忙迎着人家走过去，老远就打招呼：大姐，进屋喝碗茶？媒婆也朗着声音说：我就是专门来你家喝茶的！娟秀她妈心里一喜，有门，四个多月了没见媒人踏门槛，今个的日头从西边出来了，灞河堤上的柳树叶子变圆了，终于看到媒婆子的脸了，赶忙搀住人家，殷勤地说：慢点走，小心闪了腰！她把人家搀到屋里，赶忙给茶壶里捏茶叶，捏了一下再捏一下，又灌开水，还端来一盘子炒葵花籽，说：大姐尝尝我炒的葵花籽，不是吹的，方圆十里以内，没人能炒出这么香的葵花籽！

媒婆子捏了颗葵花籽，嗑了，又端起茶碗，喝了，才说：我替咱娃挑了个好人家。

秀娟她妈说：你看中的人家啥条件，咱的要求不高，起码是大国营的正式工人！媒婆把巴掌一拍，说：要不是大国营我就不登妹子的门，这娃不但是大国营，还是咱陕西最大的国营！秀娟她妈急问：哪个厂的？媒婆说：西安仪表厂保卫处的干部。西安仪表厂你知道不？牌子硬着哩，咱陕西都管不上人家，属于中央的单位，好像是几机部最大的工厂，造的仪表都是给军舰上用，仪表上的针都指着台湾。秀娟她妈不相信地问：人家那么好的条件，能看上咱农村户口？媒婆说：按理说人家看不上农村户口，但咱娃的长相在那摆着，走上十堡子八村，能找来几个比咱娃漂亮的。女娃漂亮就是本钱，还是大本钱。我把咱娃的相片给人家一看，又把娃的身材、腰窍、个子给人家说了，人家马上同意见面。凭咱娃的长相，见了面就是板上钉钉的事情了。不过……

秀娟她妈心里一惊，急问：咋啦，还有啥“不过”的？媒婆说：对方小时候害病，落下了小儿麻痹症后遗症，腿有点麻达！秀娟她妈心里沉重下来，自己的女子要模样有模样，要身材有身材，咋能找个小儿麻痹后遗症。秀娟要是嫁给这样的人，叫村里的人咋看，咋有脸在乡党面前走动？

媒婆见秀娟她妈不表态，又说：男方是大国营的条件还不算最厉害，最厉害的是他爸！秀娟她妈问：他爸有啥条件？媒婆说：他爸是灞桥公社的书记！秀娟她妈心里一喜，问：真的？媒婆说：咱俩谁是谁呀，老姐妹了，我能你说假话？现在这世事，家里有个官家人，啥事情都好办，要不那娃有小儿麻痹后遗症，咋能进西安仪表厂这么大的国营厂？人家他爸发话了，要是咱娃跟他娃的事情成了，把结婚证一扯，就把咱娃的户口迁到灞桥，趁他还在管事，把咱娃也弄到大国营，小两口都端旱涝保收的铁饭碗，都吃旱涝保收的商品粮。以后咱有了外孙，也是城市户口，身上的农民气气彻底蜕干净了！要不这样，咱身上的农民气气，天天泡到烧碱水里煮，都煮不干净。

谭家堡热闹了，十里八乡最漂亮的女子秀娟相亲了，很多人豁出来不挣工分了，守在堡子村口，等着看来相看秀娟的小伙子。

一个人骑着自行车，后边带着一个人，到了村口，自行车停下，后边的人下来。秀娟她妈和媒婆早就守在村口，看见人家走过来，急忙迎上去，媒婆指着瘸子给秀娟她妈说：就是这娃，叫东风，西安仪表厂保卫处的正式干部！

东风跟着秀娟她妈走的时候，左腿艰难地朝前一迈，右腿大幅度地抡个半圆，脑袋还用力伸了一下，身子朝左边趔，感觉要趔倒。

秀娟不同意，咋能跟这样的人浪漫？秀娟她妈就说秀娟：漂亮有啥用处，身体好有啥用处，照样没钱花，没粮吃，生下的娃照样是农村户口。人家腿有毛病，但月月有工资，有粮票，你们把婚一结，他挣的工资就得交给你，发的粮票也得交给你，你还缺吃的缺花的。他爸都答应把你弄到大国营，你再来个月月有工资，月月发粮票，共产主义不让你过让谁过？

在一个异常寒冷的日子，谭家堡那个比杨贵妃都美艳的女子秀娟出嫁了。那天夜里，夜色湮没了关中平原，也湮没了谭家堡。村门外边的麦秆垛子上，有个人顶着寒冷在吹埙，呜呜咽咽，如神泣鬼哭，埙声不高，沉闷平缓，却传得很远。谭家堡的人都知道，这个吹埙的人是二驴。没过多大工夫，如鬼哭神泣的埙声中，伴有二胡的声，绵绵缠缠，低沉缓慢，如哭如诉。曲调猛地高昂，像是庄稼汉子拼尽全力地吼喊，直冲苍茫天穹。埙声、二胡声中，又暴起秦腔的吼唱，充满悲怆，苍凉，更多的是无奈。

为江山我也曾南征北战，为江山我也曾六出岐山，为江山买荆州立下文券，为江山气死了周瑜少年，为江山我也曾草船借箭，为江山把亮的心血劳干。土台围我得下失血染患，大料想亮的命难以保全……

是年冬天，我体检合格，参军入伍了，竟然有种从烧碱锅里挣扎出来的感觉。离开谭家堡时，竟然还有种割舍不下的眷恋。

后　记

三十多年后，我在一所大学任教。回到故乡，过去的谭家堡拆迁了，家家都赔偿了几百万拆迁费，乡党住进了三十层高的楼房，日子富足了，吃肉虽不像当年吃红苕样随便，也是什么时候想吃就吃。文秀老汉早下世了，我站在老人家的坟前，点燃火纸，黄的火黑的雾，领我上坟的乡党在烟熏火燎中告诉我：前年，公安局一次在堡子里逮了七个人，全是在钱上犯的事。乡党还说：咱小的时候都快饿死了，都没一个人偷没一个人抢。这阵这么有钱了，还在钱上犯事?